U0109316

古典文學研究輯刊

十二編

曾永義 主編

第19冊

補益世教：李卓吾《開卷一笑》研究

何佳懿 著

國家圖書館出版品預行編目資料

補益世教：李卓吾《開卷一笑》研究／何佳懿 著 -- 初版 -- 新北市：花木蘭文化出版社，2015〔民 104〕

目 6+230 面；19×26 公分

（古典文學研究輯刊 十二編；第 19 冊）

ISBN 978-986-404-417-7（精裝）

1. 開卷一笑 2. 研究考訂

820.8 104014989

古典文學研究輯刊

十二編 第十九冊 ISBN：978-986-404-417-7

補益世教：李卓吾《開卷一笑》研究

作 者 何佳懿

主 編 曾永義

總 編 輯 杜潔祥

副總編輯 楊嘉樂

編 輯 許郁翎

出 版 花木蘭文化出版社

社 長 高小娟

聯絡地址 235 新北市中和區中安街七二號十三樓

電話：02-2923-1455／傳真：02-2923-1452

網 址 http://www.huamulan.tw 信箱 hml 810518@gmail.com

印 刷 普羅文化出版廣告事業

初 版 2015 年 9 月

全書字數 175765 字

定 價 十二編 26 冊（精裝）新台幣 48,000 元

補益世教：
李卓吾《開卷一笑》研究

何佳懿　著

作者簡介

何佳懿，女，1980 年生，嘉義市人。畢業於國立花蓮師範學院，國立中興大學中國文學系研究所碩士，現任台中市市立中正國民小學教師。曾發表期刊論文〈《詩經．國風》與節氣關係〉，《補益世教：李卓吾《開卷一笑》研究》為碩士學位論文，是個人第一本學術著作。

提　要

李贄（1527 ～ 1602），字宏甫號卓吾，是晚明（1573 ～ 1620）年間思想獨出胸臆的思想家，父親李鍾秀開明的思維與教導，加上身處與外族接觸頻繁的泉州中，塑造出李贄獨特的個性，在歷經仕途不遂、親人驟逝等困厄磨難後，對於社會、政治、綱常倫理等，皆有感悟，尤其是舊題李贄所著的《李卓吾開卷一笑》帶有憤激辛辣的諷刺，藉以批評晚明陳舊腐敗的封建制度、假道學等，頗值得探論，因此本文擬透過兼具戲謔話語與嬉笑怒罵的《李卓吾開卷一笑》，來探賾其關懷社會百態的企圖與情懷，並分析其形構方式、敘寫技巧、主題意蘊等項，進一步檢視顯發的文學價值與文化意義。

本論文以文本分析法為基礎，佐以笑話、寓言、喜劇理論之運用，探討書中意蘊，冀以彰顯李卓吾勸君悟正之理念，全文共分七章探析：首章介紹研究動機、明代社會背景與李卓吾生平，以及編者版本、全書、前人研究成果概述，研究目的、進路等；第二章探討形構理念，從勸誡文選、寓言、笑話等組構方式，通過探討本體、寓體關係，論其意蘊，進而從作者、文本、讀者知悉寓意探求方式；第三章則由語言策略、修辭特色、邏輯結構論述諧趣性之敘寫技巧；第四章探討眾生群相及人物個性之寫照；第五章分析社會生活，由不良行為、違逆倫常，家庭寫照以及官場生涯，展現晚明社會階層樣貌；第六章則揭示價值與意義，包含笑話文學觀、諧謔文選、趣詩敏對等文學價值，從滑稽幽默的娛樂旨趣求得市井意識的反響與諧隱教化的用心；末章歸結上述所論，揭示《開卷一笑》傳承晚明寓莊於諧的文學理念與補益世教之旨趣，呈現寓教於樂、規勸向善之價值與提升通俗文學、市井意識的地位。

目次

第一章　緒　論

李贄（1527～1602）字宏甫號卓吾，爲晚明之思想家、文學家，其舊題《李卓吾開卷一笑》是一本寓含了勸誡文選、寓言、笑話等豐富多元的諧趣文學，本章旨在說明研究動機，以及李贄對晚明社會背景、學術思潮之影響，照映文本，接著簡述《開卷一笑》的編者、版本與內容，並說明前人研究成果、研究目的與進路。

第一節　研究動機

舊題《李卓吾開卷一笑》是李贄所編寫，以下簡稱《開卷一笑》不再贅述，他是晚明學者李贄是中國卓越的思想家，從小便與外國文化接觸，加上家庭教育的孕育，小時候便與其他兒童有著不一樣的個性，思想奇特，然而當其踏入仕宦生涯後，卻經歷了許多磨難，其個性倔強，總與長官有所衝突，但是爲了升斗之祿而在官場中載浮載沉，加上至親接連去世，讓李贄疲於奔命，生活與官場上的困頓並沒有磨滅其志，反而更加堅定己身的信念與哲理。其間，李贄折節向學於王陽明（1472～1529）心學、佛學等，與焦竑（1540～1620）、耿定理（1534～1584）、袁宗道（1560～1600）、袁宏道（1568～1610）交好，晚年客座他處時，結交湯顯祖（1550～1616）、利瑪竇（1552～1610）等賢朋益友，也因與摯友的書信往來、會友刻書，使李贄的思想趨於成熟且多元，李贄因著思想個性、經驗積累與各家學派融合，匯流出動搖著整個晚明思想界的理念，其自詡：「落筆驚人，我有二十分識，二十分才，二十分膽。〔註1〕」可知李贄狂放的個性，以及對自我的期許與見識，這種特別的識見，

〔註1〕引李贄，〈二十分識〉輯入《李贄文集・焚書》中，（北京：社會科學文獻出

在晚明引起波瀾，其著作通行全國，於通邑大都到窮鄉僻壤，到了人挾一冊的奇觀，但也因其不容於當代的理念，使其被禁錮，最後自縊於獄中，結束傳奇性的一生。

李贄提倡尊重個人心性、反假道學，更厭惡明代以八股文取士的選舉制度，許多著作中如〈三教歸儒說〉、〈德業儒臣前論〉、〈道學〉，可見其反儒家經籍、道學任官的深刻諷刺，而其著名文章〈童心說〉提出遵從自然心性、適性有所作爲的理念，應用在政治社會思想中是反對假道學；用於文學中則反對擬古、虛僞的文章詩詞，而其思想中最爲突出便是反對封建倫理的思想統治，尊重女權，提倡男女平等的理念，李贄不避諱女尼聽講道學，更讚揚班婕妤（西元前 48 年～西元後 2 年）、武則天（642～705）等歷史著名的女傑；在封建禮教氛圍下，李贄能勇於突破封建的迂腐想法，給予女性應有的尊重是其一大精闢見解。除卻提倡最初一念知本心的文學理念外，李贄重視通俗文學的眞摯情感流露，以點評文學作品來提倡小說、戲曲：「孰爲傳奇不可以興，不可以觀，不可以群，不可以怨乎？飲食宴樂之間，起義動慨多矣。今之樂猶古之樂，幸無差別視之其可！〔註2〕」指出傳奇小說也可以關照社會人群，啓迪人心，可見李贄對於通俗文學的重視。因此李贄也評點了許多戲曲、小說，顯現其重視通俗文學的態度。

李贄的作品甚豐，文章詩詞、小說戲曲評點、雜文、序跋、書信等內容豐富而多元，顯示其創作面向廣且深，自幼知悉禮教禁錮百姓思維，仕宦後體會道統的虛僞與奸詐，故而，其篇章皆貼近士人對於社會政治的嘲弄，以及對於通俗文學能通達人心的提倡。在與友人談笑間，以詼諧嘲弄的話語直陳當代的弊端與陳腐，也是李贄常爲之事，《開卷一笑》是李贄蒐羅編輯歷代笑話、短篇而成，以供談笑之資爲目的，誇張、諧謔、諷刺、逗趣、巧智等眾多內涵中，無不引人發笑遣懷。李贄在《山中一夕話》序中也提道：

> 此書行世行看，傳誦海宇，膾炙聖寰，笑柄橫生，談鋒日熾，時遊樂國，黼黻太平，不爲無補於事。謂話果勝於書乎？爲書果勝於話乎？書與話是一是二，未亦爲兩〔註3〕。

版社，2006 年），頁 146。

〔註 2〕引李贄，〈紅拂〉輯入《李贄文集・焚書》中，（北京：社會科學文獻出版社，2006 年），頁 182。

〔註 3〕引李贄，《山中一夕話》《明清善本小說叢刊初編》（台北：天一出版社，1985 年）序 2。

笑話能使人開懷大笑，三言兩語可排憂解愁，甚至在說笑渾話來娛樂心志、豁達襟懷之際，達到撫平人心的效果，笑話同樣與議論文章深具諷諫的效果，加上笑話之趣味性引人入勝，使得勸誡意義更容易讓人信服。晚明諷喻笑話大量出現，除卻經濟因素外，更能引人注目、廣為流傳卻不會受到政治獄的迫害，藉由幽默的笑話，可窺見晚明時期，知識份子對於社會政治制度的諷刺與絕望。

現今研究李贄的相關文獻中，研究者大都著重於李贄的思想、文學、政治、教育、性別等創作，且其文學、史學、哲學等專論具已完備〔註4〕，甚至與同時期的思想家進行比較性的研究；而在通俗文學方面大多為研究其評點戲曲小說的創作，對於諧謔文學《開卷一笑》著墨甚少，是一個可發展的研究範疇。

該書中，可見其運用各種文體和敘寫技巧，婉轉呈現對階級專權、政治現象的深刻諷刺，幽默往往反映出更深的文化感悟，李贄對於社會、人生等許多的情緒想法，在諧謔話語表露無遺中，理解到思維和情感在文化上的形成方式，這也是筆者想要深入研究《開卷一笑》之因素。

晚年流寓的李贄是：「不喜俗客……意所不契，寂無一語。滑稽排調，沖口而發，既能解頤，亦可刺骨。〔註5〕」李贄放浪不羈，個性灑脫自我，言談總是惹人發噱，在噱笑之餘，更有直指社會弊端的作用。檢視《開卷一笑》諸篇勸誡文選、寓言、笑話中，寓含了李贄的多元面向，辛辣大膽的諷刺、委婉的勸諫、嬉笑怒罵的滑稽……等，頗值得深入探究。筆者感於《開卷一笑》這部諧趣專著前人較少著墨，擬從諧趣視角探討《開卷一笑》的形構理論、敘寫技巧、主題分析、價值與意義，一探李贄在滑稽排調中，所呈現的文化價值與文化意蘊。

第二節　《開卷一笑》明代社會背景與李贄生平

在封建的社會下，君權專制及倫理教化的傳統思維，宛若一道高聳的圍牆，禁錮人民的想法，在明朝亦是如此，然李贄的狂傲自放、大膽奇想，是如此不同於明代〔註6〕的傳統社會，童心說、男女平權、尊重自我、自然之性

〔註4〕見附錄二：〈李贄研究相關學位論文目錄〉，頁177～178。

〔註5〕引袁中道，〈李溫陵傳〉輯入《珂雪齋集》中，(上海：上海古籍出版社，2007年)，頁719～725。

〔註6〕〈讀書樂并引〉中：「天生幸我大膽，凡昔人之忻豔以為賢者，余多以為假，

等皆是與道統相悖離的，這些新穎不容於世的思潮，如何孕育而生？本節擬從晚明社會背景與學術思潮，考校李贄生平，如何在風雨飄搖的晚明時代裡，成就李贄生平與其思想奇特之原因。

一、李贄對晚明社會與學術思潮之深刻反映與批判

明朝中後期以後，通俗文學創作空前的繁榮，學士文人的加入，使得笑話、戲曲、小說的作品增多，市井小民意識的文學興起，謔浪詼諧、笑柄橫生，釋放了百姓的苦楚與鬱悶，李贄所編纂的《開卷一笑》也因應而生，其文章貼近人們生活，幽默笑話引人笑意之外，更藉此諷世佐教、寓教於樂，而此通俗文學的繁榮是有其深刻的社會學術背景。

（一）對封建統治，土地兼併之反映

明代因君主專制，爲維護君權體系的一統，從政治、經濟、教育等方面箝制人民思想，到了晚明時期，由於海運昌盛、城市經濟的繁榮，使官僚對土地加以掠奪、併吞，至明末，土地兼併已成十分嚴重的問題，平民百姓也受盡官府、地主的欺壓，嘉靖（1522～1566）、隆慶（1567～1572）、萬曆（1573～1620），此時政治的衰竭已從政治、財經、外患等各方面顯現出來，張居正（1525～1582）曾言：「嘉隆以來，綱紀頹墮，法度陵夷，駸駸宋元之弊」又「當嘉靖中年，商賈在位，貨財上流且百姓嗷嗷，莫必其命，此時異相，曾有異於漢唐之末世乎？〔註7〕」神宗好貨〔註8〕、官員腐敗、宦官專政、明末黨爭，而此時文壇也依附著政治而存，貪圖名利的知識分子在提倡理學、道學的表面下，把講習道學當作是獵取功名富貴的工具〔註9〕，而非眞正理解經世致用之道。

多以爲迂腐不才而不切于用；其所鄙者、棄者、唾且罵者，余皆的以爲可托國托家而托身也。其是非大戾昔人如此，非大膽爲何？」見李贄〈讀書樂并引〉輯入《李贄文集·焚書》中，（北京：社會科學文獻出版社，2006 年），頁 213。

〔註 7〕引張居正，〈答司空雷古和敍知己〉，輯入《張文忠公全集》中（京都：中文出版社，1980）頁 403。

〔註 8〕「數年以來，御用不給。今日取之光祿，明日取之太僕，浮梁之磁，南海之珠，玩好之奇，器用之巧，日新月異。」見張廷玉，《明史》卷二三五、列傳一二三〈孟一脈傳〉，見《文淵閣四庫全書》三百零一冊，（台北：台灣商務印書館）頁 6。

〔註 9〕引陳曼平、張客，〈李贄政治思想異議〉，輯入《李贄傳記資料》中（黑龍江：黑龍江大學學報，1983 年第六期）頁 89～90。

社會經濟繁榮成長，知識水準相對提高，因此能體會到官吏的虛僞蠻橫、昏庸無能，形成了動盪不安的晚明社會，也因此《開卷一笑》勸誡文選多以權利慾望、君王明事理爲題，敘述小人惡有惡報，抑或列舉各朝代禍國殃民的紅顏或小人，規勸君王明理自重，在李贄苦口婆心的告誡中，反映出晚明社會政治動盪不安的現況。下集中，處處可見官員間機智逗趣的笑話，藉由機智相諷，官員的昏昧平庸、瑣屑較量展露無疑，在窺見晚明百姓生活娛樂的題材與笑意旨趣之際，藉此映射晚明社會官吏的心態。

（二）社會城市化對通俗文化之推動

明初獎勵開墾荒地、興修水利，使得農業興盛，而手工業和城市經濟也繁榮起來，隨著鄭和（1371～1433）七遊南洋，促進了中國海外貿易和中外文化交流頻繁，而當時沿海地區，如福建、廣東等地，也因其地利之便，造就了西風盛行的貿易商城，而李贄爲泉州晉江人（今屬福建），其先祖也曾遠航海外，且篤信伊斯蘭教〔註 10〕，因此他從小便有機會接觸不同的人和思想，增進了李贄思想開放的途徑，是以李贄也深受西學思維影響。此外，手工業、煉鐵、紡織、印刷興盛，明代後期某些手工業的特點，已具有工場手工業的規模，工場主可以利用資本雇用專門技術的工人從事生產，由剝削勞動者的剩餘價值，進行擴大再生產，按照生產方式來說，資本主義的萌芽〔註 11〕，因此城市商業興盛，海外貿易發達，使得市井階層意識抬頭，而其代表的通俗文化也在書坊的經營下蓬勃發展，李贄的思想深受環境與家學的影響，使其想法與眾不同，加上晚明通俗文學之興盛，其文集作品普及盛行，深受大眾的喜愛。《明代文化志》說道：「晚明文化民俗化，與當時商品經濟發展也有著極大的關係。文化作品的民俗化在某種程度上也是爲了適應市場的需要，受教育的人數增多，民間文化需求的增加，士大夫階層對民俗文化的興趣等等，都促進了文化的民俗化發展。〔註 12〕」。滑稽排調、衝口而發的李贄在《開卷一笑》展現其詼諧幽默的一面，藉由人物的自曝其短、相互攻訐，營造出俚俗玩味的娛樂旨趣，故《開卷一笑》中的諧謔笑意之樂、規勸教化

〔註 10〕《鳳池林李宗譜》《李贄研究參考資料》：「明洪武丙辰九年〈西元一三七六年〉奉命發舶西洋，娶色目人，遂習其俗，終身不革，今子孫蕃衍，由不去其異教」見《鳳池林李宗譜》《李贄研究參考資料》第一輯，頁 181。

〔註 11〕引劉大杰，《中國文學發展史》（台北：聯經出版事業公司，2001 年）頁 984。

〔註 12〕引商傳，《明代文化志》（上海：人民出版社版，1998 年），頁 188～189。

之理念，通過笑話趣文的普及而深入人心。

（三）八股多元，通俗文學介入

科舉是明朝正式選拔官吏的制度，科舉考試分爲兩級，每三年舉行一次，稱爲大比，考試的內容主要是四書五經，考生必須用八股文做答，八股文又稱四書文、經義或制義，文章結構可分爲破題、承題、起講、提比、虛比、中比、後比、大結八部分，全文對格式、體裁、用語、字數規定嚴謹，爲了要晉升仕途，明朝的每一位士人皆努力鑽研四書五經並以八股制義。明初科舉，參試者考經義不得逾越三百字，而且不准浮詞異說，在篇末更要各抒己見，論國家時事，後來朝廷管制甚嚴加上忌諱日多，只許士人說前朝事蹟，不准再涉及本朝事務，強調君權至上以及維護封建制度倫理綱常，因此經義文成了庸陋支離的文章〔註13〕。

箝制士人的思維作法，使得士人對於以儒家爲名卻行思想桎梏的朝廷失望，在新興經濟和市民思想的影響下，著名的王陽明（1472～1529）以其反抗傳統理學、追求人性解放的心學，動搖了長期以來理學對於人們思想的束縛，八股文也逐漸邁向多元，不再拘泥于經義文的書寫，匯流各種思維情感，生命與思潮趨於多元，其後到了嘉靖、萬曆年間，以王艮（1483～1541）爲代表的泰州學派發揚了王陽明心學中反道學的思維，對儒家學說與傳統禮教大肆抨擊，此思想也在文學界掀起了波瀾，李贄承繼此學，重視個人的自然之性，加上腐敗的政治環境，使得知識份子無法一展鴻圖，在獨善其身的情況下，唯有一笑自我解嘲。因此《開卷一笑》上集多有敘述因科舉不得志，只能淪爲塾師的讀書人，李贄藉此嘲諷科舉制度之難、賣官鬻爵之腐敗，不如看淡自私自利的現實社會，從心所欲。

顧清、劉東葵說道：「明代笑話的成長，也灌注了知識份子的才華與熱情。在開始時，一部份的知識份子在創作笑話時還要引聖人之言爲自己開路，頗爲注重益於理亂、關於名教或談名理、通世故之類……到了馮夢龍時代，則連這類虛套也都一概拋去，無人不可笑，無事不可笑〔註14〕。」是以文學轉往通俗文化發展，加上市井階層的崛起，使得小說、戲曲等通俗文學蓬勃發

〔註13〕引本部分論述參考李新達，《千年仕進路：古代科舉制度》（臺北：萬卷樓圖書公司，2004年）。

〔註14〕引顧清、劉東葵，《冷眼笑看人間世：古代寓言笑話》（台北：萬卷樓出版事業公司，1999年）頁130～133。

展，余英時（1930～）也說道：「在明清轉變期間，第一個重要的文化變遷便是知識份子開始主動參與所謂的通俗文化。〔註15〕」。

通俗文學有了士人的加入，小說、戲曲、話本、插科打諢更爲朝氣蓬勃，而笑話這俚俗且流傳性強的文學則進一步興盛起來，在短小精悍的隻字片語中，達到引人發噱的娛樂效果，深具冷嘲熱諷的詼諧幽默，往往直入人心，與人通達，陳蒲清在《寓言文學理論·歷史與應用》言：「封建帝王們爲了維護搖搖欲墜的統治，強化了封建專制主義，特務統治、文字獄、八股取士等成了桎梏人們特別是知識份子的精神枷鎖。生活在黑暗王國中的人們見不到一線光明，便助長了一種詼諧玩世、愛好冷嘲熱諷的人生態度。笑話空前繁榮，便是這種社會背景和精神狀態的產物。〔註16〕」

由於封建政治對於人民想法的禁錮，知識分子無法發揮專才，擁有自我的意識，而統治者卻更變本加厲地奴役人民，使得人民敢怒不敢言，只能將情感寄託在生活中的消遣娛樂，而城市貿易的繁榮與印刷術的成熟，引發了通俗文學的潮流，小說、戲曲、笑話等博取大眾歡欣的作品相繼問世，劉元卿有《賢奕編》、江盈科（1553～1605）《雪濤小說》、《雪濤諧史》、李贄《開卷一笑》、陸灼《艾子後語》、趙南星（1550～1627）《笑贊》、鍾惺（1574～1624）《諧叢》、潘游龍《笑禪錄》、馮夢龍（1574～1646）《笑府》、《廣笑府》、《古今笑》〔註 17〕等。其以通俗活潑的形式反映政治社會、世態人心，加上知識階層的匯流，使得通俗文學更有其價值與意義，李贄《開卷一笑》便是因此醞釀而生，淺顯易懂，符合大眾水準，雖笑柄橫生、歡聲滿座，卻是話中有話、話鋒日熾，箇中玄機由作者揭曉或讀者自行領悟體會，進而在無事不可笑中，與作者同化，體會《開卷一笑》的思想意蘊。

二、越名任性的一生

李贄生於明嘉靖六年（1527）十月三十日，卒於明萬曆三十年（1602），初名載贄〔註 18〕，號卓吾，因土音故又號篤吾〔註 19〕。李贄的先祖接觸西洋

〔註15〕引余英時，〈明清變遷時期社會與文化的轉變〉輯入《中國歷史轉型時期的知識份子》中（台北：華正書局有限公司，2001 年）頁 35。

〔註16〕引陳蒲清，《寓言文學理論·歷史與應用》（台北：駱駝出版社，2001 年），頁 219。

〔註17〕引顧清、劉東葵，《冷眼笑看人間世：古代寓言笑話》（台北：萬卷樓出版事業公司，1999 年）頁 132。

〔註18〕本來名爲載贄後因避諱去掉載字。《鳳池林李宗譜》《李贄研究參考資料》：

文化甚深，甚至娶色目人爲妻，加上從小生長在貿易商城泉州，是以李贄思想開放、觀念多元，由於生長在泉州〈今福建省晉江縣〉，泉州爲溫陵禪師福地，因號溫陵居士；後來以官共城〈今河南省輝縣〉，而共城有邵雍曾居住的「安樂窩」在蘇門山百泉上故又號百泉居士；自謂性窄，改號宏父；又以思父，自號思齋〈其父名爲李百齋〉；晚年居住在龍湖，號龍湖叟；李贄在四十五歲時薙髮，復號禿翁〔註20〕。

本文有關李贄的生平資料〔註21〕，主要參考林其賢《李卓吾事蹟繫年》、林海權《李贄年譜考略》兩書，林其賢《李卓吾事蹟繫年》編纂依日、月、年份載明李贄及其相關事蹟，並未多言國內外大事並引其他學者如陳文淵說法，其後更附錄師友考、著述考；林海權《李贄年譜考略》是依年份載明國內外大事和李贄生平相關事蹟，而在其後附錄家世考、著作目錄、存目，詳其一生。職是，依照林其賢、林海權兩位學者的資料，參照編寫附錄一：〈李贄年表〉。再者進一步參閱敏澤《李贄》、林其賢《李卓吾事蹟繫年》、陳錦釗《李贄之文論》等各家〔註22〕說法，筆者以其擔任官職爲一分期，分爲尚未任官的少年時期、任官其間的中年時期、辭官遊歷的晚年時期等，三時期來加以說明李贄那曲折傳奇的一生。

（一）恃才傲物的少年時期（西元1527～1555）

李贄自幼失恃，七歲時便能自立〔註23〕，其父更授其歌詩、禮文〔註24〕，

「原姓林，入泮學冊係林載贄，旋改姓李。避勝朝〈穆宗〉諱，去載字。」，見《鳳池林李宗譜》《李贄研究參考資料》頁181。

〔註19〕李贄〈卓吾略論〉：「卓與篤，吾土音一也，故鄉人不辨而兩稱之。」見李贄〈卓吾略論〉輯入《李贄文集．焚書》中（北京：社會科學文獻出版社，2006年），頁213。

〔註20〕引林其賢，《李卓吾事蹟繫年》（台北：文津出版社，1988年），頁5～190。

〔註21〕李贄的生平資料，主要見林海權，《李贄年譜考略》（福州：福建人民出版社，1992年）、林其賢，《李卓吾事蹟繫年》（台北：文津出版社，1988年）、陳錦釗，《李贄之文論》（台北：嘉新水泥公司，1974年），頁1～17。容肇祖，《李卓吾評傳》（台北：台灣商務出版社，1970年）。陳清輝，《李卓吾生平及其思想研究》（台北：文津出版社，1993年）、敏澤，《李贄》（上海：上海古籍出版社，1993年），頁7～23。

〔註22〕林其賢《李卓吾事蹟繫年》以年記事，詳述每一年發生之事以及當年的作品；敏澤《李贄》則分爲少年、中年、老年分述；陳錦釗《李贄之文論》則以詳述其生命中發生重要事件爲取向。

〔註23〕李贄，〈與耿克念書〉：「我自六、七歲喪母，便能自立。」見李贄〈與耿克念書〉輯入《李贄文集．焚書》中（北京：社會科學文獻出版社，2006年），

學習理學道統，加上地理環境特殊，接觸多元文化，思想見識自是不同，其父白齋雖家徒四壁卻不改豪爽性格，助人為善，李贄受其影響甚深，聰穎的李贄十二歲便試作《老農老圃論》，面對眾人的稱許，卻嗤之以鼻，可見李贄那不汲汲於名利的豪爽性格，稍長習讀程朱之學，卻對理學的理念無法認同，困於明代舉士仍以此為準則，只得應付，直至二十六歲，帶著幾分戲弄的心態參加鄉試，其自言道：「此直戲耳，但剽竊得濫目足矣。主司豈一一能通孔聖精蘊者耶？」〔註 25〕李贄無法苟同明代科舉考試的方法，其無法真正探究文人的才幹實學，只須臨考前「取時文尖新可愛玩者，日誦數篇，臨場得五百。題旨下，但作繕寫錄生，即高中矣〔註 26〕。」

此時的李贄恃才傲物，尚未感受到生命的苦難，在嘉靖三十一年應考未取後，改試乙榜，上榜後被選任為河南共城教諭，開啓了其長達二十五年的仕宦生涯。

（二）奔波仕途的中年時期（西元 1555～1581）

任職河南共城教諭前後三年，李贄遇到了生命中第一個遺憾，長子逝世而寄情於山水，直至三十三歲轉任南京國子監職之際，其父驟逝，李贄在回鄉奔喪時又遇倭寇之亂，嚴重的缺糧幾無以自活，天災與戰亂，加上遭逢痛失至親的打擊，李贄並沒有消沉，為了家人生計，仍打起精神，在守制期滿便奔回北京謀職，卻久不得職，只得開館教授學生來維持生計，因此《開卷一笑》中有〈真若虛傳〉、〈村學先生自敘〉、〈捲堂文〉等描述士人為了生計而屈就私塾館師，生活庸碌無目標之感嘆。直至三十七歲才任北京國子監教官，居北京的期間，個性耿直的李贄又和長官有嫌隙，但仍為了家人生計而隱忍著，一年多後，次子、祖父相繼過世，李贄只得返鄉安葬，等到回來才發現原本獨留的妻女，在共城以耕田維生，卻碰上荒年，次女、三女相繼挨餓夭死，短短十餘年，李贄嘗盡世間苦痛，痛失長子、父親、祖父、次子、次女、三女等至親，使得李贄哀痛逾恆，加上官場的不如意與世道的混亂，

頁 223。

〔註 24〕〈易因小序〉云：「余自幼治易，後改治禮；以禮經少，決科之利也。至年十四，又改治尚書，竟以上書竊錄。」見李贄〈易因小序〉輯入《續修四庫全書・李溫陵集》一三五二冊，（上海：上海古籍出版社，1995 年）頁 151。

〔註 25〕引李贄，〈卓吾略論〉輯入《李贄文集・焚書》中（北京：社會科學文獻出版社，2006 年），頁 78。

〔註 26〕引李贄，〈卓吾略論〉輯入《李贄文集・焚書》中，頁 78。

瘟疫與戰亂、官吏的貪污，一生汲汲營營，爲了生活而不得志，卻無法守護自己的至親血脈，心灰意冷的他看盡世間的冷暖，也爲其日後之作品奠下了生命情懷、社會現況之省思。

悲痛萬分的李贄，在守喪後，會同妻女上北京，補上禮部司務，安葬了三代親人的李贄已萌生不再當官的念頭，〈卓吾略論〉云：「吾時過家畢葬，幸了三世業緣，無宦意矣。〔註 27〕」在擔任禮部司務期間，李贄接觸王學並開始學習佛學，折節向學的他奠定了許多唯心理念，然而在官場上，李贄無法與道學的上司爲謀，在行事上亦偏於盛氣用事，所以常常處處頂撞、觸忤長上，其後轉接任南京刑部員外郎，結交好友焦竑、耿定理，聚友修學、會友刻書，最後上任姚安知府，爲官耿直的李贄在姚安知府任內政風簡易、修學精勤，修橋、熱心公益，在閒暇之餘還從事講學，爲官二十餘載的李贄在任職姚安知府期滿後，決心去官，任心適性，實踐自我理念。

（三）流寓客子的晚年時期（西元 1581～1602）

自稱流寓客子的李贄在辭官後先後依附耿定理、周柳塘等，遷居天臺山、麻城、龍潭、武昌、芝佛院等處，晚年生活著重於著述講學、憑弔名勝古蹟及與摯友往來，完成了許多詩文著作《老子解》、《莊子解》、《初潭集》、《焚書》……等，並且評點小說、戲曲、參酌佛學，晚年是李贄宣揚實踐自我理念的新階段。

耿定理死後其與耿定向有閒隙，直至李贄過世前幾年才重修舊好，李贄因此遷居龍潭、芝佛院，從此一來一往書信論辯，衝突日甚，埋下李贄之後被構陷入獄的主因，這時期的李贄是「不喜俗客……意所不契，寂無一語。滑稽排調，沖口而發，既能解頤，亦可刺骨。〔註 28〕」興之所至的說出幽默風趣的話，讓聽者排解憂愁之外，話語更是一針見血地直指陳腐舊制，可見李贄體察民意，隨興說出的笑語可一言道破社會現狀。李贄在龍潭落髮並完成《初潭集》、《坡仙集》。萬曆十八年，李贄收錄了其與耿定向的書信，完成了《焚書》，不意竟惹怒了耿定向作《求儆書》譴責，其門生更作〈《焚書》辨〉大肆抨擊，《焚書》既出，錢謙益述其「攻擊道學，扶適情僞，與耿天台往復書累累萬言。胥天下之僞學者，莫不膽張心動、惡其害己，於是咸以爲

〔註 27〕引李贄，〈卓吾略論〉輯入《李贄文集・焚書》中，頁 78。

〔註 28〕引袁中道，〈李溫陵傳〉輯入《珂雪齋集》中，(上海：上海古籍出版社，1989)，卷 17。

妖爲幻，噪而逐之。〔註29〕」更以左道惑眾的罪名被逐。

李贄與三袁的來往也是晚明文學史上的重要事蹟，在麻城與龍湖這段期間，其與三袁往來密切，萬曆十九到二十一年間，彼此往來，相談甚歡，三袁更寫下許多詩文篇章，如袁中道〈別李龍潭〉、袁宗道〈別龍湖詩〉八首、袁宏道〈龍湖〉表達他們對李贄的仰慕之情，李贄更讚許其皆天下名士，希冀其治學精維，賦予重責。此時的李贄也重視通俗文學，批點水滸傳外，更批點了各家的戲曲、小說，帶動了其後小說評點的風潮，也完成了著名的文章〈童心說〉。

之後，李贄在芝佛院結期誦經、講學聚會，並作了〈六度解〉、〈五宗說〉、〈金剛經說〉等講解，李贄著書談道，聽者日眾，其中更收女子聽講，不避諱男女講學，反對輕視婦女：「麻城有梅澹然等，捨宅爲精舍，出家爲尼。或有以其爲女子，不堪學道者；卓吾論答，以爲不可輕女子〔註30〕。」由此可見李贄其重視男女平權的創新思維，其更作〈答以女人學道爲見短書〉來駁斥異議、強調男女平權的重要觀念，這樣尊重女性的想法卻招來「宣淫」這莫須有的誣陷罪責。萬曆二十七年，李贄的《藏書》刊行於金陵，好友焦竑爲其作序，同年更和湯顯祖、利瑪竇交好，翌年，《焚書》、《說書》的再刻發行顯示出李贄文采風行之盛，當時「李氏《藏書》、《焚書》人挾一冊，以爲奇貨〔註31〕。」李贄特立獨行的思維與處世態度引人注目，當然也引起上位者的注意。

萬曆三十年，關於李贄的流言蜚語傳至京師，禮部給事張問達上疏彈劾李贄，張問達疏曰：

> 李贄壯歲爲官，晚年削髮。近又刻藏書、焚書、卓吾大德等書，流行海內，惑亂人心以秦始皇爲千古一帝，以孔子是非爲不足據。狂誕悖戾，不可不燬。猶可恨者，寄居麻城，肆行不簡。與無良輩游庵院，挾妓女，白晝同浴……又作觀音問一書，所謂觀音者，皆士人妻女也……不知遵孔子家法，而溺意於禪教沙門者，往往出矣……倘一入都門，招致蠱惑，又爲麻城之續。望敕禮部檄行通州地方官，

〔註29〕引錢謙益，《列朝詩集小傳》（台北：明文書局，1991年），頁745。
〔註30〕引林其賢，《李卓吾事蹟繫年》（台北：文津出版社，1988年），頁128。
〔註31〕引朱國禎，〈李卓吾〉輯入《涌幢小品》卷十六中（北京：文化藝術出版社，1998年），頁374。

> 將李贄解發原籍治罪。仍檄行兩畿及各布政司將贄刊行諸書，並搜簡其家未刻者，盡行燒燬，無令貽禍後生世道幸甚〔註32〕。

羅織的罪責皆讓李贄百口莫辯，嚮往禪修心性被批爲不知尊孔，和女士講學被誣陷爲勾引妻女、所寫的書惑亂人心等，這些罪名讓李贄被捕入獄，其書更是列爲禁書、進行燒毀，神宗更下諭道：「李贄敢倡亂道，惑世誣民，便令廠衛五城嚴拿治罪。其書籍已刻未刻，令所在官司盡搜燒毀，不許存留。如有徒黨曲庇私藏，該科道及各有司訪奏治罪〔註 33〕。」李贄被捕後泰然處之，萬曆三十年三月十五日在獄中自刎，結束七十六歲的一生。李贄晚年著書講學、追求自我理念，多項著作表現出李贄理想的勃發與闡揚，而書坊興盛與李贄的獨特特質，使其著作廣爲流傳。

李贄撰寫的作品蘊含了對社會、文學、教育等具劃時代的思維，其一生堅持自我的理念，面對道統理學絲毫不畏懼，其著作甚多，《焚書》、《藏書》、《易因》、《楊明先生年譜》等，作品涵蓋經、史、子、集，更點評學者作品如《坡仙集》、《評選三異人集》、《卓吾諸家選》、《李卓吾合選陶王集》，然而其最具代表性的，是其對於小說、戲曲的評點，李贄在《焚書》中評點〈忠義水滸傳〉、〈崑崙奴〉、〈玉合〉、〈紅拂〉、〈拜月〉、〈雜說〉等著名戲曲，影響後世小說批評，在李贄之後，小說評點被廣泛的應用於小說批評上，如金聖嘆對於《水滸傳》的評點便完全承繼了李贄的「眉批」、「夾批」、「本回總評」〔註 34〕，卓吾以戲曲小說之通俗文學更具有教化的效果，經由李贄的提倡，提昇了通俗文學在文學上的價值與社會地位。李贄一生命運多舛，卻不改其志，堅持自己的信念與精神，在思想意識、價值體系、人格追求中都烙印了屬於自己的痕跡。

李贄雖因提倡男女平等、自然之性等不容於儒家傳統之觀點，書被禁毀，但是李贄播下了勇於思考的種子，醞釀了晚明通俗文學之發展，其自由奔放、深深具有批判的精神，尊重自我，追求眞理的表現象徵了中國知識份子所應有的節操典範，但也因反傳統的思維使其評價毀譽參半〔註 35〕，其越名任性

〔註32〕引張問達，〈劾李贄疏〉輯入《明神宗實錄》卷三六九中，（台北：中央研究院歷史語言研究所，1984年）頁11933。

〔註33〕引張問達，〈劾李贄疏〉輯入《明神宗實錄》卷三六九中，（台北：中央研究院歷史語言研究所，1984年）頁11933。

〔註34〕引敏澤，《李贄》（上海：上海古籍出版社，1993年），頁94。

〔註35〕顧炎武、王夫之先後批評李贄，顧炎武說道：「自古以來，小人之無忌憚敢於

的一生影響了許多學者，如反擬古主義的三袁、性靈派的袁枚等，在受到政治迫害時亦不改其志，其大無畏的一生精彩而富有傳奇性，頗值得關懷。

第三節 《開卷一笑》概述

一、《開卷一笑》編者版本簡述

《山中一夕話》原名《李卓吾開卷一笑》舊題爲明代李贄所編纂，屠隆（龍）（1543～1605）參閱，是一部廣爲流傳的諧謔笑話集，共十四卷，分爲上下兩集，上集爲諷刺揶揄的俗賦文章，下集爲滑稽諧趣的笑話集，也因流傳甚廣，不斷的有人翻刻、增補，在不斷的推陳出新中，增訂者的名字也繁多，除卻李贄外，更有屠隆、咄咄夫、笑笑先生、哈哈道士、嗤嗤子等。《開卷一笑》爲其名的卷本、秩數眾多，有的擷取下冊部分內容，再融入其他笑話或詩文等重新編輯，如陳皋謨的《一夕話》。又或者節錄刪取下冊而爲《山中一夕話》〔註 36〕，種類繁多、卷本也更爲複雜，十四卷是最完整的版本，其次在書目載錄上還有十二卷〔註 37〕、十卷〔註 38〕、六卷〔註 39〕、一卷〔註 40〕等卷數繁雜，請詳下列表一：〈《開卷一笑》版本一覽表〉：

叛聖人者，莫甚於李贄。」見顧炎武，《日知錄》（台北：台灣商務出版社，1956 年）。頁 540。又王夫之言：「逾于洪水，烈于猛獸」，見王夫之，《讀通鑑論》（北京：中華書局，2002 年），頁 92。

〔註 36〕如《明清笑話十種》中的李贄《山中一夕話》，是刪改下集戲謔的笑話而成。見李贄，《明清笑話十種・山中一夕話》（西安：三秦出版社，1998 年）。

〔註 37〕十二卷本見於林海權所著《李贄年譜考略》著作輯選、批選類中第十三，「《山中一夕話》十二卷，李贄輯，清笑笑先生重輯，清光緒四年（1878），《申報館叢書續集・說部類》；1965 年王利器輯《歷代笑話集》，錄有十則」，見林海權，《李贄年譜考略》（福建：福建人民出版社，1992 年），頁 493。

〔註 38〕十卷本見於楊家駱所著〈中國笑話書七十七種書錄〉：「北京大學藏清武林文治堂刻《一夕話》二刻五十二種，又藏《一夕話》十卷殘本，均題「咄咄夫纂輯」，見楊家駱，《中國笑話書》（台北：世界書局，1992 年），卷首上，頁 14。

〔註 39〕六卷本《一夕話》爲同文堂刊之《增補一夕話》，爲六卷六冊，題咄咄夫撰，下方刻有「同文堂梓」印，見咄咄夫，《一夕話》（台北：廣文書局，1976 年）。

〔註 40〕一卷本《一夕話》見於《東京大學東洋文化研究所漢籍分類目錄》中，其著錄著一卷本《一夕話》，並著曰：「及一夕話類淡（談）」，明末刊本。見東京大學東洋文化研究所撰，《東京大學東洋文化研究所漢籍分類目錄》（東京：汲古書院，1981 年）頁 641。

表一：《開卷一笑》版本一覽表

書　名	卷　帙	編輯者	出版時	出版者	收藏者	著　錄	備　註
《開卷一笑》	十四卷本	李贄	明	台北：天一出版社，1985年	內閣文庫	《內閣文庫漢藉分類目錄》子部第十一，小說家類，瑣語目中著錄此書	據日本《內閣文庫漢藉分類目錄》：「《開卷一笑》兩集，十四卷，明李贄編，屠隆校，明刊。」
《山中一夕話》	十四卷本	李贄	明	台北：天一出版社，1985年	梅墅石渠閣	東京大學東洋文化研究所編之《東京大學東洋文化研究所漢藉分類目錄》子部第十二，小說家類三	據《東京大學東洋文化研究所漢藉分類目錄》道：「《開卷一笑》上集七卷下集七卷即《山中一夕話》明李贄撰，明笑笑先生增訂，梅墅石渠閣刊本。」
《一夕話》	一卷本	咄咄夫	明末	東京：汲古書院，1981年	東京大學東洋文化研究所	《東京大學東洋文化研究所漢籍分類目錄》	著曰：「及一夕話類淡（談）」，明末刊本。
《一夕話》	六卷本	咄咄夫	清	台北：廣文書局，1976年	同文堂	《一夕話》爲同文堂刊之《增補一夕話》	《一夕話》，爲六卷六冊，題咄咄夫撰，下方刻有「同文堂梓」印。
《一夕話》	十卷本	咄咄夫纂輯	清	台北：世界書局，1992年	清武林文治堂刻	見楊家駱〈中國笑話書七十七種書錄〉	見楊家駱：「北京大學藏清武林文治堂刻《一夕話》二刻五十二種，又藏《一夕話》十卷殘本，均題「咄咄夫纂輯」
《山中一夕話》	十二卷本	李贄 清笑笑先生重輯	清光緒四年	林海權，《李贄年譜考略》（福州：福建人民出版社，1992年）。	申報館	見林海權《李贄年譜考略》著作輯選、批選類中第十三	見林海權：「《山中一夕話》十二卷，李贄輯，清笑笑先生重輯，清光緒四年（1878），《申報館叢書續集·說部類》；1965年王利器輯《歷代笑話集》，錄有十則。」

十四卷本的《開卷一笑》內閣文庫藏本爲完整的卷秩，雖內容與十四卷本的《山中一夕話》明梅墅石渠閣刊本相同，但較之嚴謹講究，每卷多有詳述作者、編者，考訂頁數等，且《開卷一笑》內閣文庫藏本於目次前有題名爲《李卓吾開卷一笑》，是以本論文以十四卷本的《李卓吾開卷一笑》內閣文庫藏本爲底本，十四卷本的《山中一夕話》明梅墅石渠閣刊本爲輔。

《開卷一笑》版本各異，可知其廣爲流傳於市井階層之間，歷久彌新，後人的刪改、增刻或節選，使《開卷一笑》呈現卷秩繁雜、編者眾多的情況，是以下文從編者探究、卷秩類別以考述《開卷一笑》版本問題。

（一）編者探究

探索笑話的編校者能讓讀者窺知其創作動機及編纂意圖，而《開卷一笑》今日所見的版本承上所述有《開卷一笑》內閣文庫藏本、《山中一夕話》梅墅石渠閣刊本、《一夕話》等，《開卷一笑》與《山中一夕話》均爲十四卷，《一夕話》則有十卷、六卷、一卷者，然探究其編者名，有李贄、屠隆、咄咄夫、笑笑先生、哈哈道士、嗤嗤子等，笑笑先生、哈哈道士、嗤嗤子爲化名，可能是書坊爲增其價値，配合此書性質索取的別名〔註41〕。

根據考察咄咄夫即爲陳皋謨，在趙南星曾提及：「《笑倒》一卷，原收在《山中一夕話》中，《一夕話》有總序，屬名云咄咄夫題於半奄。今此篇〈半奄笑政〉一卷五則，收在清初所刻檀几叢書於集中，係仿唐宋以來雜纂體裁，專就笑話立言，可以推定爲咄咄夫之筆。叢書上署撰人姓名爲陳皋謨，字曰獻可，因此得知其名字〔註42〕。」可知陳皋謨所編的《一夕話》〔註43〕，是編輯、節錄《山中一夕話》而成，其非《開卷一笑》的編者。一衲道人屠隆〔註44〕在

〔註41〕引侯淑娟，〈《山中一夕話》初探〉《東吳中文研究集刊第三期》（台北：東吳大學中國文學研究所學會，1986年5月），頁66。

〔註42〕引趙南星、馮夢龍、陳皋謨、石成金，《明清笑話四種》（北京：東方文化供應社，1970年），頁111。

〔註43〕陳皋謨所編的《一夕話》體例與《山中一夕話》不同，卷1：選言、像贊、清語；卷2：詩文；卷3訂誤、笑倒；卷4巧對、酒律、異想；卷5雅謎、苦海；卷6類談，其分類縝密不若《山中一夕話》零散，見趙南星、馮夢龍、陳皋謨、石成金，《明清笑話四種》（北京：東方文化供應社，1970年），頁112。

〔註44〕《明史》曰：「屠隆（龍）者，字長卿，明臣同邑人也……時招名士飲酒賦詩，遊久峰、三泖，以仙令自許……詩文不經意，一揮數紙。嚐戲命兩人對案拈二題，各賦百韻，咄嗟之間二章並就。」見張廷玉，《明史》（台北：洪氏出版社，1975年）冊十，頁7388。

《開卷一笑》內閣文庫藏本有五篇其作品，分別爲正文前的〈一笑引〉、〈例〉、卷五〈別投巾文〉、〈勵世篇〉、卷六〈秋蟬吟〉，且李贄一樣，其在每一卷卷首、書名頁上都有其名，然寫序與編者未必爲同一人，且屠隆在〈例〉中提及李贄，推崇備至，況屠隆一生放蕩不羈、遊戲人生，崇尚戲曲、編排戲劇，甚至是扮演戲子的角色，其落筆實屬性靈之類，與《開卷一笑》的意蘊主旨不同，故而筆者認爲屠隆非《開卷一笑》的編者。

李贄爲《開卷一笑》編者是學界共識，如楊家駱（1912～1991）《中國笑話書》中，「第二十九種　山中一夕話，明李贄撰。是書爲清代署笑笑先生著「本李卓吾先生所輯開卷一笑，刪其陳腐，補其清新」所纂成〔註 45〕」筆者細觀《開卷一笑》，正文前的〈序〉、〈題辭〉、〈例〉、〈附錄〉中皆由提及「卓吾子」、「卓老」、「卓吾先生」、「卓吾」等，〈附錄〉更是卓吾和懷林的對談。另一十四卷《山中一夕話》明梅墅石渠閣刊本，序文中也有「李卓吾先生」之名，三台仙人更述「嗟乎！世之論卓吾者，每謂《藏書》不藏，《焚書》不焚，徒實梨棘。詎意《藏書》、《焚書》之外，更有如許妙輯。〔註 46〕」，加上《開卷一笑》中也有李贄的文章，爲卷六的《三友傳》，雖較屠隆少，但書名、卷名也都有其名。此外，特異獨行的李贄在卷八獨樹一格的完整編排蘇東坡的笑話集，加上其自著《坡仙集》〔註 47〕，可見李贄仰慕蘇東坡之甚，符合李贄的個性風格。此外，林海權所著《李贄年譜考略》也將《山中一夕話》（《開卷一笑》）納入著作輯選、批選類中〔註 48〕，黃慶聲〈論《李卓吾評點四書笑》之諧擬性質〉也認爲是李贄所編〔註 49〕，因此筆者亦認爲李贄爲《開卷一笑》

〔註 45〕引楊家駱，《中國笑話書》（台北：世界書局，1992 年），頁 8。

〔註 46〕引李贄，《山中一夕話》《明清善本小說叢刊初編》（台北：天一出版社，1985 年）序 2。

〔註 47〕《坡仙集》十六卷，宋蘇軾著，明李贄選批，明萬曆二十八年繼志齋焦竑刊本（北圖、福建師大、廈大藏）。《泉州府志・藝文志》作十卷。一作《選批坡仙集》，見林海權，《李贄年譜考略》（福州：福建人民出版社，1992 年），頁 487。

〔註 48〕引林海權，《李贄年譜考略》（福州：福建人民出版社，1992 年），頁 493。

〔註 49〕黃慶聲認爲李贄編有《開卷一笑》一書，書首有序一篇，篇末蓋印兩枚：「李贄之印」、「卓吾子」；且一衲道人屠隆（龍）（1542～1605）在書首作了〈一笑引〉，又於閱畢再撰之五條「凡例」提及李贄。又《山中一夕話》是笑笑先生在李氏編輯之書《開卷一笑》的基礎上刪補改編的，惟仍冠以李氏之名。見黃慶聲，〈論《李卓吾評點四書笑》之諧擬性質〉《中華學苑》第 51 期（台北：國立政治大學中國文學研究所，1998 年 1 月），頁 80。

的編者。

（二）十四卷版本考述

十四卷本現今通行有二，分別爲《開卷一笑》及《山中一夕話》兩種版本，然前卷別、作者名稱、卷前的題文都有所不同。

1.《開卷一笑》內閣文庫藏明刊本

日本《內閣文庫漢藉分類目錄》子部第十一，小說家類，瑣語目中著錄此書，「《開卷一笑》兩集，十四卷，明李贄編，屠隆校，明刊。〔註 50〕」而台灣國立政治大學古典小說研究中心主編的《明清善本小說叢刊初編》第六輯諧謔篇，將此書收入並由天一出版社發行。

內閣文庫藏本的《開卷一笑》於卷前的書題爲卓吾居士李贄編集、一衲道人屠隆參閱，共十四卷，卷一到卷七爲上集，卷八到卷十四爲下集，明代刊本，此書在正文之前共有〈序〉、〈一笑引〉、〈題辭〉、〈例〉、〈附錄〉五篇文章，正文每卷前皆有書名、編輯者名，如卷一前有「開卷一笑集上卷之一」、「卓吾居士李贄編集」、「一衲道人屠隆參閱」等字，每卷的卷尾也有「卷終」二字，行款完整的《開卷一笑》，是完整而嚴謹的版本。

2.《山中一夕話》梅墅石渠閣刊本

明梅墅石渠閣刊本的《山中一夕話》，據東京大學東洋文化研究所編之《東京大學東洋文化研究所漢藉分類目錄》子部第十二，小說家類三，諧謔之屬著錄言道：「《開卷一笑》上集七卷、下集七卷，即《山中一夕話》明李贄撰，明笑笑先生增訂，梅墅石渠閣刊本。〔註 51〕」而台灣國立政治大學古典小說研究中心主編的《明清善本小說叢刊初編》第六輯諧謔篇，將此書收入，由天一出版社影印發行。

明梅墅石渠閣刊本的《山中一夕話》於卷前的書題有李贄編，笑口先生增訂，共十四卷，然是上下自成系統，次目皆爲卷一到卷七，與《開卷一笑》編卷的數目方式不同。此書在正文之前有三台仙人所著的序，卷一、卷二、卷四、卷六前有「山中一夕話卷之一」、「卓吾先生編次」、「笑笑先生增訂」、「哈哈道士校閱」等字樣，但卷三卻將「笑笑先生增訂」、「哈哈道士校閱」

〔註 50〕引日本內閣文庫編，《內閣文庫漢藉分類目錄》（台北：近學出版社，1970 年）頁 289。

〔註 51〕引東京大學東洋文化研究所撰，《東京大學東洋文化研究所漢藉分類目錄》（東京：汲古書院，1981 年）頁 641。

等字改爲「一衲道人屠隆參閱」字，與《開卷一笑》相同。卷之五已沒有「一衲道人屠隆參閱」等字，卷之七無書名《山中一夕話》，徒留「卓吾先生編次」、「笑笑先生增訂」、「哈哈道士校閱」等字跡。下集卷一、卷六前面只剩下「卓吾先生編次」，書名、校閱、增訂者已刪除。卷二、卷四、卷七則完整保留書名、增訂、校閱者，卷三只留「一衲道人屠隆參閱」字，書名、校閱者已刪除。卷五則完全空白。除了作者改變之外，在目錄頁下集卷之一前更有「新山中一夕話集下目錄」等字。

3. 十四卷版本差異

《開卷一笑》內閣文庫藏本與《山中一夕話》梅墅石渠閣刊本兩者，除卻書名的差異性外，卷秩數的名稱亦不相同，內閣文庫藏本的《開卷一笑》卷一到卷七爲上集，卷八到卷十四爲下集，而明梅墅石渠閣刊本的《山中一夕話》十四卷，是上下各自成系統，次目皆爲卷一到卷七，與《開卷一笑》編卷的數目方式不同。

《山中一夕話》上集卷一至卷七的版心中間更刻有「開卷一笑」字樣，下面還有頁數，雖然到了下集之後兩者皆已被刪除。《開卷一笑》每一卷末必有「卷終」二字，而《山中一夕話》只出現在上下集卷七末尾才出現。

兩種版本在目錄中每一卷下皆有笑話篇章的章數，《開卷一笑》爲四百六十六則，《山中一夕話》爲四百七十二則，篇章則數看似增加六則，但卻不是如此，《山中一夕話》的卷一爲《開卷一笑》的卷三，《山中一夕話》的卷三爲《開卷一笑》的卷一，且《山中一夕話》的卷三雖寫爲十七則，但實際數目只有十一則，與《開卷一笑》的卷一相同。而《山中一夕話》在目錄頁下集卷之一前更有「新山中一夕話集下目錄」等字，是以從書名的更改、作者名字前後訛誤、版心的刻意空白、卷數的互調、版面的編排可知《山中一夕話》梅墅石渠閣刊本可能爲仿《開卷一笑》內閣文庫藏本之作〔註52〕，參見表二：〈《開卷一笑》內閣文庫藏本與《山中一夕話》梅墅石渠閣刊本比較〉。

〔註52〕侯淑娟道：「此版本實較《開卷一笑》粗糙，由其版面之紊亂及「一那道人屠隆（龍）參閱」、版心「開卷一笑」的遺形，可推知此書可能以《開卷一笑》爲底本，挖補後修改後直接翻印。」見侯淑娟，〈《山中一夕話》初探〉《東吳中文研究集刊第三期》（台北：東吳大學中國文學研究所學會，1986年5月），頁63。

表二：《開卷一笑》內閣文庫藏本與《山中一夕話》梅墅石渠閣刊本比較

	《開卷一笑》	《山中一夕話》
書名	《開卷一笑》	《山中一夕話》 下集卷之一前有「新山中一夕話集下目錄」等字 上卷之七無書名《山中一夕話》
正文前序	〈序〉、〈一笑引〉、〈題辭〉、〈例〉、〈附錄〉	三台仙人著序
作者	**每卷前皆** 「開卷一笑集上卷之一」 「卓吾居士李贄編集」 「一衲道人屠隆參閱」等字	**上集卷一、卷二、卷四、卷六** 前有「山中一夕話卷之一」 「卓吾先生編次」 「笑笑先生增訂」 「哈哈道士校閱」 **上集卷三則為** 「山中一夕話卷之三」 「卓吾先生編次」 「一衲道人屠隆參閱」 **上集卷五則為** 「山中一夕話卷之五」 「卓吾先生編次」 **卷之七則為** 「卓吾先生編次」 「笑笑先生增訂」 「哈哈道士校閱」 **下集卷一、卷六** 「卓吾先生編次」 **卷二、卷四、卷七** 完整保留書名、增訂、校閱者 **下集卷三則為** 「一衲道人屠隆參閱」 **卷五完全空白**。
版心	《開卷一笑》及頁數	上集有《開卷一笑》及頁數字 下集則無
卷末	有「卷終」二字	只有上下集末才有「卷終」
卷編次序	卷一到卷七為上集 卷八到卷十四為下集	上下自成系統，次目皆為卷一到卷七

周作人（1885～1967）曾在《苦茶庵笑話選》序曾言：

> 《開卷一笑》有日本寶曆五年（1755）（按：乾隆二十年）翻刻第二卷本，巢庵主人小序中云，《開卷一笑》明李卓吾所輯，屠赤水亦加參閱，後人刪改曰《山中一夕話》，上集下集各七卷，上集專集詞賦傳記，下集多出笑言嘲詠〔註53〕。

由次可知李贄所編次的《開卷一笑》，諧謔滑稽可笑且迎合大眾的口味，是以後人、書坊多仿擬抄襲，刪改增補而發行。十四卷本的《開卷一笑》有內閣文庫藏本及梅墅石渠閣刊本兩種，後者仿擬翻印較為眞。是以《開卷一笑》內閣文庫藏本較《山中一夕話》梅墅石渠閣刊本為佳，故本論文所引原文皆以十四卷本《開卷一笑》內閣文庫藏本為底本，十四卷本《山中一夕話》梅墅石渠閣刊本為輔。

二、內容概述

李贄編纂的《開卷一笑》內容多元而豐富，包含了勸誡文選、寓言和笑話等，上集九十篇文選中，常用莊嚴肅穆的筆觸來描繪對美色、酒氣、身體殘缺、昆蟲動物的嘲弄，由於文體形式與內容差異性大，營造出的幽默嘻謔效果更加強烈，李贄將規勸諷諫之思寓於仿擬的文選中，深具意義。而下集三百七十六則笑話，機智幽默的對談式風格以及文人間的相互揶揄嘲諷，道盡世態人情，短小精悍的笑語中，使讀者瞬間體悟笑意而哈哈大笑，從其中品味笑話之旨趣。

（一）勸誡文選

《開卷一笑》上集中，李贄利用詞、傳、文、賦、敘、諭、疏、篇、論、令、歌、說、解、經文、祭文等各項文體，與日常瑣事、荒謬怪誕、窮愁潦倒、鬼怪神佛、體態特徵等內容結合，曹希紳等《說勸心裡與說勸技巧》中說道：「說勸，是說勸者為了某種特定目的而意欲影響、干預他人態度和行為的溝通模式。人要在社會中生存和發展，離不開與他人的交往……說勸雖然不是改變人們態度的唯一手段，但它卻是一種帶有普遍意義的、經常有效的手段〔註 54〕。」說勸能經由各種方式來影響別人的思想意念，諸多歷史故事

〔註53〕引周作人，《苦茶庵笑話選》（台北：里仁書局，1982年），頁18～19。
〔註54〕引曹希紳、吳學琴、陳閩紅，《說勸心裡與說勸技巧》（台北：國家圖書出版社，2001年），頁8。

也說明了說勸的意義與作用，勸說告誡使人能內省自身，達到改善自我缺點以達向善之目標，直接或間接的說勸技巧〔註 55〕皆能達至勸君悟正之資，李卓吾於《開卷一笑》中，善用各種文體結構、敘寫技巧，來達到其勸人向善之用心，在《開卷一笑》中，勸誡文選內涵豐富的直接性說勸，如〈扯淡歌〉、〈學呆歌〉，利用歌謠吟唱的方式進行說勸，或利用故事、寓言來委婉呈現其關懷世情百態，因此勸誡文選所涵蓋的範圍甚廣，上篇中諸多仿效佛經經文、論、歌、賦、疏、文、傳、說等文體，描寫日常生活中瑣事來貼近人心，描繪世態人情栩栩如生，宛若鄰家生活一般，而於其中寄寓人生感慨，有補益世教的意味。袁行霈（1936～）在市井文學類別中說道：「描寫世態人情，進行勸諭教化，是市井文學的一個重要內容。所謂世態人情，範圍很廣泛，諸凡世態炎涼、名韁利鎖、發迹變態、忘恩負義、縱欲享樂，形形色色的社會相，都在市井文學的視野之內，多數作品還寓有勸誡諷刺的意味〔註 56〕。」印證《開卷一笑》中，〈村學先生自敘〉便是描寫不得志的文人屈就於塾師之感嘆，表達出文人沒有辦法功成名就，而汲汲營營生計之苦楚，又如〈妓家祝獻文〉以妓女向佛祖之祈禱文，諷刺妓女嗜錢如命，沒有眞情可言，規勸世人莫貪戀美色，又如〈荅戒酒文〉中作者擬造酒神與誓戒者激辯，諷刺誓戒者自身心性不定，行爲荒誕，是咎由自取，非酒之罪。

勸誡文選多以正經八百之文體，描寫潦倒困厄、縱欲享樂、世態炎涼之不協調的內容，使其荒誕而致笑，抑或在寓言、笑話中，道盡小人得志、人人追求物質流行的歪風，在笑意中，體會李贄影射人生現實的一面，從而發掘自己本性而向善，寓教於諧謔文選中。

（二）寓言

「寓言」一詞最早見於《莊子》，《莊子・寓言》：「寓言十九，重言十七，卮言日出，和以天倪。」又「寓言十九，藉外論之〔註57〕。」寓就是寄，意在

〔註 55〕直接式說勸是說勸者將自己的觀點或結論明明白白告知對象，並讓其接受的勸說方式。間接說勸也稱誘導式說勸，它是說勸者採用暗示、比喻、角色互換、榜樣示範、繞圈子等方法，並經常藉助新聞報導、文娛、文化教育、藝術等形式而進行的說勸方式。見曹希紳、吳學琴、陳閩紅，《說勸心裡與說勸技巧》（台北：國家圖書出版社，2001 年），頁 128。

〔註 56〕引袁行霈，《中國文學概論》（台北：五南圖書出版有限公司，2003 年），頁 86。

〔註 57〕引郭慶藩撰、王孝魚點校，《莊子集釋》（北京：中華書局，1989 年），頁 947。

此而言寄於彼，藉由虛擬的人、事、物來暗示作者的思維，也就是「藉外論之」，就由外在的事物或故事來寄寓所欲傳達的理念思維，如陳蒲清所言：「寓言是作者另有寄託的故事。〔註58〕」因此透過寓言，可見作者其婉而多諷、規勸諷喻之道理意蘊，透過寓言的聯想趣味，使讀者能瞭解作者的言外之意而有所領悟。又陳蒲清於《寓言文學理論・歷史與應用》更揭示：「中國古代寓言以人物故事爲主，喜用誇張詼諧手法，思想上富於政治倫理色彩，體式上多爲散文，風格凝煉，傳統從未中斷而又善於吸收外來寓言的營養〔註59〕。」因此，寓言深具政治、倫理、教育的意義，藉由趣味十足、詼諧幽默的散文故事，引讀者入勝之餘，傳達其勸誡教化的意義與功能。

《開卷一笑》中寓言文選集中在上集，藉由人物或動物的滑稽可笑的事件來諷刺社會現實，以達到規勸諷喻之思，如〈蝨蚤相詬解〉中，蝨和蚤同是吸食人血維生的蝨蚤，因蝨代蚤被處決，便相互叫罵了起來，蚤蝨皆是吸食動物之血而生，兩者半斤八兩，卻如跳樑小丑叫囂著，荒謬無理而致笑，李贄以蝨蚤相詬比喻著尖牙利嘴的小人，遇到利益爭執，便醜態百出，毫不遮掩其貪婪的一面。又如〈螢蚊判〉中，螢蚊相爭，安排青蛙來作公道，來顯示君子與小人之不同處，爲惡必自斃，是以蚊子碎屍於市，以此來勸誡爲人需向善，諸惡莫作。

《開卷一笑》寓言多以昆蟲動物、鬼怪神佛爲主角，內容諧謔滑稽，藉此規勸尊重家庭倫理，勸勿沉迷酒色財氣，或勸爲人向善，使讀者在嬉笑怒罵之餘能有所領悟，勸君悟正之資於此可現。

（三）笑話

能引人發笑的言語，或內容好笑的事物就是笑話，笑話能娛樂人心、緩和情緒，因此廣泛地流傳在每一個階層中，《幽默與言語幽默》說道：「客觀世界（包括映現世界的語言、言語）是充滿矛盾的，這矛盾不僅引發爭鬥，也常帶有情趣與笑源。只是生活矛盾中的情趣與笑源多半藏而不露，需要人去領會感受並繼而加以轉化表達。〔註60〕」因此笑話從生活中的矛盾出發，

〔註58〕引陳蒲清，《寓言文學理論・歷史與應用》（台北：駱駝出版社，2001年），頁11。

〔註59〕引陳蒲清，《寓言文學理論・歷史與應用》（台北：駱駝出版社，2001年），頁38。

〔註60〕引譚達人，《幽默與言語幽默》（北京：三聯書店，1997年），頁5。

凸顯其矛盾以致笑，司馬遷（西元前 145～前 86）《滑稽列傳》中便記載了優孟、優旃等先秦俳優們的滑稽可笑事蹟，這些俳優們以輕鬆調笑的方式，順勢而爲，凸顯激化事物的矛盾點來引發眾人的笑意，進而使君王發現自己的謬誤，因此中國的笑蘊含著許多的意涵，勸誡諷刺、人生意義、道德教育等。

上集多爲筆記小說、諧謔文選、寓言，下集多爲短篇笑話的《開卷一笑》內容上多不拘類別，有聞即錄，所以包含了異事奇聞及軼聞軼事，對於神祇的描述，多在文章中以配角爲基礎，帶有懲奸除惡的基調，菩薩、金剛婆、水母娘娘等在〈懼內經〉、〈捐皁旗經〉、〈神授化妬經〉中皆爲以其普渡世人、闡揚正義的神祇特質出現，教誨眾人，甚至傳授經文，讓人誦念，藉由神佛普渡、因果循環的力量達到規諫教化之功能。

笑話在李贄《開卷一笑》中列於下集，有三百七十六則，數量龐大、種類繁多，自娛娛人的幽默、機智逗趣的詼諧、揶揄諷刺的諷喻……等多種供人解頤、抒解身心的笑話，有的是惹人笑意、寓意不明的笑話，更有寓含深切旨意的笑話型寓言〔註 61〕。李贄蒐羅之時也希冀能有木鐸之警，是以「所輯無能立異也，第不關意中語不錄，則是編豈獨取資噴飯而已〔註 62〕。」李贄輯錄的笑話深具幽默揶揄性，藉由笑話人物的機智對談抑或滑稽出糗，彰顯人性百態，使得讀者閱之在開懷大笑之時，更能有所體悟進而達到勸君悟正之用心。

第四節　研究現況、目的與進程

李贄在晚年流寓客子〔註 63〕時期，以其學識理念以及經驗積累，撰寫了許多經典的文章，本節依序介紹目前李贄作品的研究現況以及本論文的研究目的及進路，冀能在文本與文獻研究的基礎上，探求李贄《開卷一笑》的價值與意義。

〔註 61〕林淑貞說道：「笑話型寓言是以笑話的形式表達作者寓意的一種文學類型。」見《寓莊於諧：明清笑話型寓言論詮》（台北：里仁書局，2006 年），頁 19。

〔註 62〕引李贄，〈例〉《開卷一笑》《明清善本小說叢刊初編》（台北：天一出版社，1985 年）頁 3。

〔註 63〕引李贄《藏書》卷三十七：「自稱流寓客子，既無家累，又斷俗元，參求乘理，極其超悟。」見李贄《李溫陵集》《續修四庫全書》一三五二冊，（上海：上海古籍出版社，1995 年）頁 742。

一、前人研究成果概述

綜觀目前研究現況，與李贄相關的篇章文論敘述中，有關於李贄生平傳記、或述其文學思想與修辭技巧、或探討佛學、史學的意蘊主旨、或述其教育理念、婦女觀等，研究探討的文獻均都有並存，研究李贄思維、散文作品良多，尤以思想類、文學類爲大宗，統計中可知，截至目前爲止，於大陸及臺灣地區，所研究的「學位論文類」皆以李贄的思想觀念、文學與佛學理念爲主要研究範圍，如研究文學思想的王頌梅《李卓吾的文學理論及其實踐》、金惠經《李卓吾及其文學理論》、左東嶺《李贄與晚明文學思想》；研究李贄思想的劉季倫《李卓吾的思想之研究》、丁樹琴《李卓吾眞我觀之研究》、陳清輝《李贄思想探微》；研究政治的王憶萱《李贄的政治哲學》；研究史學的魏妙如《李贄的思想和史學》；研究佛學的羅美玉《李卓吾的佛學思想與文學理論》、唐春生《李卓吾及其淨土思想》；研究儒學的王寶峰《儒教社會中的獨行者：李贄儒學思想研究》、鄭淑娟《李卓吾儒學思想之研究》；研究性別觀念的林怡君《明代新思潮下文人的婦女觀—以歸有光、李贄、馮夢龍爲例》等種類繁多。整理如附錄二：〈李贄研究相關學位論文目錄〉，頁 191～193。

台灣最早研究李贄的學位論文爲林其賢《李卓吾研究初編》文分上、下二篇，另收附篇。上篇爲「年譜」，係取李氏文集所收詩文約六百首，譜繫年月，加上交遊文字、時輩錄記……編製而成，下篇描述李卓吾成學之經過，佛學思想，收附篇二文，述其師友與著述，現編選成專著《李卓吾事蹟繫年》，林其賢認爲：「面對卑弱的國勢、委頓的士風、僵化的禮法，想要安身立命，便需求生活的調適。解脫是必要的，超凡是必要的，但非得建立在安頓的人生基礎上不可。同樣是安頓人生，當代群士大夫多詳論「人道」，獨卓吾多談「人生」，正視生命的原欲發動〔註 64〕。」可知李贄重視自我生命歷程，進而享受生命所賦予的一切悲喜，但是在《李卓吾研究初編》研究中對於李贄在通俗文學的貢獻甚少著墨。

再者，從 1995 年起研究李贄的思想與文學作品日漸繁多，主要的題材仍以其文論延伸的思想爲主軸，直至 2008 年，才見兩篇關於李贄的通俗文學點評的學位論文，2008 年陳韻妃《李贄戲曲點評研究》、2009 年張配君《李卓吾先生批評西遊記》，是以李贄於諧謔笑話文學的著作尙待開發，侯淑娟道：

〔註 64〕引林其賢，《李卓吾事蹟繫年》（台北：文津出版社，1988 年），頁 2。

> 《山中一夕話》包含了諧謔文選、筆記小說和笑話的特性，常用莊嚴、正式的文學形式來寫日常生活中的鼠患蚊害、蝨噬蚤允、疥癬疹癩、窮愁潦倒、昏倦疲憊等不足爲外人道的不適或隱私，形成一種特殊的詼諧效果。不論自嘲或嘲人，都以誇張的人格化筆法，一吐憤懣之情，借題發揮，罵盡饞邪奸佞〔註65〕。

李贄收錄的《開卷一笑》內容多元而豐富，諧謔諷刺的文章俗賦、文人軼事、志怪小說、巧對雅謎、諧擬的詩詞文章、幽默風趣的笑話等，其皆以嘻笑爲出發點，自娛娛人，談笑間，嘲弄汲汲名利的現實人生、諷刺各階層的世態人情，如《開卷一笑》序中說道：

> 吾儕肖行宇宙，亦役與世故相馳逐也，將認爲眞乎？假乎？眞假各半乎？余思纏縛難解，第不施線索之木偶耳，即達叟大觀能跳躍葫蘆外否也？君相習而罔悟究竟，不曉爲誰嘲弄，是不可大發一笑哉〔註66〕。

在《開卷一笑》的序中可見其命名爲開卷一笑的契機，其中更寄寓感慨，在轉瞬即逝的人生裡，被物欲與名利所束縛，眞假已難察覺，心之所向更早已迷惘，只能一笑置之。是以笑話的意涵不僅僅爲嘲諷滑稽的調解，在其笑鬧的背後更帶有補益世教、發人深省的功能，使人能得言忘象、得意忘言，覺察自我的眞摯之情。

《開卷一笑》笑話旨趣間更可見文人著作的用心，實是不同於其他笑話選集，在解悶消遣之餘，更能讓讀者瞭解其弦外之音，在會心一粲之餘而能有領悟，因此《開卷一笑》在文學上的意義以及其在晚明之際的社會功能價值，是筆者所欲探究的。

二、研究目的

李贄的思維理念富有創新與改變的精神，對於晚明封建正統思想，有了衝擊性的作用，其諷刺禮教階級、展現天下無一人不生知等思維情感，重視自我本性的心，而經由《開卷一笑》這莞爾會心的幽默笑話與諧謔文選，展現李贄重視通俗文學的另一面，勸誡文選與寓言的生動描繪、貼近人心，滑

〔註65〕引侯淑娟，〈《山中一夕話》初探〉《東吳中文研究集刊第三期》（台北：東吳大學中國文學研究所學會，1986年5月），頁78。

〔註66〕引李贄，《開卷一笑》《明清善本小說叢刊初編》（台北：天一出版社，1985年）頁3。

稽諷刺的笑話兼具了嚴肅及輕鬆兩個特質，笑話爲人民生活中的休閒調劑，李贄編選的《開卷一笑》廣納各階層風情笑語，在倡童心說等重視情感抒發的情懷下，其書寫的精采之處也是筆者所欲探討的。

本文的研究目的在於探討李贄《開卷一笑》諧謔的表達方式及其雋永的意涵，一窺李贄藉由詼諧的技巧，達到諷刺勸誡的目的，筆者依據喜劇美學與寓莊於諧等基礎理論以及《開卷一笑》展現的結構理論、敘寫技巧、主題分析、文化價值與功能，來探究晚明笑話文學於社會文化上貢獻。

三、研究進程

本論文的研究方式主要以「文本分析法」爲主，除以《開卷一笑》原典爲主要文獻外，尙包括有關的專著與論文。在資料之蒐羅上，檢索原典、相關專書與論文，以爲本論文資料分析之主要憑藉。本論文的研究進程以文本分析爲主軸，分別從結構、形式、群相、內容、意義五方面，來探討《開卷一笑》在文學與文化上的價值與意義。

第一章「緒論」說明研究動機、現況、目的及進程，並介紹晚明社會學術思潮、李贄的生平事蹟，並對《開卷一笑》的編者版本作一略述，說明李贄思維的成因之社會背景與個人歷鍊。

第二章「結構」方面，說明《開卷一笑》勸誡文選、寓言、笑話的組成結構，藉由結構組成探討本體寓體兩者的對照與遮詮關係，以及由作者、讀者、文本所結合的寓意表述的途徑，形構出李贄《開卷一笑》的類型與結構。

第三章闡述「形式」方面，分析李贄諧趣敘寫技巧，說明其中化形析字、諧音析字、語義析字等語言文字的特色，以誇張、譬喻、仿諷、反語等滑稽性修辭而產生的諧趣幽默，以即從作品實現手法的歸謬、推理、倒錯、對比、重複等邏輯結構所衍發的諷刺美學。

第四章「群相」，論述勸誡文選、寓言俗賦、文人軼事、志怪小說、巧對雅謎、諧擬詩詞、笑話間，李贄所描寫眾生群相、貪嗔痴的人性寫照。

第五章「內容」藉由反應《開卷一笑》的社會生活面向，顯現其彰顯社會現況與生活寫實，如從個人行爲百態的觀照，家庭的描述進而擴展至官場百態等主題所表達的觀念，由個人推延至群體，諷刺社會現實人生與教化向善之雋永意涵。

第六章「價值」與「意義」，藉由幽默、詼諧、嘲諷等喜劇文學之資與諷諭教化的勸誡性質，呈現出《開卷一笑》整篇的風格特色。「價值」方面闡述《開卷一笑》的文學價值，從雅趣詩文、諧隱教化的文選來闡述李贄《開卷一笑》的文學價值，藉由《開卷一笑》的價值意義，進一步呈現晚明市井意識與通俗文學繁盛之因，彰顯其諧隱教化之用心。

第七章「結論」則承繼結構、形式、群相、內容、意義等探究結果，肯定李贄《開卷一笑》的文學價值與其在社會文化上的貢獻，更是民俗學、社會學、文化學的研究素材，並進一步提出未來研究方向的建議。

第二章　《開卷一笑》形構理論

本章論述《開卷一笑》的形構理論，第一節爲《開卷一笑》的組構方式，本書分爲勸誡文選、寓言和笑話等文章，其文章寓意的組成結構方式如何顯揚蘊旨？第二節爲寓意與本體間的關係，能指與所指間相互聯繫，使得寓意與話語更加的豐富鮮明，第三節爲寓意表達方式，藉由作者、文本、讀者三方面來求知其意蘊內涵。

第一節　《開卷一笑》組構方式分析

《開卷一笑》由勸誡文選、寓言、笑話三部分組成，勸誡文選與寓言是利用正經八百的文體撰寫戲謔諷刺的文章，讀者在與勸誡文選感同身受的體悟中，抑或寓言以此喻彼的揶揄中，表達作者寓於文章中的意涵，陳蒲清在《寓言文學理論・歷史與應用》說道：「各類故事，包括歷史故事、世俗生活故事、滑稽故事（笑話）等，它們跟神話、傳說、童話（幻想故事）一樣，都是別無寄託的故事。寓言和它們的分別就在於寓言有所寄託。這些故事只要賦予一定的寄託意義，便可以成爲寓言。〔註1〕」。

寓意的傳達有清楚明確表達給讀者的言內寓意以及聯想力豐富的言外寓意，這也使得滑稽幽默的笑話有了啓發思維的意義。《開卷一笑》中笑話、勸誡文選與寓言的組構方式，也是本節所欲探討的主要內容。

〔註 1〕引陳蒲清，《寓言文學理論・歷史與應用》（台北：駱駝出版社，2001 年），頁 51。

一、勸誡文選的組成形態

《開卷一笑》上集中，李贄利用詞、傳、文、賦、敘、諭、疏、篇、論、令、歌、說、解、經文、祭文等各項文體，與日常瑣事、荒謬怪誕、窮愁潦倒、鬼怪神佛、體態特徵等內容結合，形成不和諧的戲謔感，進而彰顯社會現況抑或人性虛僞之一面，借所編纂的文章，闡述發揮所蘊含之理念，如〈誅鼠文〉：

> 維淳祐改元四月甲申，柳園陳子，偶於釀具中，生獲一鼠，爰命家童至於片木之上，削竹爲釘，著其四足，窮訊厥罪而責之曰：「維爾穴居，實繁醜類……，婦女蠶桑心亦勤苦，爲衣爲褐，無不籍此。爾則食蠶，膏唇沃齒……爾有皮毛可禦霜雪，豈至若人冬裘夏葛，人或號寒，由爾爲孽，此則爾罪一也……爾先偷盜穴居，爲倉閉藏富，溢雀鴿莫將，人經兵火，饑饉薦臻，甑中生塵，米如炊玉，爾當此時飽充口腹，此則爾罪二也。若有奸滑小吏，得爾遺糞，漬蜜獻王，圖報私恨或藉爾爲此……」有一客在傍相語曰：「彼有皮毛而不恤人之無衣，彼有囷倉而不恤人之無食戴天覆地，全不愧惕。宥此二罪，計未爲得。曷若斬首，顯此名辟。」陳子笑而從之〔註2〕……

文中闡述老鼠的惡行，咬破衣物使人無法禦寒，吃盡糧食使人挨餓饑饉，是以誅滅之，然李贄以鼠之惡行比喻猖獗之小人，猶如鼠輩一般，搜刮百姓，使其痛苦不堪，最後老鼠被滅，正如同小人終有惡果，李贄以此規勸自私自利之人改過向善，其規勸教化之意義即在此。而李贄也應用了散文如〈眞若虛傳〉、〈村學先生自敘〉等平鋪直敘，近於口語化之散文，描述生活的瑣事，並利用譬喻、對偶、排比等修辭格使文章生動有趣，在描述生活的過程中，呈現其對際遇曲折、生命之感嘆，將對人生的感悟化爲文章，藉由故事人物抒發出來。

除了以文寓理的勸誡文選外，亦有勸人悟正的啓發文章，如〈開惑篇〉：

> 空明子謂弟子曰：「仕宦大夫之大惑有三，細民之大惑有二。」弟子曰：「請問三惑？」曰：「三惑者，貪爲之也，一曰以鑑士相貌，二曰以星家議命，三曰以堪輿測地理……」請問二惑曰：「二惑者，愚爲之也。一曰過信巫以祈疾，二曰媚佛事以干福……」仕宦惑於貪矣，細民惑於愚矣，舉世皆濁我獨清，舉世皆醉我獨醒，夫子之謂乎〔註3〕！

〔註 2〕引李贄，《開卷一笑》，卷六，頁 6。
〔註 3〕引李贄，《開卷一笑》，卷七，頁 18～21。

李贄藉由空明子與弟子的對話，說道仕宦之惑即爲貪，與其相命、勘輿、占星不如唯心成德，培育清白之舉；而細民之惑即爲愚，過於相信巫術與佛事，然而禍福是人所感受、感受佛法不在信奉供養，而是人的慈悲心，仕宦與細民皆盲於自己的迷惑而不自知。

李贄編纂的《開卷一笑》上集以通俗的口語，及種類繁多的文體所延伸的性質差異，加上文章內容的不協調，增添文章的趣味性，在引人入勝之餘，傳達其寄寓人生的感嘆與啓發教化的用心。爲文的功能在薛鳳昌（1876～1943）的《文體論》中說道：「文的效用，不外二項，一爲對己，對己就是將一己所有的感想和所抱的學術，以及讀書得到的心得盡情宣洩出來，給天下後世觀看；若是對人，則上自君相官長，下至家人父子，所應行告語他的，都發表在文字上，給他觀看，這些都是對人的〔註4〕。」職是，李贄藉由各種文體表達理念想法，寄寓啓發人性於戲謔的文章之中。

二、寓言的構造式樣

陳蒲清言道：「寓言的本質屬性，決定了寓言結構的雙重性。寓言有兩部分組成：故事是它的寓體，寓意是它的本體〔註5〕。」所以《開卷一笑》寓體有故事和笑話，也就是「事」的部分，藉由故事和笑話，展現李贄所揭露的世態人情、貪嗔癡嗜，達到啓迪人心之資，意即「理」，故而寄託性與故事性的結合是寓言文體的根本特色〔註6〕。神話、童話、笑話、小說、戲劇、詩文皆有可能爲寓言的文體，利用比喻或諷刺詭辯等技法，賦予啓發、勸善的寄託，皆是寓言之體例，而在《開卷一笑》中，散文、詩歌、笑話、傳體皆有寓言的蹤跡，如〈青蛙吟〉：

> 章臺柳畔有一物，良可嘆兮又可惜。擺尾搖頭似鼓丁，打塊成團屯岸側。有時脱卻舊行藏，倚仗蘆葦逞威力。花花褲兒穿一腰，綠綠衣衫遮滿脊。雙睛瞠視如突硃，一口吱喳無紀極。須臾煽焰勢轟轟，頃刻消洋聲寂寂。夜逐流螢鬧汀渚，曉向草茅混形跡。番身跳足大貫猛，貪嘴吞鉤少知識。懊恨鄉村媒利人，捉賣市沽換賤值。論觔

〔註4〕引薛鳳昌，《文體論》（台北：台灣商務印書館，1968年），頁2。

〔註5〕引陳蒲清，《寓言文學理論・歷史與應用》（台北：駱駝出版社，2001年），頁22。

〔註6〕引陳蒲清，《寓言文學理論・歷史與應用》（台北：駱駝出版社，2001年），頁22。

> 止得五六厘，每隻不過二三忽。破肚窮腸上刀砧，剝皮刖足受慘剋。
> 備嘗苦辣及鹹酸，歷盡煎熬并煉炙。不同膏品列正筵，只好傍邊做
> 協色。若人舉受畧鄉親，那堪大嚼與蠶食。骨頭委棄地中央，狗子
> 見了也不吃。嗟呼到底沒下稍，何事終朝跳弼弼〔註7〕。

敘述者賦詩敘述青蛙的形貌與體態，吱吱喳喳、氣焰囂張，晚上追逐蟲螢，草叢間都可見青蛙的足跡，然其貪嘴上鉤，成爲幾兩錢的嘴上俎，在受盡煎煮炒炸的煎熬後，只是正筵旁的配角，飯後骨頭被丟在地上，狗兒也不吃。敘述者詳述青蛙好吱吱喳喳的特性，隱喻搬弄是非、愛嚼舌根的小人，其神出鬼沒，一張嘴顛弄是非，社會中處處可見，然而青蛙最後的下場是爲盤中物，連骨頭也無人理，如同耳食之聞的小人，最後因惡必自斃的下場一樣，李贄借由青蛙之故事隱喻倒反舌根之小人必有報應，因此告誡世人勿道聽塗說、人云亦云，其寄託之旨意由此可見。

寓言之故事性使讀者覺得有趣，生動活潑的內容引人入勝，閱讀後，寓意從而顯現出來，使讀者的精神與文本、作者合而爲一，從而領略寓言的本質寄託。

三、笑話的形構方式

笑話是生活中最美好的事物，藉由笑話排憂解勞，是情感與理智的結合呼應，笑容滿溢，使人的心境得以轉換提升抑或有所領悟，而笑話能產生想法，使讀者會意，也因其是一種精神狀態的產物或者切合一定的環境〔註8〕。因此笑話的組成，除了單純博君一笑，更有另有所指的會心一笑，不只是內容旨趣幽默，更需加入人物、結構、語言，使得笑話有了更深一層的體現，如藉由笑話軟化彼此關係，進而將所欲表達的思維傳達給對方，是以《史記·滑稽列傳》:「談言微中，亦可以解紛。」笑話除了有引人發笑事件外，更帶有說理的寓意，在自然解頤之時，更有心悅誠服的接受感，此即爲寓言笑話〔註9〕，《開卷一笑》下集中，藉由嘲弄、鬥智、聯想等各種的言語幽默，使

〔註7〕引李贄，《開卷一笑》，卷六，頁25。

〔註8〕引昂利·伯格森著，徐繼曾譯，《笑：論滑稽的意義》（台北：商鼎文化，1992年），頁39。

〔註9〕喜劇性的寓言笑話其特點是用一個短小的故事來說明一個道理，內容寓意比較深刻，往往達到哲理的高度，而人物形象和故事情節卻要求單純而曲折，正面說理外也有幽默、諷刺。見段寶林，《笑話：人間的喜劇藝術》（北京：北京大學出版社，1991年），頁101。

讀者在呵呵大笑之餘，亦有所感。

（一）單一笑話的《開卷一笑》

笑話型的寓言依據故事數量多寡、主角與旨意是否獨立，分爲單一故事寓言與故事群組寓言，單一故事寓言即指笑話寓言故事沒有經過組織性的編輯，而是任意、隨機的展現，亦即笑話之間前後並沒有連慣性、整合性等前後呼應，而是讓作者隨意編排的，也就是單篇寓言〔註 10〕。然而在笑話編纂中，前後笑話雖無旨意上的聯繫，然作者以屬性相近歸類爲一部，如馮夢龍《笑府》、曹臣《舌華錄》等，依林淑貞揭示：「將屬性相同的故事，置於同一類或同一部（通常指諷刺的對象或寓意的指涉），亦即編輯者將眾多的笑話型寓言分類，寓言則多爲寓意屬性相同而同列，故事與故事之間必無關涉〔註 11〕。」《開卷一笑》並沒有將寓意屬性相同的故事笑話放在同一部，然確有相同旨趣性質的文選或笑話編列在前後則之中，然其未標示卷名、屬性不同的笑話也歸類在同一部中，是以其卷秩龐雜，無分類標準。

故事群組寓言與單一故事寓言相反，主角或主題旨意貫穿前後的笑話寓言，以主角系列寓言爲軸心，使讀者能潛入主人公的心理層面，隨著一連串的笑話，體會主角的機智反應與其影射的寓意，如《艾子雜說》，而《開卷一笑》卷八中也以蘇軾爲主角，每一則笑話都是與蘇軾相關的事件，以及與蘇軾相關的人物，如蘇小妹、佛印、劉貢父等，但旨意不盡相同，編輯方式是散漫而隨性的，如從字謎有趣的〈千字謎〉，接著〈月素撞席〉的機智巧答，到諷笑奉承的〈取笑行者〉，闡發的題旨都不相同，但皆是以東坡爲主角，此即系列型的寓言。

李贄《開卷一笑》共有十四卷，然而除卻卷八有蘇軾爲主角，是貫穿型的系列寓言外，其餘這十三卷沒有統整性且分卷雜亂，呈現出作者隨意編排的屬性，所以《開卷一笑》是屬於沒有連綿性質的單一故事類的笑話，每一個笑話寓言都有著獨立性質，使讀者隨手翻閱可讀，無須參酌前後的關連性，也符合了笑話在閒暇之餘，排遣寂寥、抒發鬱悶的功能性，篇幅短小、獨立

〔註 10〕從體制的組織形式，可分爲單篇寓言、系列寓言和寓言群等。單篇寓言，萊辛分爲兩個小類，一是簡單寓言，一是複合寓言，寓言作者只要把虛構故事所類比的特殊事件説出來便是複合寓言。見陳蒲清，《寓言文學理論・歷史與應用》（台北：駱駝出版社，2001 年），頁 94。

〔註 11〕引林淑貞，《寓莊於諧：明清笑話型寓言論詮》（台北：里仁書局，2006 年），頁 36。

性強，使人在片刻間得到開懷的朗暢。如〈文公正對〉：

帝置李文正公於膝上，時父伏於丹陛，命以對曰：「子坐父立，禮乎？」對曰：「嫂溺叔援，權也。」帝以爲奇確〔註12〕。

年幼的李文正公已是人人皆知的神童，榮幸獲得皇帝的召見，並讓皇帝抱在膝上，眞是天大的榮幸，然皇帝看見他的父親跪在地上，一時興起問孩兒坐著而父親跪下，這成何體統呢？李文正公不見膽怯，機智靈敏的馬上以嫂子溺水而小叔跳水救兄嫂爲答案，此妙答充分顯現出李文正公的機警聰慧，是權變之理，而非藐視人倫五常。

此則笑話說明了主角李文正公的機警，也說明了事情、人物的對應都有其權變的關係，而非拘泥於名稱輩份，而在〈文公正對〉笑話後面的，卻是笑人愚昧的〈葉又問不解軍事〉：

金主亮南侵，命葉又問（字審言）視師江上。又問素不習軍旅，會劉錡捷書至，讀之至：「金賊又添生兵」，顧問吏曰：「生兵是何物？」聞者掩口〔註13〕。

不懂軍中操練的葉又問是視察將兵的人物，敘述者在描繪中，已點明此可能是不熟悉軍中事物而鬧的笑話，果不其然，葉又問在接到捷報後，不懂新的生力軍爲生兵的意思，還問了部下生兵到底是什麼東西？將人物比喻成東西，鬧了笑話。這兩則雖然在前後，卻是沒有共同屬性的兩則笑話，各自獨立且內容意義也南轅北轍，是單一性的故事，李贄的《開卷一笑》即多屬此類。

但是，在同一卷中，雖然沒有相連續的故事，也沒有一定的編排順序，仍有些許多主角相似、旨意相同、敘寫技巧相同的篇章，放在前後相近的位置，如〈石裕酒沐〉：

石裕方明，造酒數斛，忽解衣入其中，恣沐浴而出，告弟子曰：「吾平生飲酒，恨毛髮未識其味，今日聊以設之，庶無厚薄。〔註14〕」

又其後一則〈郭文洗花〉：

郭文在山間，有石榴、楊梅等花，爲樵牧所傷。郭賫簪沽酒以澆之。人問何故，曰：「爲二子洗瘡止痛。」眾大笑〔註15〕。

〔註12〕引李贄，《開卷一笑》卷十一，《明清善本小說叢刊初編》（台北：天一出版社，1985年）頁2。

〔註13〕引李贄，《開卷一笑》卷十一，頁3。

〔註14〕引李贄，《開卷一笑》卷十，頁10。

〔註15〕引李贄，《開卷一笑》卷十，頁10。

兩位主角都是嗜酒之文人，在酒酣之餘做出了可笑之事，石裕洗了酒澡，說是爲了讓自己的皮膚也能體會酒的美味；郭文賣掉簪子，買酒澆石榴、楊梅等被樵夫及牧人所傷的花卉，說是爲它們療傷止痛，如此荒謬滑稽，使笑話充滿了笑意，而兩位性格相似的主角被放置在前後文中，在〈郭文洗花〉之後，還有〈鄭泉快飲〉，也是嗜酒而鬧出的笑話，說明了李贄雖然在編纂時，沒有細分各卷的性質、意義，使得十四卷卷秩龐雜，且每一卷亦無標誌題目或屬性，然而笑話之中，仍依稀可見幾則相同性質的歸類在一起，如以嘲諷懼內、妒婦的〈崔以戲勸李夫人〉、〈范寺丞妻〉、〈李嘲陳越席〉，笑話中可見其相同的嘲諷對象抑或寓意，但與十四卷相較，仍屬於少數，所以《開卷一笑》在故事形式種類方面，仍是屬於獨立性質高的單一故事笑話型寓言。

（二）《開卷一笑》笑話型寓意組成結構

寄託隱含的意旨即爲寓意，寓意是將思維理念隱藏在故事或笑話中，陳蒲清在《寓言文學理論・歷史與應用》說道：「寓言是寓莊於諧的，寓言作者善於抓住生活中的矛盾，用詼諧可笑的方式表現嚴肅深刻的主題，揭露和嘲笑醜惡的事物。〔註 16〕」而笑話正是以詼諧可笑的方式創造出喜劇美、使人開懷大笑，這些以滑稽搞笑的言語惹人笑意的，便是「事」，笑話型的寓言正是以詼諧滑稽的笑話凸顯其背後所想要傳達的思維理念，也就是「理」。

因此《開卷一笑》中笑話與寓言皆寓含了「事」的成分，「事」是指故事笑話本身，經過笑話本身所營造的幽默詼諧的笑意，供人解頤調笑，此外，《開卷一笑》中笑話與寓言也有「理」的成分，便是通過笑話與寓言的故事陳述，引人笑意之餘，所產生的思想感悟，也就是「理」，「理」可以反應作者的賦意、文本的傳意、讀者的會意，進而讓人通達感悟。所以笑話型寓言的故事類型與其組成結構組織了笑話型寓言的基本模型，笑話的故事形式種類依照其相同故事篇則多寡，分爲單一故事寓言以及故事群組寓言兩種，而笑話型寓言的組成結構也分爲單純的「事」、寓含「理」之「事」，形式種類與組成的結構成了笑話的基本生命。

笑話中的寓意提升了笑話的表達層次，不僅僅是生理上的愉悅，藉由作者、文本揭露或讀者自我的聯想的傳達方式，在這些簡短幹練的笑話中，體悟審味弦外之音，這也是獨屬於中國人幽默特色。

〔註 16〕引陳蒲清，《寓言文學理論・歷史與應用》（台北：駱駝出版社，2001 年），頁 34。

1. 體悟寓意的「事」

「事」是指笑話故事，不含涉寓意的「理」，是純粹的笑話，博君一笑，每一則短篇只有故事呈現，沒有直接且明確的點名寓意所在，使讀者在賞閱時，展露笑顏是第一反應，在笑話中，只言「事」而未指明寓意的故事最多，給予人的想像空間也最大，其不拘泥於作者所欲傳達的理念，更可透過文本的解讀引領神會，抑或讀者自行揣測，天馬行空，此為體悟式的寓意表述論，如〈嘲陳季常懼內〉：

> 陳慥，字季常，公弼之子，居于黃洲之岐亭，自稱龍丘先生，又曰方山子，好賓客，喜蓄聲妓。然其妻柳氏，絕凶妒，故東坡有詩云：「龍丘居士亦可憐，談空說有夜不眠。忽聞河東獅子吼，在杖落手心茫然。」河東獅子指柳氏也〔註17〕。

歷史上著名的「河東獅吼」，喜愛宴客、狎樂妓的陳季常，其妻偏偏嫉妒心強，個性亦十分凶悍，所以蘇東坡才會寫了首詩取笑陳季常，說到可憐的陳季常，喜愛談禪學中的有與無，常談得徹夜不眠、睡意全無，不料，每次正談在興頭上的陳季常被突如其來的「獅子吼」聲，嚇得手足無措，「忽聞河東獅子吼，拄杖落手心茫然」，這是一種戲劇性的變化，將獅吼比喻悍妻，笑點令人絕倒，文中並未點名寓意，所以是屬於只言「事」的單一故事形式。

雖然傳達「理」的文字並未詳述在「事」的笑話之中，然而此類卻是留有大大的揮灑空間給予作者、文本、讀者三者相互溝通、激盪，為點明旨意，保有言外寓意的想像空白，讓讀者自行揣摩故事旨意，加入個人思維，使得每一則笑話因每位讀者所品嚐的箇中滋味不同，而有多元豐富的感晤，這就是體悟式的寓意表述論，如〈陳沆嘲道士啗肉〉：

> 廬山道士，體貌魁偉，飲酒啗肉，居九天使廟，一日有鶴，因風所飄，憩於庭，道士大喜，自謂當赴上天命，命山童控而乘之。羽儀清弱，不勝其載，毛傷骨折而斃。次日，馴養者知，訴于公府。處士陳沆嘲之曰：「啗肉先生欲上升，黃雲踏破紫雲崩。龍腰鶴背無多力，傳語麻姑借大鵬。〔註18〕」

道士應該是修道之人，外型端正嚴謹而食粗茶淡飯，敘述者一開始便言明此道士愛喝酒吃肉，一點也沒有修道人的自覺，見白鶴在道館庭院中休息，便

〔註17〕引李贄，《開卷一笑》卷八，頁22。
〔註18〕引李贄，《開卷一笑》卷九，頁9。

逕自認爲是天庭派仙鶴下來迎接他上天境當神仙，當下便馬上命令門下弟子捉好，誰知他一坐上去，便把白鶴給壓死了，而隔日馴養白鶴的人知道了，更是一狀告上官府。另一處士陳沆知道了便嘲弄其嗜酒啗肉、體態壯碩，一點也不像同道中人，踏上雲朵恐會崩壞，龍腰鶴背更是無法負擔其重量，唯大鵬可以試試看了。〈陳沆嘲道士啗肉〉雖然只有笑話，其中無顯著的寓意，然而藉由陳沆的話，「啖肉先生欲上升，黃雲踏破紫雲崩。龍腰鶴背無多力，傳語麻姑借大鵬。」深寄諷刺嘲弄的意味，這名道士雖有修行者的稱謂，卻沒有深爲修道人所具備的品格素養，只知飲酒吃肉，更妄想一步登天，實在可笑至極，寓意於此展現。

所以「事」的笑話給予人的空白空間最廣，端看讀者個人的領悟，這就是體悟式的寓意表述論。在寓意的表達過程中，如果沒有說明文字的「理」，僅有笑話故事呈現時，其所傳遞出的想法皆需讀者自行領略體會，上述可知一個不當的修行者幻想登入仙班，但卻連白鶴都坐不了，其修爲根本不夠，是以一個修道之人應避免物質慾望的誘惑，此即體悟式寓意表述論。

寓意組成結構可分說「事」的體悟式寓意以及說明式寓意，而《開卷一笑》在寓意組成結構中亦有兩種寓意表達方式的存在，而「事」的體悟式寓意佔絕大部分，實因明清笑話偏重於百姓生活層面，是茶餘飯後的消遣話題，是以一則笑話在眾人哈哈大笑中達到排憂解愁的功能，也在笑聲朗朗中，領略別有滋味的體悟。

2. 說明式寓意

笑話型寓言是在短小滑稽故事中，利用出奇方式做精彩的結尾，惹人發笑，具有喜劇性外，更有所寄託，而這個寄託的寓意是清楚明白，敘述者想要藉由笑話寓意，賦予讀者思考性的意義，是故，清人石成金（1659～1734）在《笑得好》開場說道：「人以笑話爲笑，我以笑話醒人，雖然遊戲三昧，可稱度世金針〔註 19〕。」笑話最能沁入人心，卸下人與人之間那劍拔弩張的緊張氣氛，在大笑之餘，領悟敘述者所欲傳達的雋永寓意，也就是道理所在，是故笑話型寓言比起其他道理知識，更能使人折服，淺顯易懂帶有幽默滑稽的笑話使人輕易解析知曉，自然而然，也能將敘述者的哲理寓意傳遞給他人。

笑話寓言的結構組成爲「事」、「事＋理」、「理＋事」、「理＋事＋理」四

〔註 19〕引石成金，《笑得好》《明清笑話十種》，頁 960。

型，「事」未指明寓意，只有寓言故事，「事＋理」即有故事與本體寓意存在，使人清楚瞭解作者的意思，「理＋事」是先點名寓意再以故事佐證，而「理＋事＋理」是將笑話故事以寓意包含在其中〔註 20〕。在笑話中，只言「事」而未指明寓意的故事，給予人想像空間，不拘泥於作者所欲傳達的理念，更可透過文本的解讀引領神會，此爲體悟式的寓意表述論。「事＋理」、「理＋事」、「理＋事＋理」爲作者揭曉寓意通達人心，從題目或序文提點寓意，透過敘述者的筆觸或者以全能的觀點來言明旨趣，抑或藉由笑話中人物視角說明寓意所在，此即爲說明式的寓意表述論。說明式的寓意結構，分爲「事」＋「理」、「理」＋「事」、「理」＋「事」＋「理」，透過這些寓意的結構呈現，使敘述者與讀者間的思緒得以互通，讓文本的意涵更能清楚明白的傳達給讀者。

（1）「事＋理」闡發意蘊

「事」＋「理」亦即在笑點的高潮或結尾後，做一省思，引人瞭解此則笑話所欲表現的思維，藉由文字將寄託的意義傳達給讀者，如〈煮粥詩〉：

> 煮飯何如煮粥強，好同兒女熟商量；一升可做二升用，兩日堪爲六日粮。有客只需添水火，無錢不必做羹湯；莫言淡泊少滋味，淡簿之中滋味長。〔註 21〕

自古以來，食粥與中國人的生活分不開，而騷人墨客更經常以粥入詩。宋代文豪蘇東坡曾經在吃了無錫米所熬煮的粥品後，身心暢快，寫下「身心顛倒不自知，更知人間有眞味」的詩句，形容粥的美味，然而，在這則煮粥詩中，所描述的不單單只是粥的美味，而是喝粥的好處，說到食粥比吃飯還好，因爲飯只能吃一升，而粥能足足抵二升來用，兩日份量可以做爲六天的糧食，有客人來訪，只需要加水添火，沒有銀兩也不用作湯了，然而，形容其優點的背後，更是道盡窮苦人家吃不起三頓乾飯，便以喝粥搭配日子，以僅兩天的糧食分爲六天來吃的悲哀，是以結尾「莫嫌淡泊少滋味，淡泊之中滋味長。」中，說出了百姓在亂世中隨遇而安的心聲，蘇軾所喝的粥必是費心調配而成的珍品，而百姓所喝的粥，是爲了多活一天的救命糧食，兩者都是美味，一個是美食的饗宴，一個是生命的奮戰，所以「莫嫌淡泊少滋味，淡泊之中滋味長。」前一個滋味是指粥的美味，後者則是那粥所蘊含的活著情意，雖然

〔註 20〕引林淑貞，《寓莊於諧：明清笑話型寓言論詮》（台北：里仁書局，2006 年），頁 43～49。

〔註 21〕引李贄，《開卷一笑》卷九，頁 29。

少了粥的美味，但生命能夠延續才是重要的。

《開卷一笑》卷二開頭的〈懼內經〉中，以五言、四言說明了妻子的惡行惡狀，開頭形容老婆就像是黑煞星一樣，平時風平浪靜，然而只要一不順眼，「烏龜隨口出，天殺不絕聲，惱縛同囚犯，揪髮像門神」，更不侍奉公婆，「不容孝順雙親老……雙手拖來大塊伉，眼巴巴看她獨吃，也不管父母當養。」這樣的媳婦實在可惡，其後，敘述者借天上世尊，說明了此悍妻之所以爲惡的前因，「汝妻本非人，乃是狐狸變身……汝緣前世作孽，撞了這個妖精」，這才知道，兩人是前世孽緣，今生才來互相折磨，所以天上世尊也開示了懼內的丈夫，在最後道出了夫婦所應遵從的禮儀規範，「陰陽始判，男女構精。夫婦既合，唱隨禮分。夫爲妻綱，牝雞無晨。胡爲懼內，天道曷存。婦有七出，孔伋已行。要離苦海，古訓宜遵。南無怕老婆菩薩摩呵，摩呵般若波羅蜜〔註 22〕。」男女的相互結合是天經地義的事情，既然相守了，更應遵守規範，而丈夫就是妻子的準則，妻子應該努力的去遵循，怕惡妻使家庭不安寧，這樣天道哪裡存在呢？自孔伋而婦人有所謂七出（七去）之條，即不順父母、無子、淫、妒、有惡疾、多言、竊盜等，婦人應該要遵行才是，作者前面說明惡妻的誇張行徑，使讀者不可置信，增添曲折、荒誕感，後點出夫婦相處之道，倡導夫妻之間宜遵守古禮，而非像前言所述的荒誕不經，勸告讀者要珍惜夫婦的情分，彼此彬彬有禮、謹守節分，才能擁有幸福美滿的家庭。前面所指悍妻種種髮指惡行，是爲後面那「夫婦既合，唱隨禮分。」的倫理寓意鋪陳，使讀者更爲明白體會作者的用心。

(2)「理＋事」揭示旨意

「理」＋「事」即是敘述者在笑話故事開始之前，先闡明寓意所在，接著以故事作爲佐證，使讀者體會故事中的涵義及敘事者所欲傳達的想法。如〈右附傳賦〉：

> 勸君休戀煙花榻，他家害人別有法。能取龜龍項下珠，擅卸天王身上甲。猛虎禁持若善羊，鳳凰退作無毛鴨。饒君生鐵鑄心腸，往或被他融作蠟〔註 23〕。

述敘者一開始便告誡了諸君千萬別迷戀於煙花柳巷中，不要只想要往煙花女子的床鋪上躺，實因煙花場所害人不淺，傾家蕩產不說，更易弄得家破人亡，

〔註 22〕引李贄，《開卷一笑》，卷二，頁 3。
〔註 23〕引李贄，《開卷一笑》，卷二，頁 36。

其後始言明那風月場所的厲害手段，其手段狐媚一絕，既能取下龜獸龍王的寶珠，天王身上的盔甲也能在其幾句軟語柔香中卸下，連老虎、鳳凰在其手腕下成了羊兒、無毛鴨，縱使諸君鐵石心腸，也一定會被融化成蠟人。此即是「理」＋「事」的笑話型寓言，第一句便言明勿沉溺於妓院享樂中，之後以滑稽、詼諧的例子說明那些老鴇的手段，作者非從倫理正義著手，而從其現實層面舉例，佐之以善羊、無毛鴨等可笑的笑點，使讀者悅笑之後，理解敘述者爲何在笑話的一開始殷殷便告誡此層寓意。

是以不若將寓意闡明於其後的「事」＋「理」，而是開門見山的告知讀者其所欲表達的想法、理念，之後再敘述故事，讓讀者在閱讀的過程中，能不斷的品味其所傳遞的哲理。

（3）「理＋事＋理」論說分明

林淑貞揭示：「理＋事＋理是將笑話故事以寓意包孕在其中。〔註24〕」亦即先說明寓意，而在寓意中，舉出笑話故事，使笑話故事傳達的旨意與開頭所述的寓意不謀而合，而敘述者在結尾處加以強調、說明，這就是「理」＋「事」＋「理」的說明式寓意，如〈畏饅頭臘茶〉：

> 讀書而不應舉則已矣，讀書而應舉而望登科，登科而仕，仕而以進取，苟不違道與義，皆無不可也。而世有一種人，既仕而得祿，反嘐嘐然以不仕爲高，若欲棄之。此豈其情也哉？故其經營，有甚於欲仕，或不得間而入，或故爲小辜以去，因以遲留，往往遂竊名以得美官不辭，世終不寤也。有言窮書生不識饅頭，計無從得，一日，見市肆有列而鬻者，輒大呼仆地，主人驚問，曰：「吾畏饅頭。」主人曰：「安有此理？」乃設饅頭百許枚，空室閉之，徐伺于外，寂不聞聲，穴壁窺之，則以手博撮，食者過半矣。亟開門，詰其然，曰：「吾見此，忽自不畏。」主人知其紿，怒而叱曰：「若尚有畏乎？」曰：「尚有畏臘茶兩碗爾。」此豈求不仕者耶〔註25〕！

先點名寓意再加以故事佐證，最後又說明哲理的「理」＋「事」＋「理」說明式寓意，李贄以敘述者的身份在前面先諷刺了那些走「終南捷徑」、故作清高的讀書人，讀書便是以赴試應考爲目的，有了功名而進士登科，爲社稷貢

〔註24〕引林淑貞，《寓莊於諧：明清笑話型寓言論詮》（台北：里仁書局，2006年），頁47。

〔註25〕引李贄，《開卷一笑》卷十二，頁19。

獻心力。卻有一種讀書人，假清高的以隱居在山中、不問仕途，如同放棄當官一樣，但這只是其經營美名的手段，使得朝廷慕名而禮聘他，當了官之後，當然捨不得榮華富貴了，敘述者一開頭便諷刺那些仿效「終南捷徑」、不知廉恥的儒生，之後又以窮書生來做比喻，笑話裡的讀書人，窮得連饅頭都沒得吃，看到街上有在賣饅頭的，便假裝怕饅頭引起饅頭店主人的注意，甚至把他跟饅頭關在一起，看所言是否屬實，結果他不但不怕，反而把那些饅頭吃掉大半後，還對饅頭店主人說怕茶，要人家再拿茶來試探他，眞是貪婪成性，此「此豈求不仕！」揭文迂曲之意蘊，想要美名的窮書生卻使計欺騙饅頭店主人，只爲了塡飽肚子，更還奢想蠟茶，眞是不知羞恥，所以李贄以最後一句，「此豈求不仕！」再一次諷刺那些不知廉恥的假清高讀書人，這就是「理」＋「事」＋「理」說明式寓意，前後都有再次表達寓意，使讀者能深刻體會文本的意涵，更能體會作者做此篇的心境，諷刺社會生活人物的醜陋思維，揭發表面高尚，骨子裡卻是虛僞至極的僞君子。

「事」、「事」＋「理」、「理」＋「事」、「理」＋「事」＋「理」的寓意結構，皆是作者爲了說明其哲理而呈現的結構方式，有了這些寓意理念，使讀者更能體會讀者、文本的情感思維，正如同先賢們藉由許多寓言故事闡述哲理，〈愚公移山〉、〈守株待兔〉、〈揠苗助長〉等，這些說理型的寓言透過故事闡述作者的主張，有諷刺社會現象、提升道德修養、表達政治理念等，而寓言到了明清時期以詼諧寓言爲主軸，也就是笑話型的寓言，在微笑中，將眞理埋藏在讀者心中，而笑話型寓言的寓意表達，除卻想像空間大的體悟式寓意「事」之外，也有表達作者哲理寓意的說明式寓意，在祛人煩憂的笑話中，點醒讀者其背後所隱匿的哲理思維。

第二節 《開卷一笑》本體寓體合攝關係

從笑話型寓意的故事分類得知《開卷一笑》留有讀者參與，想像空間大的「事」的故事型態，而與寓意「理」的部份，兩者間的表達方式亦藉由彼此的位置結構知悉。但「事」與「理」的關係也就是「能指」、「所指」兩者間的聯繫與結合，構築了文字豐富的韻味。「能指」是「事」，也就是「寓體」所在，是具體的描繪事物、敘述語句。「所指」是「理」，也就是「本體」所在，是透過能指呈現出的想法、理念。例如圓盤、圓鏡來形容天上的明月，圓盤、圓鏡就是「能指」，明月即爲「所指」。又或者「能指」有許多的涵義，也就是有許多的「所指」，如「躍」有跳、高興、漲價等三個「所指」涵義，端賴文中上下的語句及營造的氣氛來明白這個「能指」到底是屬於哪一種意義，如雀躍不已中的躍即爲喜悅高興之義。

詼諧笑話所隱含的寓意道理，也就是「事」與「理」的關係，可透過「能指」＝「所指」、「能指」＞「所指」、「能指」＜「所指」三者來體現詼諧笑話與隱含寓意兩著間的對照聯繫，使讀者能更加理解笑話型寓言的意蘊和精采之處。

一、直抒其意

直抒其意〔註26〕，敘述者藉由全知的視角，從主角的焦點位置、話語、情感所呈現的感覺與人物一致，不僅符合人物的身分而且能揣摩出人物的感覺和思想，使虛擬的笑話更逼眞，敘述者藉由主角的個性、說話語氣直抒胸臆，寓意也在此展現，讓讀者能體會主角的情感思維進而掌握作品的脈動，而此時主角具體的話語、情緒，所傳達的能指，正如同敘述者所欲表達的理念所指一樣，能指也就等同於所指，也就是本體等同於寓體，在說明事理的基礎上，寓體是故事，在過程中，將本體的寓意以說明的方式來表達〔註27〕。如《開卷一笑》卷八那貫穿整卷的主角蘇軾，鮮明活躍、不拘小節的性情在每一則笑話中展現，如〈謔晁美叔〉：

> 東坡性不忍事。嘗云：「如食中有蠅，吐之乃已。」晁美叔每見以此爲言。坡云：「某被昭陵擢在賢科，一時魁舊，往往爲知己。上賜對便殿，有所開陳，悉蒙嘉納。已而章疏屢上，雖甚剴切，亦終不怒。使其不言，誰當言者？某之所慮，不過恐朝廷殺我耳！」美叔默然。坡浩嘆久之，曰：「朝廷若果見殺我，微命亦何足惜！只是有一事，殺了我後好了你。」遂相與大笑而起〔註28〕。

「性不忍事」說明了蘇軾直率不做作、一有事便發聲的性格，就像吃到蒼蠅，

〔註26〕在胡亞敏《敘事學》中，能指＝所指就是敘述話語與敘述者、人物的觀點、情調、文體基本吻合。這種吻合首先表現爲敘述話語與人物的語言、感覺一致，他要求不僅人物的語言符合人物的身分、性格，而且敘述者能用準確的語言揣摩和表達人物的感覺和思想。見胡亞敏《敘事學》，頁222～223。

〔註27〕引林淑貞，《寓莊於諧：明清笑話型寓言論詮》（台北：里仁書局，2006年），頁71。

〔註28〕引李贄，《開卷一笑》，卷八，頁27。

一定會吐出來，絕不苛刻自己，他的好友一見面總是說這事，敘述者鋪陳出蘇軾有話就說的性格，而此性格也讓好友擔心不已，蘇軾也直抒情懷的說道：「我被提拔爲賢能的學士，賢人雅士都是知己，所說的建言也能被採納，然而每每上奏摺進諫，總是切中事理，也不見發怒。假使我不直言陳諫，誰又來說呢？你所擔心的是怕朝廷一怒之下殺了我。」蘇軾此話一出，符合了敘述者對蘇軾的評語，「性不忍事」，那剛正不阿的個性讓好友擔心不已，此則說出好友的隱憂，透漏出蘇軾爲官直言凜然、不畏強權的性格，有建言馬上就提出來，正如同食物中有蒼蠅，便馬上吐掉一樣。明白好友的隱憂，蘇軾又展現其豁達開朗的性格說道：「假如朝廷要殺我，我死何足惜，只要有一件好事便成，殺了我而有利於你。」笑話化解了好友的擔憂，更展現其不爲所動的理念性格，是以藉由描述蘇軾的性格、話語等能指的具體事物、敘述語句，營造出爲官者應如蘇軾般，敢直言進諫，而非貪生怕死，什麼話都不說，那綱政必定敗壞的所指寓意。蘇軾和晁美叔的對話栩栩如生，能指與所指相符合，開頭描繪性格後，說明其爲人臣本分上盡到敢言直諫的職責。

又如〈送窮祭文〉中：「嗚呼神乎！爾形可哀，爾勢可侮，爾情可衿，爾名可妒，士遭爾而陸沉，農遭爾而饑，工遭爾而鈍，商遭爾而好蠹……我於爾竟何爲，爾於我誠無負，慨歲月之因循，感情意之堅固，奈久往以憪人，冀維新而化腐，醉爾以飽，飽爾以脯，洗足上船，途遙日暮，任燕壁與秦關，毋龜回而蛇顧，尚享〔註 29〕！」文中的「爾」即是貧窮，貧窮使農民飢餓、工人遲鈍、商人懶惰等，藉由書生恭敬奉送貧窮上船的故事寓體，揭示書生窮困潦倒的眞實面，將貧窮送上船來表示自己將遠離窮困，荒謬滑稽的故事情境惹人發笑，書生還送上美酒、肉脯希冀貧窮能一路好走，莫回頭，藉由書生送貧窮的故事，清楚傳達所指的眞實面，書生只會擺酒設宴恭送貧窮遠離，不思奮發振作，因此再多美饌也無法引誘貧窮脫離書生的身邊，李贄以此奉勸士人力圖振作，不因窮困而喪志。

二、意義召喚

意義召喚〔註 30〕，一個能指可以是一段話、一個字、一個詞語等敘述語

〔註29〕引李贄，《開卷一笑》，卷四，頁 46。

〔註30〕一個能指具有許多個所指，這種語言現象在敘事文學中又有其特殊之處，一方面，能指因受到上下文的限定而減少一部分字面意義，另一方面由於提供了一個特定的情境能指又可能發出新的意向（所指），見胡亞敏《敘事學》，

句，所以也有了不同的層次，一個寓體能指，可以有許多個所指，如「首」這個字便有人的頭部、國家或團體的領導人、開端、首次、計算詞曲的單位等多個所指，如何判定這個寓體能指是屬於哪一個涵義，便是藉由在文體中上下連結的解釋，符合哪一個本體所指，另一方面也可以藉由能指的多樣性，歧出語意，製造笑料，增進能指與所指間的趣味豐富性，如〈陳大司馬謔語〉：

> 大司馬陳公汝言，與太子洗馬劉公定之友善。一日謂曰：「君業洗馬，日洗幾馬？」公曰：「廄馬皆洗過，獨大司馬洗不得。」陳公大笑〔註31〕。

太子洗馬本來是職官名稱，在太子外出時，於前指導威儀的官，然而陳汝言卻歧出語意，將洗馬故意誤讀成另外一個所指，即清洗馬匹之人，揶揄著劉公定，問他一天要洗幾匹馬？寓體能指在這裡有了雙層本體所指，一是本來的職官名，一是洗馬之人，陳汝言的誤讀製造出笑點，利用了有兩個所指的「洗馬」來取笑劉公定的官名，然而劉公定也非省油之人，立刻順著話語，機智的反駁道：「馬廄的馬都洗了，只有一匹大司馬洗不得！」本是堂堂執掌武事的兵部尚書，這下也淪落成爲一匹馬兒，大司馬本也是職官名，卻也變成了馬兒的名稱，此即能指的多義性，洗馬、司馬本來是明確的能指，然而在主角的特意爲之下，而有了清潔馬匹的所指，也就增添了不少笑料。

三、多喻曉意

多喻曉意〔註32〕，具體事物的描述往往能讓讀者立即知曉，並藉由上下文的相互關係通達寓體能指要表達的涵義，然而一個本體所指藉由多個寓體能指表達出來，便是作者希冀透過多個能指的表達，讓讀者通曉所指的意涵，而不會造成誤讀，更能讓讀者了解作者的思維，如落葉、枯樹、寒風等能指給予人蕭瑟淒涼之感，三個能指來加強所指給予讀者的印象，使讀者更能明瞭寓意所在，而在寓言笑話中，敘述者也擅長利用多個所指來比喻，使得讀者能了解其寓意所在，如〈儋耳醉書〉：

> 東坡在儋耳，因試筆嘗自書云：「吾始至南海，環視天水無際，悽

頁 223。

〔註31〕引李贄，《開卷一笑》，卷九，頁 21。

〔註32〕用多個能指來說明或象徵某一個特定的所指，這也事敘事文中常用的一種修辭方式，一部作品的主旨或意象往往是通過多個能指反覆表現出來。見胡亞敏《敘事學》，頁 224。

然傷之曰：「何時得出此島耶？」已而思之，天地在積水中，九州在大瀛海中，中國在少海中，有生孰不在島。覆盆水於地，芥浮於水，蟻附於芥，茫然不知所濟。少焉水涸，蟻即徑去，見其類出，涕曰：「幾不復與子相見，豈知俯仰之間，有方軌八達之路乎！」念此可以一笑。戊寅九月十二日，與客飲薄酒小醉，信筆書此紙。〔註33〕

被貶至海南島的蘇軾抑鬱不已，什麼時候才能離開這一望無際的海洋孤島？蘇軾以螞蟻的遭遇比喻自身，地上的小水漥，小草浮在水面上，螞蟻又攀附在草上，茫然不知何去何從，此時螞蟻的處境正如同被貶的蘇軾一樣，茫茫然不知所措，更有著官場失意的悲涼之感，敘述者營造出山窮水盡語境，就在此悲涼失意的絕境中，蘇軾的豁達也在此展現，不久水乾了，螞蟻立刻離去，哭著和同類重逢，意味著蘇軾一瞬間轉念，不再傷感自身處境，哪知道就在低頭抬首這段時間，就有通達之路？想到這裡，便能一笑置之了。命運瞬息萬變，不因一時的失意而一蹶不振，殊不知在轉瞬眼間即有意想不到的路在等待呢？以螞蟻這個能指來形容自身的遭遇，更甚者，表達出開朗、豁達的旨意出來，鼓舞著官場落魄的自己，不因一時的困境而絕望，勇敢的面對下去，念頭一轉，便又是一條康莊大道。

因能指可以有多種的敘述話語，藉由多個能指來表達所指的理念，使得所指能被讀者更加的了解與知悉，又如〈東坡戲刺獄官〉：

蘇東坡自元佑初爲獄官挫，未幾，以禮部員外郎召入，偶遇獄官，甚有愧色。東坡戲之曰：「有蛇螫殺人，爲冥府所追，議法當死。蛇前訴曰：「誠有罪，然亦有功，可以自贖。」冥曰：「何功也？」蛇曰：「某有黃可治病，所活已數人矣。」遂免。良久，牽一牛至，云觸殺人，亦當死。牛曰：「我亦有黃，或治病，所活數人矣。」亦得免。久之，獄吏牽一人至，曰：「此人生常殺人，今當還命。」其人妄言亦有黃，冥官大怒，詰之曰：「蛇黃、牛黃皆入藥，天下所共知，汝爲人黃，何功之有？」其人窘甚，曰；「某別無黃，但有些慚惶。〔註34〕」

繫於囹圄的蘇東坡被獄官欺負，沒想到不久便以禮部員外郎重新入朝爲官，

〔註33〕節錄自南宋朱弁《曲洧舊聞》，引李贄，《開卷一笑》，卷八，頁26。

〔註34〕節錄自宋朱宗鑒《東皋雜錄》，引李贄，《開卷一笑》，卷八，頁15。

此時偶遇獄官，見其面有愧色，便以蛇黃、牛黃、人黃來諷刺面有慚色的獄官，原本毒死人的蛇，因爲牠身上有了可治病的蛇黃，便赦免了牠的罪，同樣踩死人的牛，也因牠身上有可以治病的牛黃而豁免了罪責，但輪到殺人犯時，卻說自己也有黃，蛇黃、牛黃皆可治病，而人黃哪有什麼用處呢？此時殺人犯才困窘的說，非人黃，是慚惶。

得饒人處且饒人，獄官無慈悲之心，欺負被貶的蘇東玻，沒想到風水輪流轉，又巧遇重新入朝爲官的蘇東坡，當然會慚愧，牛黃、蛇黃皆可入藥而免罪，人雖然沒有人黃治病免罪，但還有一顆慚愧的心，慚惶，即懂得省悟。蘇東坡以蛇黃、牛黃來比喻人黃，諷刺著人黃無用，無法藉此免罪，然而，卻還有一顆慚愧的心來求恕其罪。蘇東坡諷刺獄官那慚愧的心，也藉此不輕不重的提醒別人，得饒人處且饒人，一方面達到告誡的作用，一方面也減少殺傷力。能指的蛇黃、牛黃、人黃皆用來譬喻所指的慚惶，藉由蛇黃、牛黃的意義使讀者更加能理解慚惶的本義，以及爲人只要能及時省悟、慚愧，皆能被原諒。

又如〈麯櫱生傳〉：

> 麯櫱生……禹得廷謁，拜伏始畢，遂升殿，登座隅，甘言腴詞，稱誦功德，鑿鑿可徵，禹曰：「是佞人也，利口覆邦，其在斯乎。」迺斥絕使去……乃更姓米氏，名醨，字曰釃，飄泊於娼樓客肆之間……喜得見桀，遂大見寵任，封光祿寺上卿，提點良醞署事，侍桀爲長夜之樂，桀竟以是亡國……人君喪身失國，及士君子殞族亡家，莫不由信任小人與夫呢，淫朋惡德以致烈禍〔註35〕……

麯櫱生化身爲無數個能指，在黃帝爲合歡伯，在桀爲光祿寺上卿，在紂與妲巳蠱惑紂王，在漢成帝時依附趙飛燕……等，麯櫱生只在亡國之君旁興風作浪，賢君當政時只能苟且偷生，以寓體所指小人與女禍，揭示人君喪身失國，除卻小人與女禍之因外，最重要仍是自身的品行剛正，是以後湯、武王即位，不復見麯櫱生之蹤影，李贄以〈麯櫱生傳〉規勸在位者勿貪戀美色與逢迎諂媚之小人。

第三節　《開卷一笑》的寓意探求方式

由勸誡文選、寓言、笑話組成的《開卷一笑》，其中勸誡文選的寓意明確

〔註35〕引李贄，《開卷一笑》，卷四，頁1～4。

清楚，作者於文本中說理曉喻，無須讀者探析，然其餘寓言或笑話等寓意未明的篇章，則需藉由寓意表述的方式探知。

寓意組成結構多元，其傳達的效能亦隨著其組成結構而有所差異，如「事」、「事」＋「理」、「理」＋「事」、「理」＋「事」＋「理」等寓意結構，透過敘述語句的領悟來直指寓意所在，使讀者能了然於心，在開懷大笑之餘能直接有所體悟。然而「事」的笑話結構卻留有更多的空白召喚，啓發著讀者各式各樣千奇百怪的思維，使得笑話除了使人發笑的功能外，更能啓迪讀者主動探求思考寓意所在，因此，不論是含有「理」的直指寓意，抑或留有空白的「事」，皆是寓意在笑話中流露的婉轉韻味。

《開卷一笑》於笑話型寓言的結構組成中，屬於「事」的笑話最多，其言外之旨的空間更多，啓發讀者想像力，然也容易造成誤讀，但卻能給予讀者更多參與文本的機會，文本與閱讀者互動聯繫使文本的生命動了起來，是故從寓意的表達方式，作者、文本、讀者三方面，來探求李贄理念及讀者心領神會的空白之處，讓《開卷一笑》在噱笑聲中通暢其意。

一、作者賦意探其蘊

「事」的笑話難以探知寓意，每一個人領悟能力不同，其所得到的體悟也不盡相同，言有盡而意無窮，但在笑話中，其表面的具體含義雖沒有像說明式寓意表述得如此明確，但可以從笑話的各個面向中，挖掘其所欲揭露的旨趣。創作笑話的作者是最直接賦予笑話生命力的生產者，而作者雖然在「事」的笑話中沒有刻意的點出寓意，但從序文或者題目中，便可知悉端倪，亦或從作者所營造的情境、語意，反覆思維，也可以看出作者隱藏在字裡行間的旨趣意味。

（一）從題目及編輯分類知其意蘊

題目的訂定最是讓人注目，文人在編纂笑話時，會依其笑話的內容設定題目，有的以笑話中的主角直接命名，如〈王翰林〉、〈韓浦兄弟〉，抑或簡短扼要在題目中闡述內容，如〈錯認老子〉、〈揚州司馬哭姐〉，然而笑話中的寓意也能在作者爲笑話訂定主題時展現，讓閱讀者直接明白的了解到笑話中的精神所在，也可避免因在文末說明旨意而使人感覺說教意味濃厚，而李贄在編纂《開卷一笑》時，以「歡聲滿座，是笑徵話之聖」〔註 36〕，爲其最大的

〔註 36〕引李贄，《山中一夕話》《明清善本小說叢刊初編》（台北：天一出版社，1985 年）序 1。

宗旨，因此在所編輯的笑話中，少有說明式的寓意，不過， 從幾則笑話題目中，可窺見巧妙寓意所在，如〈何佟之潔癖〉：

> 何佟之，字士威，一日之中，洗滌十餘遍，猶恨不足，時嘲：「水淫〔註37〕。」

何佟之眞有其人，此為節錄《南史・列傳》中的一段話，淫有過量之意，洗滌十餘遍仍不覺得乾淨，對於自身的潔淨有偏執的執著，因此李贄直接在題目中以潔癖二字嘲諷何佟之。

又如〈笑矜門第〉：

> 唐有姓方人，好矜門第，但有姓方為官，必認云親屬。知識疾其如此，乃謾之曰：「豐邑方相，是君何親？」曰：「是某再從伯父。」問者笑曰：「君既方相侄兒，只堪嚇鬼〔註38〕。」（豐邑坊造貢兇器所也）

標題即指明這是位喜歡炫耀自己家世的人，只要有跟他一樣是方姓的權貴，便佯稱是親屬，絲毫都不害臊，才會讓人笑著以那豐邑方相詰問他，方相為古代出殯時，面目猙獰的開路神，專職嚇鬼，然自矜自大的方姓人以為是某高官，直言是伯父執輩，到此仍不自知自己已被諷刺嘲笑，後面一句：「君既方相侄兒，只堪嚇鬼。」點明嘲弄之意。

除了在題目中將寓意點明外，也可以在為龐大繁雜的各類笑話編輯分類時，點明其歸類在一部的言外之意，然《開卷一笑》雖沒有用嘲諷、風懷、迂腐等特色詞句，明確將每一卷標示卷名，於每一卷前也沒有歸納說明旨意，然而觀其上集，多將同一屬性的歸納在一起，如卷三多〈歪頭賦〉、〈麻子賦〉、〈瞎子賦〉、〈大鼻賦〉等人體缺陷嘲弄的長篇，如卷二多為諷刺妒婦、懼內和娼妓之賦，下集卷八更皆是蘇軾的諧趣笑談，雖《開卷一笑》篇章沒有明確一貫的系統或旨意，然而李贄在編輯時仍有系統的將屬性相近的歸納在一起，如下集卷九開頭幾則〈楚娘矜姿色悔嫁〉、〈伴喜私犯張嬋娟〉、〈徐軍校兩妻復舊〉、〈唐明皇嚥助情花〉……等以艷情為旨意，寓意在閱讀一連串的笑話或勸誡文選中，昭然若揭。

（二）從語境塑造知其底蘊

清代陳皐謨在《笑倒》中的〈半庵笑政〉篇是中國笑話少有的理論分析，

〔註37〕引李贄，《開卷一笑》卷十，頁11。
〔註38〕節錄自《太平廣記》，改房為方，引李贄，《開卷一笑》卷十二，頁1。

其中內分笑品、笑候、笑資、笑友、笑忌等，而「笑候」便是指笑的環境範圍。笑意的產生除了文本與讀者的幽默之外，更需要語氣環境的營造，使讀者能充分的進入情境中領略神遊，探得寓意。

《開卷一笑》中語境營造、氣氛醞釀的笑話眾多，在捧腹的幽默下別有寓意，如〈謝表寓諷〉：

> 蘇東坡遷黃岡，京師盛傳白日仙去。神宗聞之，嘆息久之。後東坡謝表，有云：「疾病連年，人皆相傳其已死，飢寒併日，臣亦自厭其餘生。〔註39〕」

東坡遠在水土不服的黃岡，京師的眾人皆認為他羽化成仙了，甚至連皇帝神宗也信以為真，為了蘇東坡的死而哀嘆許久，塑造出蘇東坡已然仙逝的氣氛，知此事的蘇軾，為了答謝皇上，於書信中感激皇恩，卻有更多的感慨諷刺，「臣病了多年，京師的大家都認為蘇東坡死了，飢餓與寒冷交迫，臣也不想活了！」一封答謝皇恩的書信，嚴明自己雖尚未死去卻也臨死不遠，將眾人從一片哀戚的傷感中拯救出來，諷刺了「以訛傳訛」的可怕性，更深深暗喻對官場與皇帝的悲鳴。短短幾句，李贄不只營造出東坡已死的氣氛，更將皇帝神宗的動作描寫出來，增加其可信度，也讓後面的話語更具衝擊性，其除了深具諷刺眾人道聽途說的陋習之外，更讓人體會到主角東坡那憂讒畏譏之感，其卻不肯有違初衷之志，寓意深刻，東坡高尚品格，於此可見。

除了語言環境所營造的氣氛外，更可以由文字邏輯推理所營造出的語境，探求寓意，如〈東坡捧腹〉：

> 東坡一日退朝，食罷，捫腹徐行，顧謂侍兒曰：「汝輩且道此中何物？」一婢遽曰：「都是文章。」坡不以為然。又一婢曰：「滿腹都是機械。」坡亦未以為當。至朝雲乃云：「學士一肚皮不合時宜。」坡捧腹大笑〔註40〕。

有一天東坡退朝，吃飽喝足捧腹徐步，看到在旁伺候奴僕便詢問其肚中裝的是何物，一個奴婢回答都是文章，東坡不以為然，又一個奴婢回答都是如機械般的機智，東坡還是不以為然，層層堆疊讓讀者心中的迷惑愈疊愈深，營造出東坡肚子中到底是何物的謎團，一直到奴婢朝說中那「不合時宜。」這才讓東坡大笑，也解了讀者的迷惑，如謎團般的語境讓人有一探究竟的想望，

〔註39〕引李贄，《開卷一笑》卷八，頁4。
〔註40〕引李贄，《開卷一笑》卷八，頁3。

眾人皆知蘇東坡一肚子墨水，是以當蘇東坡問大家他那一肚子是何物之時，大家不說美食而稱文章，豐富的文采是大家所認知的，然而東坡再三的否認，顛覆了大眾認知，層層遞進營造出懸疑的情境，在眾人不知其解的情境下，更觸動笑意的一句『不合時宜』，比『都是文章』、『都是機械』更讓人有豁然開朗的體悟，率性而爲的蘇東坡與王安石水火不容，那『不合時宜』不只是其個性灑脫，更有著不與官場妥協的味道。

語境的營造是作者在編輯文本時擷取抑或增加文字所造成，這些思路的營造正如同《幽默與邏輯》中，在推理形式與論證外衣邏輯上設下圈套〔註41〕，使讀者不知不覺的步入陷阱，弄得暈頭轉向，最後還不得不破涕而笑。而〈東坡捧腹〉便是在概念上耍花招，「不直接說出某事物的名稱，借和它密切相關的名稱去代替，叫換名，從邏輯上說就是換概念，具有同一關係的兩個概念，其外延是完全相同的，一般情況下是可以替換的。〔註42〕」而東坡肚子內到底裝的是什麼東西呢？『文章』、『機械』都能代表東坡這個概念，然而當『不合時宜』出現時，更是將東坡精彩絕妙的形容出來，也讓讀者到此爲之傾倒，這也就是語境營造的重要性。

二、文本傳意知其趣

文章的脈絡結構與內涵，是讀者在第一時間內，所接觸的直接概念，藉由解讀文章及所表彰的內容思維，此即文本表層之具體寓意，也就是文本釋義，讀者做直接的解讀與了解，並藉由文章理解情節內容、分析提升至中層寓意。中層寓意建構在表層寓意上，融入當時歷史精神象徵，使讀者在閱讀知悉表層釋義後，近一步的將笑話與當代風氣、歷史背景作聯繫，其後提升至與文化交流感知的深層寓意〔註43〕，昇華了表層、中層，在作者所傳遞的寓意中進行文化層的體悟，在莞薾一笑中也求得了文本的思維。如〈劉伶誆飲〉：

〔註41〕引陳克守，《幽默與邏輯》（北京：中國人民出版社，1993年），頁81～106。

〔註42〕引陳克守，《幽默與邏輯》，頁146。

〔註43〕寓言作品的形象和寓意的關係：表層寓意是作者類比的具體事件，它往往是觸發作者創作某篇寓言的契機，中層寓意是表層寓意的概括昇華，反映了某一歷史時期特有的精神現象，作者可能自覺意識到了，也能沒有意識到；深層寓意是進一步的概括昇華，表現爲深刻的哲學意蘊，往往反映了全民族乃至全人類共同的思維沉澱，它需要讀者的開掘。見陳蒲清，《寓言文學理論•歷史與應用》（台北：駱駝出版社，1992年），頁417。

劉伶病酒，渴甚，從婦求酒。婦捐酒毀器，涕泣諫曰：「君飲太過，非攝生之道，必宜斷之！」伶曰：「甚善。我不能自禁，唯當祝鬼神自誓斷之耳！便可具酒肉。」婦曰：「敬聞命。」供酒肉於神前，請伶祝誓。伶跪而祝曰：「天生劉伶，以酒爲名，一飲一斛，五斗解酲。婦人之言，愼不可聽！」便引酒進肉，隗然已醉矣〔註44〕。

劉伶（221～300）的妻子擔心他長期酗酒、影響健康，經常苦勸他戒酒，劉伶也只是充耳不聞。有一天，劉伶醉酒後身體不適，竟仍向妻子索酒喝，妻子氣得毀壞酒器，哭泣地再度勸誡。劉伶告訴妻子，自己實在控制不了飲酒的慾望，唯有依靠神明的力量才能戒斷，因此必須備妥香案、酒肉以對天發誓。但當妻子把一切都準備妥當後，劉伶就跪稟老天爺說：「天生劉伶，以酒爲名，婦人之言，不可以聽。」然後拎起酒瓶繼續痛飲。讀者瞭解整篇故事內容，便是表層寓意，對於劉伶的嗜酒也留下深刻的印象，笑點在於讀者以爲劉伶眞要指天咒地的發誓戒酒了，沒想到卻是焚香祝禱說婦人的話不能聽，其放蕩不羈的形象深植人心，顯示當時名士越名教而任心，直抒己見的胸懷，當時的風氣即爲如此，中層寓意於此展現，而在越名任性的恣意妄爲下，是對司馬氏政權假藉儒家，誅殺異己的深沉痛訴，劉伶病酒、放浪形骸，都是對當時政權、社會無聲的反抗。又如〈巾妖慨〉：

韜髮惟冠，禮垂上古……郭泰遇雨而折角，非緣立異，奈何世以創見爲新奇，敢爲異服，士以循常爲俗套，罔識正冠，紫微巾皆云起自唐時，四明巾悉稱製因晉室……讀書未入黌宮，戴此以自附秀士，俚言：「秀不秀之說，豈無謂哉？山人不守草茅之賤，戴此以混跡於公卿，方技不安術業，戴此以猖狂閭里，好色郎君，坐擁青樓，擁紅粉佳人……」凡此異服之徒，實悖先生之制，倘遭正服明主，若漢高之溲溺其中，豈爲已甚，設逢識微達士如伯夷之望然而去，彼亦何辭，昔人指土木繁興者爲木妖……巾製異常若此，謂之巾妖也，不亦宜乎，於有感妖風之盛行，因援筆而爲世道之一慨〔註45〕。

綁負在頭上的冠巾自有一定的禮節與習俗，而郭泰遇下雨而折角是不得已，人們卻以爲創新而爭相模仿，又多有讀書人、山人、道士等戴紫微巾裝模作樣，戴著莊嚴、清高的冠巾，實際上卻是好色猖狂，完全不像戴著冠巾之儒

〔註44〕節錄自《世說新語・任誕篇》，引李贄，《開卷一笑》卷十四，頁3。
〔註45〕引李贄，《開卷一笑》，卷五，頁10。

者所應有的行爲，如同巾妖一樣橫行於社會之中，讀者藉由文本知會情意，瞭解了表層的意涵，李贄以巾妖譏刺晚明社會醜陋與人性虛僞，嘲諷滿口仁義道德，私德不彰的僞君子，此爲中層寓意，而其援筆而自慨，使讀者亦能提身至深層意蘊，是爲點醒世間盲目的士人，勸誡世道，勿戴著虛假的面具，行苟且偷生之事。在品味文章中，藉由故事人物、敘述者的視角來探知表層、中層、深層的寓意，使得文本更具效能來呈現理念思維。

（一）故事人物說理型

故事人物說理型最容易使讀者進入情況，從置身主角的立場更能體會其所說的一言一行，進而容易求得寓意所在，如〈晉公術數不爲動〉：

> 裴晉公名度，不信術數，每語人曰：「雞豬魚蒜，逢著則喫；生老病死，時至則行。〔註46〕」

李贄藉由裴的視角觀點說明對術數迷信的不以爲然，認爲生老病死就像雞豬魚蒜般，餓著了自然想吃，如同生老病死是人生不可避免的歷程之一，無須求神問卜，時間到了，自然淘汰，李贄於此闡明一種理性超然的態度，不因畏懼生死而崇拜術數的力量。這一則寓意明顯爲文中最後一句，且藉由故事人物揭露，是屬於故事人物說理型，讓讀者容易求知。

又如〈喜不識字〉：

> 梅詢爲翰林學士，一日書詔頗多，屢思甚苦，操觚循階而行，忽見一老卒臥於日中，欠伸甚適。梅忽嘆曰：「暢哉！」徐問之曰：「汝識字乎？」曰：「不識字。」梅曰：「更快活也。〔註47〕」

因爲看見老兵悠哉悠哉的睡在太陽底下，看起來是如此的愜意，反觀己身因詔書苦思不已，兩者所肩負責任反差之大，使得梅詢大嘆不識字眞快活，此即表層寓意。此外，快活是因羨慕老兵不識字而少了許多的煩惱，單純無憂的過了一生，而自己位高權重，撰寫詔書的重責在瞬息萬變的官場上，動輒得咎，一個不小心便會惹來殺身之禍，是以懂得越多，煩惱的也就越多，透過梅詢這個敘事人物來揭示其意，人生識字憂患始，瞭解的越多、求得的名利權勢越高，其所擔憂之事物，更是有增無減，是以不若尋常老兵無憂無慮的過一生，享有平凡無知的幸福。

〔註46〕節錄自《太平廣記》，引李贄，《開卷一笑》，卷十，頁13。
〔註47〕引李贄，《開卷一笑》，卷十二，頁17。

（二）敘述者說理型

文本閱讀是最直接的傳遞，傳遞文本忘義給讀者感知，所以說明式的文本能讓讀者直接了解到文本本身的意涵，而除了故事人物說理型，還有敘述者說理型，亦即敘事者自身闡明寓意，如〈長髯無安頓處〉：

> 蔡君謨美須髯，一日屬清閒之燕，上顧問曰：「卿髯甚美，長夜覆之於衾下乎？將實之於外乎？」君謨無以對。歸舍，暮就寢，思聖語，以髯實之內外，悉不安，一夕不能寢。蓋無心與有心異也。〔註48〕

蔡君謨因旁人的質疑而讓自己產生疑竇，無法入眠，後面那句『蓋無心與有心異也』點明言者無心而聽者有意，自然也就夜不成眠了。又如勸誡詩〈西江月〉：

> 莫戀歌樓妓館，休貪美色嬌聲。分明箇陷人坑，可嘆愚人不省。樂處易生愁怨，笑中眞有刀兵。等閒失腳入他門，便是蝦蟆落井〔註49〕。

敘事者開宗明義的勸告諸生莫貪戀美色，在歡樂處、笑聲中藏有坑人的刀兵，如果進去了歌樓妓館，就如同蝦蟆一樣，成了出不了人坑的「井底之蛙」，再也掙脫不出美色的誘惑。

又如〈關漢卿得還王謔〉：

> 大名王和卿滑稽挑達，傳播四方。中統初，燕市有一蝴蝶，其大異常。王賦《醉中天》小令云：「掙破莊周夢，兩翅駕東風。三百處名園，一采一箇空。難道風流種，謔殺尋芳蜜蜂。輕輕的飛動，賣花人搧過牆東。」由是其名益著。時有關漢卿者，亦高才風流人也，王常以譏謔加之，關雖極意還答，終不能勝。王忽坐逝，而鼻垂雙涕尺餘，人皆歎駭，關來弔唁，詢其由，或對云：「此釋家所謂坐化也。」復問鼻懸何物，又對云：「此玉筋也。」關云：「我道你不識，不是玉筋是嗓。」咸發一笑。或戲關云：「你被和卿輕侮半世，死後方纔還得一籌。」凡六畜勞傷，則鼻中常流膿水，謂之嗓，又慣愛訐人之短者，亦謂之嗓，故云爾〔註50〕。

滑稽挑達的王和卿以小令聞名，同名漢卿的關漢卿也是才高八斗的名士，但

〔註48〕引李贄，《開卷一笑》，卷十一，頁11。
〔註49〕引李贄，《開卷一笑》，卷二，頁6。
〔註50〕節錄自陶宗儀《南村輟耕錄》，引李贄，《開卷一笑》，卷十二，頁16。

總被王譏詬，被王和卿吃得死死的關漢卿，終因在王死後所流下的鼻涕，報了一箭之仇，玉筋與嗓是什麼東西，作者於其後說明原由，也讓讀者明白爲何而笑，有一種恍然大悟的感覺。

無論是藉由故事人物抑或敘事者，皆是將寓意表露或隱含在笑話情節中，讓讀者能隨著語義的闡釋而理解，求得深意，這也是文本傳達意念的最佳方式。

三、讀者會意品其味

> 文學文本不指稱外在現實（像一種「文獻」那樣），而是再現一種模式，一種引導讀者想像的指示結構。但是這種結構是未完成的，佈滿了要由讀者來填補的「斷裂」、「空白」、「不確定性」。這種填補活動是在讀者的個人氣質和文本規定的視角這雙重作用下完成的……〔註51〕

文學的傳遞不僅僅是單向傳遞，讀者進入文本的思維中，也可以逆迴成爲作者，或是故事主角，是場景……等以進入敘述語境之中，讀者與文本的交流才能使文學充滿生命，而讀者所需填補的「斷裂」、「空白」、「不確定性」能讓個人的情感與文本融會結合，從而得到別是一番滋味的領悟。

（一）說明與體悟的轉變

林淑貞揭示：

> 寓意歧出有兩種情形，一種是『文本』選者故意截斷上下文，只取其中一部份精彩的故事來呈現，選者故意歧出原來的的『寓意』的目的，有時是針對自己的語境而設，有時是爲了取其更廣大、更遼闊的意義來運用……此一寓言故事由『說明式寓言』逆轉成『體悟式』寓言〔註52〕。

本來是屬於明確的「事」＋「理」讓讀者完全瞭解的寓言笑話，在選者的刻意爲之下，省略了「理」的部分，不讓讀者知悉原本的意涵，藉由「事」的文本語境發展，讓讀者自行貫通笑話的寓意，可能與原本的寓意不相同，而

〔註51〕引伊麗莎白・佛洛恩德（Elizabeth Freund）著，陳燕谷譯《讀者反應理論批評》（台北縣：駱駝出版社，1994年），頁139。

〔註52〕引林淑貞，《寓莊於諧：明清笑話型寓言論詮》（台北：里仁書局，2006年），頁121～122。

造成誤讀，然而在這種斷章取義的另類方式下，讀者與作者對於一成不變的笑話有了另一種體悟。這也是作者所表現的手法之一，在選者的刻意下，刪除了原文說明「理」的敘事語句，隱藏了原本明瞭清楚的說明式寓意，成了一篇有著更多想像空間的笑話，這其中，端賴讀者的領悟與體會，且讀者的想法可能與作者、甚至是文本不同，這樣的解讀成了獨一無二的體悟，是以原來為說明式的寓意轉變成了體悟式的寓意，留給了讀者許多想像空間。李贄在編輯中，歧出原本笑話的寓意，擷取原文，使其符合自己所營造的意境，讓讀者能一目了然的笑了出來，〈檳榔酬報〉：

> 劉穆之小時家貧，誕節不持檢操，好往妻江氏家乞食，多見侵辱，不以為恥。一日食畢，求檳榔，江氏兄弟戲之曰：「檳榔消食，君乃常飢，何物須此？」及穆之為丹陽尹，召江氏兄弟食，令廚人以金柈檳榔一斛進之〔註53〕。

愛吃檳榔的劉穆之不因家貧而減其趣，任性而不節制，常到妻子的娘家討食檳榔，被笑也不以為羞辱，一日吃飽了便向妻舅討檳榔吃，被妻舅一句「檳榔消食，君乃常飢，何物須此？」譏笑，檳榔是屬於容易消化的食物，而劉穆之本來就因貧窮而常處於飢餓的狀態，哪裡需要檳榔呢？「消食」與「常飢」兩者相對營造出笑意，取笑劉穆之嗜檳榔如命，這時的笑話都沒有說理的成分在，讀者觀之，先是對於劉穆之那嗜吃檳榔的習慣留下印象，更哈哈大笑於「消食」與「常飢」所營造出的滑稽逗趣，後來劉穆之發達後，找來妻舅，讓廚子使用金盤盛檳榔給妻舅食用，回報妻舅當時取笑的惡意，讀者閱之，快意盎然，因果報應不爽。在李贄刻意刪除有關「理」的敘事語句下，逆轉成了只有「事」的笑話，文本空白的空間多了，融入了讀者五花八門的思維，轉變成體悟式的笑話寓言。

然而此則笑話原出自於《南史卷十五・列傳第五》中：

> 穆之少時，家貧誕節，嗜酒食，不修拘檢。好往妻兄家乞食，多見辱，不以為恥。其妻江嗣女，甚明識，每禁不令往江氏。後有慶會，屬令勿來。穆之猶往，食畢求檳榔。江氏兄弟戲之曰：「檳榔消食，君乃常飢，何忽須此？」妻復截髮市餚饌，為其兄弟以餉穆之，自此不對穆之梳沐。及穆之為丹陽尹，將召妻兄弟，妻泣而稽顙以致謝。穆之曰：「本不匿怨，無所致憂。」及至醉飽，穆之乃令廚人以

〔註53〕引李贄，《開卷一笑》，卷十一，頁9。

金柈貯檳榔一斛以進之。〔註54〕

原文明顯的說明了劉穆之「本不匿怨，無所致憂。」以德報怨的情操，他不以妻舅的取笑爲恥，有了功名後還願意接待妻子的兄弟，但李贄卻省略了其中「本不匿怨，無所致憂。」這由敘述者說理的部份，使得原本的意義解讀有了另一番滋味，其將重點放在「檳榔消食，君乃常飢，何物須此？」藉此加強笑意，引起人們的共鳴，而非著重於後面那「以德報怨」的正面教育，這就是說明式寓言與體悟式寓言的轉變，原本說明式的寓言在選者刻意截取下便成了體悟式的寓言，讓讀者在閱讀時有了新的感受，增添了許多召喚空間。

（二）讀者與文本的互動

只說「事」的笑話型寓言，增加許多空白讓讀者自行填補，也讓讀者與文本有了互動的空間，所以選者可能擷取原文，使得說明式與體悟式的寓意相互轉換，讓讀者去找出另一思維。但是最多的，便是藉由『事』的笑話，讀者與文本在思想傳遞上相互交流，創造出新奇獨特思維。羅勃 C・赫魯伯（Robert C. Holub）在《接受美學理論》中也提道：

> 讀者與本文相遇是一種「孤獨的心理狀態」……作者與讀者在一定的意義上都是本文的實踐者，本文由那些主體相互理解的符號構成。這些符號既不屬於讀者，也不屬於作家，而是由兩者使用或辨讀……無論作家或讀者在一種心理的、獨白的過程中的參與活動都脫離社會行爲甚至與之相對。但是在這種參與過程中，不可避免地肯定「精神自由特質」〔註55〕。

作者與讀者兩主體是並立的，是以兩者在與文本作接觸時，都有其獨特的思維脈絡，即是「精神自由特質」，有時在作者，有時在文本留下寓意的訊息，有時則無，然端賴讀者在閱讀文本時，品味解析，在相遇的「孤獨的心理狀態」下，情緒奔放的馳騁在書本的魔力中，領悟出屬於自己的心得出來。如〈買履不自信〉：

> 鄭有買履者，先自度其足而買之。及至市，得履乃忘度，急歸之，頃返市，市罷遂不得履，人曰：「不試以足？」曰：「寧信度，無自

〔註54〕引李延壽，《南史》（台北：鼎文書局，1966年），頁427。

〔註55〕引羅勃 C・赫魯伯（Robert C. Holub）著、董之林譯，《接受美學理論》（台北：駱駝出版社，1994年），頁125。

> 信也。〔註56〕」

鄭國有個想要買新鞋的人，先照著自己的腳量了一個尺碼準備去買鞋，讀者於此並沒有感覺到不合常理之處，然而笑點馬上出現，主角到了市集，選得一雙中意的鞋子後，才發現漏了尺碼，便急著趕回家拿，等他拿到尺碼再趕回時，市集已經散了，他終究沒有買到鞋子。有人問他：「你爲什麼不用自己的腳試一試鞋子呢？」他說：「我寧可相信量好的尺碼，也不相信自己的腳啊！」鞋子一套便知是否合腳，然而他卻只相信所丈量的尺寸，殊不知丈量的物體便是自己的腳，不知變通的滑稽搞笑讓人莞薾，然而其中更強調做事絕不可拘泥於某些僵固不變的教條或制度，而要因時制宜，懂得變通，說明著在生活中應打破陳規陋習的束縛，培養靈活應變的能力，才能因應這個瞬息萬變的社會。又如〈荅須古玩〉：

> 江夏王義恭性愛古物，常遍就朝求之。侍中何勖，已有所送，而王徵索不已。何意不平。常出行于道中，見狗枷敗犢鼻，乃命左右取之，還，以箱擎送之，牋曰：「承復須古物，今奉李斯狗枷，相如犢鼻〔註57〕。」

喜愛古董成痴，無論是眞的還是假的，只要是將物品穿鑿附會在歷史人物身上，便深信不疑，認爲是珍寶，其可笑之處在於王義自認爲是附庸風雅的高尚之士，其實只是鄙俗之人罷了，本文深具嘲弄之味，從另一角度而言，何勛雖然不耐，卻也沒有置之不理，反而利用狗枷、犢鼻爲自己出了一口氣，且並沒有和王義交惡，其機智婉轉的態度，在人際關係上說明了只要多份心思，事情的處理便會有另一番結果。譏諷王義的鄙俗可笑原是文章的用意所在，而解析何勛的心態則超乎了原本的寓意，這就是讀者自行的詮釋，更是讀者在與文本接觸時，互動參與的結果。

（三）讀者與作者意圖之探知

只言「事」的寓言，在寓意不明確的情況下，可從文本、作者、讀者三方面來探求笑話的寓意趣味，而作者與讀者更是藉由文本的內涵思想來交流感知，作者編纂方式多樣化，如從笑話題目、語境塑造，傳遞寓意給讀者，亦或藉由敘述者、故事人物的視角來表達其理念，而這些都是可知的所指，亦即透過這些筆法，使作者附予讀者明確的寓意理念。如〈梁武獲鶬鶊置膳〉：

〔註56〕引李贄，《開卷一笑》，卷十三，頁13。

〔註57〕節錄自《太平廣記》，引李贄，《開卷一笑》，卷十二，頁13。

> 梁武平齊，盡有其內，獲侍兒十餘輩，頗娛於目。爲郗后所察，動止皆有隔拗。帝憤恚，殆將成疹。左右識其情者，進言曰：「臣嘗讀《山海經》云：「以鶬鶊爲膳，可以療其妒，陛下盍試諸？」帝從之，郗茹之後，妒減大半，帝愈神其事。左右復言曰：「陛下廣羞諸，以徧賜群臣，使不才者無妒於有才，挾私者不妒其奉公，濁者不妒其清，貪者不忌其廉，俾其惡去善勝，忌者皆知革心，此助化之一端也。」帝深然其言，將詔虞人廣捕之。會方崇內典，誡於血生，其議遂寢〔註58〕。

主體梁武帝聽從了左右官員的話，烹煮黃鶯給郗后吃，希望能治療郗后那善妒的毛病，沒想到果眞奏效了，進一步又讓所有的臣子們都以黃鶯爲膳，希望能使政局安和，不會有勾心鬥角的情節，然而，黃鶯何辜，梁武帝不信任自己選賢與能的能力，反而崇尚迷信、偏方，實在可笑，讀者藉由探究文本，知悉作者譏諷身爲帝王卻迷信偏方的不智，然譏諷嘲弄之下，是作者深切的勸悟歸正，身爲君臣者應明理自重，不語怪力亂神才是。讀者透過文本的賞析，知悉作者的用意與理念，更進一步的省悟自身，如同梁武帝一番，爲人處事應明白事理，勿沉迷於旁門左道。

旨趣探求方式不僅於此，透過作者的有意爲之，將原本明確的說明式笑話刪減爲體悟式的笑話，造成了空白空間，讓讀者與文本做交流，也讓讀者在探求表層而至深層的寓意同時，追尋探索著作者的寓意爲何，在不一樣的想法下，而有了另外一番領悟，作者的有意刪減或只留單純的笑話，都是爲了留給讀者更多的精神自由，馳騁其想像力，笑話的寓意不再只是單單的作者宣揚理念，而是融匯了更多獨特的感知，作者與讀者兩者間的交流也於此展現。

本章小結

本章揭示《開卷一笑》的形構理論，其寓含了勸誡文選、寓言、笑話三者，勸誡文選與寓言的文章體例多樣化，笑話篇幅的短小精鍊，顯示出李贄所欲傳達的幽默笑意與勸喻理念，形構出《開卷一笑》的類型與結構，在笑聲滿座之餘，更有啓迪人心的教育意義。再者，探討本體寓體兩者間的容攝

〔註58〕引李贄，《開卷一笑》，卷九，頁5。

關係，探求李贄在滑稽嘲弄的笑聲下，所欲傳達的隱匿所指，是經由話語直抒其意，傳達想法給讀者，抑或字字珠璣，使讀者探求之，抑或多方舉例，使讀者更容易發現其意蘊所在，在話語直述抑或曲折婉轉間，達到幽默感的審美聯覺〔註59〕。

如何求得本體寓體間的關係，便是第三節寓意探求的方式，從作者於題目、編輯分類以及語境意蘊塑造，有意爲之，使讀者一目了然；抑或從文本中的故事人物與敘述者說明旨趣理念；抑或反求讀者，在文本空白中所領略到的體悟與感受，進而探求作者、文本的意圖，領悟《開卷一笑》的意蘊主旨。

〔註59〕《幽默美學》中：「審美聯覺—幽默感中感悟的靈感性，以其出類拔萃的審美品格，展示其超級幽默感的特徵。」又「超級幽默感是感覺、感知、感悟等審美心理要素的聯覺，也是聯想、想像等審美手段的聯覺，還是敏感、直覺、靈感等審美方式的聯覺，更是潛意識與潛意識的聯覺。尤其在幽默創造中，創作主體顯意識與潛意識的聯覺就顯得更重要。」，見季素彩、朱金興、張念慈、張峻亭、陳惠玲，《幽默美學》（河北：河北教育出版社，1997 年），頁341～343。

第三章　《開卷一笑》諧趣敘寫技巧

笑話是喜劇性的語言藝術，本章首節擬探討文字、用語特色、邏輯結構，來掌握李贄《開卷一笑》諧謔文學的表現手法，從中國方塊字的形音義、邏輯結構、用語規律性營造出喜劇性。是以，第一節先探討李贄《開卷一笑》文字特色，從化形析字、諧音析字、語義析字等雙關字戲來探討《開卷一笑》的文字諧趣性。第二節則以修辭技巧爲主，匪夷所思的誇張、鮮明生動的譬喻、貌合神離的仿諷、反言若正的反語，掘發《開卷一笑》諧謔文學的特色與風貌。第三節則進一步揭示諧謔文學的邏輯結構，從荒唐歸謬、邏輯推理、顛覆倒錯、有樣學樣、反差對比等語言規律製造喜劇性效果。

第一節　《開卷一笑》語言策略

文字是表達心意，紀錄語言的符號，更是人與人之間溝通的工具，是以文字的趣味也在對話間展現。中國文字是獨特的方塊字，因此中國人便以文字構造，營造出許多詞彙與意義來，據黃慶萱《修辭學》道：「在講話行文時，故意就文字的形體、聲音、意義加以分析，由此而創造出修辭的方式來，叫做析字格……文字的離合、借形爲化形析字；文字的借音、合音爲諧音析字；文字的牽附、演化爲衍義析字。〔註1〕」文字的字體、聲音、意義皆有其趣味，你來我往間，藉由文字的傳達，產生看錯、聽錯、弄錯之謬誤，又或者故意爲之的言外意等，形容事情、言行滑稽有趣或意味深長，便是幽默的一種表現。

〔註 1〕引黃慶萱，《修辭學》（台北：三民書局股份有限公司，1990 年），頁 159。

于成鯤（1933～）認爲喜劇性的語言因素之一，便是利用方塊字的結構規律造成喜劇性，其認爲原因在於：「利用文字結構規律進行戲謔，可以引起一種美感和樂趣。朱光濳（1897～1986）先生曾說過：『凡事眞正能引起美感經驗的東西都有若干藝術價值。巧妙的文字遊戲，以及技巧的嫻熟運用，可以引起一種美感，也是不容諱言的。』文字方面，字形、字音、字義所構成的樂趣，正在於這種樂趣也可以給人一種美的享受〔註2〕。」詼諧的語言更是幽默不可或缺的一部份。

語言的幽默之處，便是利用各種語法、修辭技巧及邏輯結構突出笑點，強調關鍵語句的笑料令人發噱，所以作者在編纂之時，其玩弄文字的技巧便是重點所在。

一、重構嵌入的字戲

中國的字形豐富，又有六書的結購，有關於字形構造的笑話不勝枚舉，利用字形在構造上的「離合」，如有偏旁的部首組合，製造出笑意。抑或利用字體的「借形」來製造笑點，還有錯字的諧趣，茲就字形構造的「離合」、「借形」、「字形訛誤」來探討《開卷一笑》篇篇精采的文選中，哪一些是利用字體的結構來產生詼諧滑稽的笑料。

（一）離合化形

「離合」就是依文字形體加以離析或合併〔註3〕，尤其是有偏旁部首的字形更容易作爲「離合」的材料，將有偏旁部首的字體解開或合併，藉以製造字形上的滑稽幽默。如〈之才聰辨〉：

> 徐之才聰辨強識，尤好劇談。常嘲王昕姓云：「有言則訨，近犬便狂，加頸足爲馬，施角尾成羊。」盧元明因戲之曰：「卿姓是未入人名，是字之誤。」之才應聲曰：「卿姓，在亡爲虐，在丘爲虛，生男則爲虜，配馬則爲驢。〔註4〕」

聰敏機智的徐之才特別喜歡字體的笑話，其利用王字可加入許多部首或筆畫的特點，舉了訨、狂、馬、羊四個字來取笑王昕的姓氏，也回敬了一槍給順著

〔註2〕引于成鯤，《中國喜劇研究：喜劇性與笑》（上海：學林出版社，1992年），頁75。

〔註3〕引黃慶萱，《修辭學》，頁160。

〔註4〕引李贄，《開卷一笑》卷九，頁24。

戲弄他的盧元明，利用盧姓的部首「虍」做虐、虛、虜、驢四字來戲諷盧元明，也見識到字體的離合化形造成了詼諧有趣的笑料。

此外，字體的拆字也能達到詼諧戲謔，引人發噱的效果，如〈謔荊公語〉：

> 東坡聞荊公《字說》新成，戲曰：「以竹鞭馬爲篤，不知以竹鞭犬，有何可笑？」公又問曰：「鳩字從九從鳥，亦有證據乎？」坡云：「《詩》曰：「鳲鳩在桑，其子七兮」，和爺和娘，恰是九個。」公欣然而聽，久之，始悟其謔也〔註5〕。

善於戲謔的蘇東坡也藉著拆字的離合化形，來取笑王安石將一字解作一義的新書《字說》，鳩字拆成了「九」、「鳥」，也就是九隻鳥，其子七兮，加上爹和娘共有九隻，鳩字之義在此，然而環顧其原文之意義，應是布穀鳥養育七子，沒想到被蘇東坡曲解經義，拆「鳩」字而成「九」、「鳥」，利用字形的離合化形所造成的曲解，達到幽默諧趣，大大揶揄了王安石《字說》的謬誤。而在另一篇笑話〈坡字巧對〉中也是如此，《字說》其中有一篇寫到東坡的坡字，以坡從土從皮，謂坡乃土之皮，東坡便譏諷著說：「如此滑字就是水之骨了。」

字體的移動，變換位置也能構築成諧趣的話語，使人撫掌叫絕，如〈調慳主人〉：

> 李章赴鄰人小集，主人素鄙嗇。次章適坐其傍，既進饌，主人前一魚特大于眾客者，章即請于主人曰：「某與君俱蘇人，每見人書蘇字不同其魚，不知合在左邊者是右邊者是？」主人曰：「古人作字不拘一體，移易從便也。」章即引手持主人之魚，示眾云：「領主人指揮，今日左邊之魚亦合從，便移過右邊。」一座輟飯而笑〔註6〕。

李章見主人的魚比較肥美壯碩，便拆「蘇」字爲題，詢問主人偏旁的「魚」放在那邊比較好，主人認爲不拘一體，「魚」自在簡易順手的位置也可以，這就順了李章的意，將偏旁的「魚」字化爲桌上的珍饈美饌，「領主人指揮，今日左邊之魚亦合從，便移過右邊。」，挾走了主人面前的大魚，也惹得在座與會者哄堂大笑。

謎語類的「離合」化形，利用字形的拆解與結合，創作出五花八門的謎語來與讀者互動，趣味十足之餘，也豐富了笑話的內涵，如〈字謎〉：

〔註 5〕引李贄，《開卷一笑》卷八，頁 23。
〔註 6〕引李贄，《開卷一笑》卷十，頁 7。

> 日字加兩點，不作貝字看；貝字欠兩點，不作目字看。木了又一口，不作杏字猜，若作困字猜，便是呆秀才〔註7〕。

日字加兩點是「賀」，其結合了「兩點」與「加」字；貝字減兩點是「資」，其在上頭加了「二、欠」，果眞是欠二點；木了又一口，不作杏字猜，更不是困字，是「極」字，其把木、了、又、一、口五字都成了字體的一部份而成了「極」字。

字形的離合化形造成了敘述者與讀者的互動，結尾還以「便是呆秀才」來調侃讀者，使得笑話生動有趣，惹人發笑。

（二）借形化形

字形結構的析字除了「離合」之外，還有「借形」，我國文字一形或不止一音，或不止一義，所以當其中某一文字、意義與原文不同，或者音義都不一樣的，即爲「借形」〔註8〕。如〈曼卿墮馬〉：

> 石曼卿善戲，嘗出遊報寧寺，馭者失控，馬驚，曼卿墮馬。徐著鞭謂馭者曰：「賴我是石學士，若瓦學士，豈不跌碎乎？〔註9〕」

石本爲姓氏，在曼卿墮馬後，卻輕鬆詼諧的笑話，幸虧其是石學士，若是瓦學士，豈不碰碎了？其將石轉爲石頭之意，輕鬆自在的化解了隨從的不安，也製造了笑料。石曼卿的石本爲姓氏解，曼卿卻歧出原義，將姓氏解爲礦物的石，其字的意義已不相同，是爲「借形」。

又如〈豪逸進士〉：

> 郭震、任介皆豪逸進士，一日郭折簡，召任食皛飯，任往，乃設白飯一盂、白蘿蔔一碟、白鹽一碟，蓋以三白爲皛也。後數日，任復招郭食毳飯，郭意必有毛物相戲。比至並不設食，郭曰：「何也？」任曰：「飯也毛、蘿蔔也毛、鹽也毛，只此便是毳飯。」大噱而別（毛去聲俗呼無曰毛）〔註10〕。

郭震、任介兩個豪邁爽朗的進士，借用字型相互調侃，「皛」本爲明亮，卻因其字形而被釋義爲「三白」，且是「白飯一盂、白蘿蔔一碟、白鹽一碟」三白，而任介也非省油燈，回請「毳」飯，「飯也毛、蘿蔔也毛、鹽也毛」三毛，毛

〔註 7〕引李贄，《開卷一笑》卷九，頁 29。
〔註 8〕引黃慶萱，《修辭學》，頁 163。
〔註 9〕引李贄，《開卷一笑》卷十四，頁 3。
〔註10〕引李贄，《開卷一笑》，卷十三，頁 5。

解釋爲沒有，是以桌上空空如也，加倍揶揄了郭震一番，兩人一來一往，毫不相讓，精彩的文人字戲，由此可見。

（三）字形訛誤

猜錯字也是使人開懷大笑的方法，其以字形的訛誤來營造諧趣，也引發笑意，如〈程尹識字未穩〉：

> 程覃乃文簡公之子，尹京，日有治聲，唯不甚知字。嘗有道民投詞牒，乞執狀造橋，覃大書昭執二字。斯人見其誤，遂白之：「合是照執，今是昭執，乃漏四點爾。」覃取筆忽於執字下加四點，乃爲昭熱。庠舍諸生作傳以譏之〔註11〕。

敘述者開頭便說明了程覃不識字，讓讀者能知此則笑話是關於錯字之趣，果不其然，程覃將「照執」二字寫成「昭執」，經人提醒需加四點，應該是正確了，沒想到笑點在此突出呈現，其在執字下加四點，成了「昭熱」，笑煞了旁人，而這也是書寫字體錯誤所引發的滑稽幽默。

二、諧音析字

說話的音調與語氣能使人直接感受到彼此的想法、情緒，字音的解析也著實製造出了許多笑料，其藉由同音的語詞做出聯想以產生諧趣，與讀者共鳴，而這也是雙關的一種，雙關修辭能利用上下行文的連結性，使語詞的雙重涵意得以展現，黃慶宣《修辭學》即道：「一語同時關顧到兩種事物的修辭方式，包括字義的兼指，字音的諧聲，語義的暗示，都叫做雙關。〔註 12〕」所以字音的諧聲能使語詞有新意，和原意形成鮮明的對比，也產生了滑稽幽默的笑意。而語音亦有同音字、近音字，這些字音雙關〔註 13〕產生幽默性、諧趣性的新穎感，也使得文本更加的豐富有趣。

（一）同音雙關

李贄所著的《開卷一笑》字音雙關運用得十分廣泛，同音字所造成的滑稽笑料也十分豐富，如：〈嘲誤寫枇杷詩〉中枇杷誤寫琵琶、〈崔杜相戲〉中谷谷解爲雞鳴聲、〈王翰林〉翰林和汗淋、〈土地錯配〉的杜十姨、杜拾遺；

〔註11〕引李贄，《開卷一笑》，卷十二，頁 15。

〔註12〕引黃慶萱，《修辭學》，頁 304。

〔註13〕一個字除本字所含的意義外，又兼含另一個與本字同音的字的意義，叫字音雙關。見黃慶萱，《修辭學》，頁 308。

五髭鬚、伍子胥、〈巧答貢父〉的幸早裏與杏棗李、〈訴事口給〉的如周與如洲、〈巧妓齊雅秀〉中的文官、聞官；公侯、公猴；〈支元獻高堂〉的梁、量；〈艾子四臟〉的藏、臟；〈焯炫兄弟〉的枷、家和負、婦；〈門人還謔文公〉的九皇、韭黃；〈貢父隱嘲諸帥〉的兵、氷；〈都憲通政寓嘲〉的侶鍾、四鍾；〈李彥古竭刺〉中彥谷、硯鼓，如〈巧妓齊雅秀〉：

> 三楊當國時，有一妓名齊雅秀，性最巧慧。一日被喚，眾謂之曰：「汝能使三閣老笑乎？」對曰：「我一入就令笑也。」進見，問何以來遲？對曰：「在家看些書。」問何書，對曰：「烈女傳。」三閣老問之，果大笑，乃戲曰：「我道是齊雅秀，乃是臍下臭。」蓋因其姓名之聲而譏之。應聲曰：「我道是各位老爹是武職，原來是文官。」以文爲聞也。三公曰：「母狗無禮！」又答曰：「我是母狗，各位老爹是公侯。」侯者猴也〔註14〕。

三楊即指楊士奇（1364～1444）、楊榮（1371～1440）、楊溥（1372～1446）三位善臺閣體的知名文人，而聰明巧慧的名妓齊雅秀一開口便令三公哈哈大笑，以其身份來看烈女傳，形成滑稽可笑的對比，其後三公以齊雅秀的諧音笑之爲臍下臭，是屬於諧音雙關，但是齊雅秀更非省油的燈，以文爲聞，同音雙關，取笑了三公，氣煞的三公大罵齊雅秀是母狗，齊雅秀更反諷三公爲公侯，將劇情張力堆疊至高潮，公侯看似對於高官的尊稱，然代換猴字，卻成了低俗可笑的動物。齊雅秀不直言反諷，而以同音雙關的析字技巧大大諷刺了三公一番，其聰明機智由此可見。

又如〈王翰林〉：

> 王平甫學士，家幹魁碩，盛夏入館中下馬，流汗浹衣。劉貢父曰：「君眞所謂汗淋學士也。〔註15〕」

敘述者巧以王翰林爲題，形容主角王平甫有著魁梧的身軀，在炎熱的夏季中下馬，早已汗流浹背，莫怪乎劉貢父笑其是名副其實的「汗淋」（翰林）學士，讀者也能輕易的藉由同音雙關來引發笑意。

又如〈兩意對〉：

> 東坡之妹，少游之妻也。一日妹歸集宴，因食焙。妹謂東坡曰：「栗破鳳凰見。」（借意言縫中黃見）坡思天下未嘗無對，數日竟未能。

〔註14〕節錄自李詡《戒庵老人漫筆》，引李贄，《開卷一笑》，卷九，頁24。
〔註15〕引李贄，《開卷一笑》，卷十一，頁8。

> 佛印來訪，問東坡有何著述，坡曰：「欲作一對，未能也。」因舉前事，佛印應聲曰：「何不言「藕斷鷺鷥飛」？」(言藕斷節出絲飛也)佛印復曰：「正如「無山得似巫山聳」，此亦同音兩意。」坡即對曰：「何葉能如荷葉圓。」子由曰：「不若云「何水能如河水清」。以水對山，最爲的對。〔註16〕」

〈兩意對〉中，東坡之妹言「栗破鳳凰見」，「鳳凰」將原本是鳳凰的祥瑞意涵，另有所指爲栗子縫中黃見的「縫黃」，竟讓東坡苦思許久，佛印以「藕段鷺鷥飛」來對，鷺「鷥」本爲禽鳥，在此言蓮藕斷節而出「絲」飛也，兩人進一步的以同音雙關來對，「無、巫」、「何、荷」，子由也以「何、河」來應和，可知藉由雙關技巧而成的文字遊戲，在文人間頗爲盛行，在你來我往的趣味敏對中，產生詼諧有趣的效果。

（二）諧音雙關

諧音雙關亦即指近音字雙關，不若同音字的音韻皆同，其爲近音字相似進而產生逗趣的笑話。如〈戲迎合宰相〉：

> 熙寧初，有人自常調上書，迎合宰相意，遂擢御史。蘇長公戲之曰：「有甚意頭求富貴，沒些巴鼻便姦邪。」有甚意頭、沒些巴鼻，皆俗語也〔註17〕。

蘇東坡以諧音雙關戲謔那些阿諛奉承以獲得官職的人，「巴鼻」也就是「把柄」，取其相近音的低俗話「巴鼻」，諷刺其妄求富貴然本身無實才根據，只能狡猾要手段的小人，營造出諧趣的效果。

又如〈滄浪捷口〉：

> 潘滄浪者滑稽，坐有一人扣客姓字，客曰：「僕姓陸，字伯陽。」潘笑曰：「齊景公有馬千駟，民無得而稱焉，六百羊直甚鳥〔註18〕。」

喜歡滑稽戲謔的潘滄浪，一聽客人的名字是「陸伯陽」，便諧音「六百羊」來取笑之，也是取其相近音來營造出諧趣的旨意。

三、語義析字

陳克守於《幽默與邏輯》：「不管是語義雙關還是語音雙關，都是利用了

〔註16〕引李贄，《開卷一笑》，卷八，頁10～11。
〔註17〕引李贄《開卷一笑》，卷八，頁26。
〔註18〕引李贄《開卷一笑》，卷十三，頁4。

語義變遷，而語義變遷是靠語詞的多義性，語詞的同音或近音實現的。〔註19〕」因此語詞的同音或近音成就了字音相關，而語詞的多樣性與變化性，形成雙重意涵即爲字義雙關，中國的文字含有豐富的字義，藉由字的多重意義營造出風趣、鮮活的滑稽笑意，使人在開懷大笑之餘，體會字義的多重性，且對於作者、笑話本身所營造的空白空間，能有進一步的思維體悟。

（一）字義雙關

一個字或詞，除了所含的本義外，藉由字詞的多義性，指涉了本字另一個意涵。李贄所著的《開卷一笑》中如：〈詹蘇諧語〉中本指姓氏的詹、蘇兩姓而爲「瞻（詹）之在前，其後爲蘇（蘇）」；〈阮簡圍棋〉中，「劫急」本應指有劫賊，正在下圍棋的阮簡卻指「局上劫」，表示棋局上的劫難也很急；〈孫山荅書〉中，本是姓名的「孫山」意有所指爲榜末之意；〈漢有三牲〉本是牛、馬、羊三位姓名，卻被譏笑爲牛、馬、羊三牲；〈劉將軍不識鳳毛〉，「鳳毛」本指稀有珍貴的人或物，稱讚謝超宗爲難得一見的將才，而劉將軍卻以爲是鳳毛之羽毛，滑稽可笑；〈陳子朝妾〉中本，疾病名「風」疾卻被陳子朝妻暗諷其妾是此「風」之始；〈陳大司馬謔語〉中司馬、洗馬本指官職卻戲謔爲專職的洗馬夫、馬匹，如〈阮簡圍棋〉：

> 阮簡爲開封府尹，有劫賊，吏白曰：「甚急。」簡方客圍棋長嘯，吏曰：「劫急」簡曰：「局上劫。亦甚急。〔註20〕」

阮簡本是開封府尹，在下棋時，官吏著急的大聲呼喊「劫賊」了，沒想到正與客人下圍棋的阮簡卻回道：「這圍棋上的劫難，也很急阿！」劫字前後的用意不相同了，前面是指「劫賊」，後言卻是「局上劫」，字義雙關營造出鮮活有趣的笑意，使得讀者能會意而領悟出諧趣。

又〈劉將軍不識鳳毛〉：

> 謝超宗與右衛將軍劉道隆同朝，武帝稱謝殊有鳳毛。劉出候謝曰：「聞君有異物，欲覓一見。」謝曰：「懸罄之室，何得異物耶？」劉曰：「方侍，至尊説君有鳳毛。」謝含笑還内。劉謂檢覓鳳毛，待久而去〔註21〕。

「鳳毛」本指稀有珍貴的人或物，武帝稱讚謝超宗爲難得一見的將才，而劉

〔註19〕引陳克守，《幽默與邏輯》（北京：中國人民出版社，1993年），頁115。
〔註20〕引李贄，《開卷一笑》，卷十二，頁12。
〔註21〕引李贄，《開卷一笑》，卷十二，頁21。

將軍卻以爲是鳳毛是稀有珍貴的物品，直逼著謝超宗說要見識見識，營造出詼諧的曲折笑意。

（二）語義雙關

語義雙關是指一句話或是一段文字，雙關到兩件事物，句子同時兼顧了兩種事物，語詞本身的表層意義以及委婉曲折的深層意義，黃慶萱《修辭學》中說道：「雙關的原理，也正是將兩種通常屬於不同範疇的觀念，藉其中隱藏的類似之點，而加入出人意表的替換或聯繫。於是，像注視一件新奇的事物，或傾聽一種陌生的聲音，讀者驚奇錯愕地接受了作者機智的挑戰。〔註 22〕」作者以其敘述者的身份，任意編排妄爲，營造出人物權變機警抑或愚昧無知等種種生動有趣的形象，使讀者閱之，能從曲隱的雙關話中得到笑意與深意。如〈犯姦盜牛獲免罪〉：

> 蘇州月舟和尚犯姦，長洲令聞其能詩，以鶴爲題，詩曰：「素身潔白頂圓朱，曾伴仙人入太虛，昨夜藕花池畔過，鷺鷥冤卻我偷魚。」釋之。又一婦以夫盜牛事犯，上縣尹詩云：「洗面盆爲鏡，梳頭水當油。妾身非織女，夫倒會牽牛。」免其罪〔註23〕。

這些詭辯、曲解的歪詩充滿滑稽低俗之笑，和尚犯奸的猥褻卻以成仙乘鶴的聖潔畫面爲題，偷竊牛隻的夫婦卻以織女、牽牛爲喻，詭譎狡詐的歪解使得讀者閱之便覺鄙俗可笑，其中「牽牛」本應指牽牛星，在此連結了上下語意之後，竟成偷竊牛隻的牽牛了。

又〈郝隆富腹〉：

> 郝隆七月七日仰臥，人問其故，答曰：「我曬書。〔註24〕」

本來疑問的是爲何郝隆要仰躺著呢？沒想到機智的郝隆卻是巧答：「我曬書」，此時的曬書非眞指曬書，而是曬自己的滿腹經綸。

（三）曲解經典

語句的解釋意義來引發笑意，除卻藉由字義的雙關外，還有對於語句敘述的曲解，使得笑話矛盾激化而得以達到幽默可笑之意，陳克守在《幽默與邏輯》中：「歪曲經典法也是一種釋義，及對於眾所周知的經典，做出荒謬的

〔註22〕引黃慶萱，《修辭學》，頁 307。
〔註23〕引李贄，《開卷一笑》卷九，頁 26。
〔註24〕引李贄，《開卷一笑》，卷十二，頁 2。

解釋。因爲經典具有莊嚴的意味，而又爲多數人所熟知，一旦歪曲，就與原意造成強烈的反差，由此產生幽默的效果。〔註 25〕」如上述〈犯奸盜牛獲免罪〉，其本來應是犯罪的惡行，卻藉由正面書寫巧妙的曲解了原本的惡行，而對於經典成語的解釋，也可以經由曲解來引人發噱，抑或展現出人物的機智反應，如〈孫子荊誤語〉：

> 孫子荊年少時，好爲隱語。王武子當枕石漱流誤曰漱石枕流。王曰：「流可枕，石可漱乎？」孫曰：「所以枕流欲洗其耳，所以漱石欲礪其齒。〔註 26〕」

以山石爲枕，以溪流漱口，形容高潔之士的隱居生活。孫子荊卻誤言「漱石枕流」，讓王武子反笑：「河水可以枕，石頭可以漱口嗎？」沒想到孫子荊機智的巧答道：「枕著河水可以洗滌耳朵，以石頭漱口可以磨利牙齒。」語句另有一番解讀，使得笑意盎然，機智妙對由此可見。

又如〈天怕老婆〉：

> 《尚書》：「星有好風，星有好雨。」古注云：「箕星東方宿也，東木克北土，以土爲妻，土好雨，故箕星從妻，所好而多雨也。畢西方宿也，西金克東土，以木爲妻，木好風，故畢星從妻，所好多風也。由此推之，則北宮好燠，南宮好暘，中央四季好寒，皆以所克爲妻，而從妻所好也。」予一日偶述此義，座有善謔者，應聲曰：「天上星宿亦怕老婆乎？」滿堂爲哄然一笑〔註 27〕。

歪曲尚書原典的釋義，將天上的星宿與妻子聯繫在一起，讚揚妻子的必要性，以及沒有妻子的星宿「北宮好燠，南宮好暘，中央四季好寒」的反差，與原意自然規律相距甚遠，造成極大的反差，產生幽默笑意，最後一句，「天上星宿亦怕老婆乎？」再一次的突出笑點，突顯歪解經義之荒謬可笑。

又如〈宋人戲破〉：

> 宋末人戲作破題，古曲題云：「看月上蒲萄架，那人應是不來也。最苦是一雙鳳枕，閒在繡幃下。」破云：「時至人未至，君子不能無疑心，物偶人未偶，君子不能無感心。」吳歌題云：「月子彎彎照幾州，幾家歡樂幾家愁。幾家夫婦同羅帳，幾家漂散在他洲。」破云：「運

〔註 25〕引陳克守，《幽默與邏輯》（北京：中國人民出版社，1993 年），頁 72。
〔註 26〕引李贄，《開卷一笑》，卷十一，頁 13～14。
〔註 27〕引李贄，《開卷一笑》，卷十一，頁 17。

於上者，無遠近之殊，形於下者，有悲歡之異。」小曲題云：「媽媽只要光光鏝，我苦何曾管，雪下去官，賣酒輪番，幾曾得免。怎容懶，有客叫奴伴。」破云：「吾親殉利而忘義，既不能以憂人之憂，吾身殉公而忘私，又強欲以樂人之樂〔註28〕。」

戲破是指開頭便直指文意，再分作說明，然其有時也因此曲解經典而製造出笑料來，如第一首古曲，本來是少婦思夫或是少女念情郎，沒想到卻轉換角度成了男子甚至言明鳳凰枕雖是一對，但人並非一對，兩種解釋含意眞是相差甚遠。又如第二首宋代民歌，本是泣訴由戰亂導致妻離子散的悲慘情況，沒想到卻直諷在上位者的霸權，其無須面臨妻離子散的噩耗，但低位卑賤的百姓卻是飄零無依。第三首小曲本是妓女的怨嘆之曲，沒想到卻破題解釋老鴇愛金，無法感同身受，而小奴也是公而忘私、強顏歡笑。曲解經典引來諸多笑料，反差矛盾點愈大，更易達至幽默效能。

第二節　《開卷一笑》滑稽性修辭特色

于成鯤在《中國喜劇研究：喜劇性與笑》中提到：「語言是造成喜劇性的重要因素。笑來自詞與事物就是由語言的運用和動作的表現的超常與反常運用而產生的笑〔註 29〕。」是以其認爲構成諧趣性的語言因素，是由方塊字的結構規律、漢語詞語的搭配、用語規律、語言邏輯規律等造成幽默的喜劇性，職是，喜劇性的的笑是由語言與文字的結構、修辭、邏輯塑造而成，也使得本來循規蹈矩的語詞、語義、語法有了新的意義，笑話巧妙應用語詞結構、修辭、邏輯三者間特色與關係，製造詼諧逗趣的笑話，是喜劇性語言的藝術手法。

段寶林進一步的解析笑話是喜劇性的語言藝術，是運用語言材料塑造藝術形象以致笑的，凡事能致笑的語言技巧，笑話中幾乎都有，最常見的爲變形（誇張、怪誕、荒誕等）、反話、雙關、妙語（詩誚、歧義、曲解、比擬、含蓄……）等等。致笑手法往往要通過倒錯或超常的新奇、突轉，達到引人發笑的目的〔註 30〕。因此變形、反話、雙關、妙語等致笑手法，經過出乎意

〔註28〕引李贄，《開卷一笑》，卷十二，頁 14。

〔註29〕引于成鯤，《中國喜劇研究：喜劇性與笑》（上海：學林出版社，1992 年），頁 66。

〔註30〕引段寶林，《笑話：人間的喜劇藝術》，頁 252。

外的倒錯、超常，突轉營造出喜劇美，進而引人發笑，語言在此有了新義，而李贄的《開卷一笑》所勾勒的詼諧性語言，主要有誇張、譬喻、仿擬、反語，以下分別介紹並舉例佐證之。

一、匪夷所思的誇張

言過其實的誇張是利用人物的性格或某種現象的基本特徵，在重現的過程中，有意識地進行一種過份的突出和強調，從而更加鮮明地反映出這些性格或現象的實質，這就是誇張在幽默表達中的作用，誇張無度、不合情理，甚至到了荒誕、怪誕的程度，陳克守言道：「爲了突出鮮明地表現某一事物的特點，故意言過其實，擴大或縮小事物的某些特徵，使這些特徵給人留下深刻的印象，這就是誇張的最基本特點。〔註31〕」如〈衛玠豐姿〉：

> 衛玠美容儀，驃騎王武子濟，其舅也。見玠輒嘆曰：「珠玉在側，覺我形穢。」後從豫章至都下，都下人久聞其名，觀者如堵牆。玠先有羸疾，體不堪勞，遂病死。時人謂看殺衛玠〔註32〕。

漂亮的衛玠就這麼被眾多世人給看死了，誇張至極，不符合常理，衛玠死於先天羸疾，然在衛玠死因上作文章，突出強調衛玠之美，超常而轉爲喜劇美，滑稽有趣。又如〈太倉庫偷兒〉：

> 太倉庫於萬曆中有偷兒，從水竇中入，竇隘，攢以首無完膚矣。幸得一大寶，置頂際如前出。至竇之半，不意復有偷兒入，俱不能以縮退，兩頂相抵槁死，而寶在其中。久之，擁水不流，治瀆始見。但不知兩人抵首時有何知己話〔註33〕。

兩個小偷就這樣在水竇中互相抵首而死，一直到水流不通，治水時才發現兩人屍首，果眞驗證了「人爲財死」箴言，兩個互不相讓，最後相抵槁死，誇張荒謬超出人之常情，凸顯了貪婪的本質，製造諧謔的笑意。

又如〈閔氏遠姓〉：

> 梁何昌寓爲吏部尚書，有姓閔求官者，昌寓問曰：「君是誰後？」答曰：「子騫後。」昌寓掩口笑曰：「遙遙華胄。〔註34〕」

想要求得一官半職的閔姓求官者，竟搬出德性修養著稱的孔子門人閔子騫，

〔註31〕引陳克守，《幽默與邏輯》（北京：中國人民出版社，1993年），頁145。
〔註32〕引李贄，《開卷一笑》，卷十，頁9。
〔註33〕引李贄，《開卷一笑》，卷九，頁17。
〔註34〕引李贄，《開卷一笑》，卷十四，頁6。

說是自己的先祖，然年代已是太過久遠，欲此證明自己的品行高潔，不免誇張，其爲突出強調自己是「偉人」之後，誇張的超乎常理，難怪昌寓會掩口而笑了。

不若一般誇張要求誇而有節，幽默的誇張、怪誕都是一種變形，因爲超常、倒錯，進而營造出新奇、陌生感，塑造出喜劇的奇美出來，又如〈感孕〉：

> 鄞縣民某出賈，妻與姒同處。夫久不歸，見夫兄私心慕之，成疾阽危。家人知所以，且憐之，計無所出，強伯氏從帷外以手拊其腹，遂有感成孕，及產惟一掌焉〔註35〕。

撫摸肚子居然懷孕，實是誇張至及、荒謬怪誕，本來是可憐妻子私慕大伯而命在旦夕，才讓大伯從帳外摸著肚子，沒想到眞懷了孕，甚至還產下一掌，實是怪誕無度，變形而出乎意料之外，進而營造出誇張的喜劇性美感。

又如〈王祚問十〉：

> 王祚爲周觀察使致仕，祚居富貴久，奉養奢侈，所不足者未知年壽耳。一日，聞有瞽人善卜，令布卦推命，瞽大驚曰：「此命推有壽也。」祚喜問曰：「能至七十否？」瞽曰：「更向上。」又曰：「可至八九十歲否？」瞽曰：「更向上。」又問：「可至百歲乎？」瞽曰：「此命至少亦須一百三四十歲也。」祚大喜曰：「其間莫有疾病否？」瞽曰：「並無之，祇是近一百二十歲之年春夏間，微苦臟腑，尋便安愈矣。」祚回顧子孫及侍立者曰：「兒輩切記，是年且莫教喫吃冷湯水。〔註36〕」

延年益壽能至一百三四十歲，令人匪夷所思，但聽了盲者的話，王祚深信不已，甚至吩咐左右在其一百二十歲時要注意侍奉，盲者的誇大之辭與王祚的盲從，兩者形成荒謬誇張的對比，從而看出古人企求生命永恆而道聽塗說的滑稽可笑。

又如〈大鼻賦〉：

> 凡肇造乎人形，必端倪于鼻祖，父運麤胚之陽貨，兒傳放樵之土，星回種恢肥，山根邋遢，準頭平廣，如垂半段瓠瓜，孔竅寬洪堪貯兩枚蘿蔔，醋糟三斗，包藏尚似空瓶，乾涕五觔，扒挖何須纖指傷風喘氣數聲，疑撼野之驢，臨水照形二洞，訝如船之藕，或以爲波獅橘子，或以爲發酵饅頭，或以爲蝦籠雙懸……蒼蠅飛進飛出，疑

〔註35〕引李贄，《開卷一笑》，卷九，頁21。
〔註36〕引李贄，《開卷一笑》，卷十三，頁19。

> 遊兩處城門〔註 37〕……

嘲弄身體缺陷以營造出笑意，多以誇張荒謬的技巧顯現，在〈大鼻賦〉中，作者誇張的形容大鼻子像半垂的瓠瓜，臨水一照，卻看見兩窟洞穴，蒼蠅甚至還能飛進飛出，如同兩處城門，如此誇張不實、超乎常理，反而另有一番詼笑。

二、鮮明生動的譬喻

借彼喻此的譬喻法是以具體說明抽象，只要二件或二件以上的事件有相似之處，作者運用其類似點來說明本質，此即譬喻。舉易懂的具體事物來表達義理，使讀者藉由易知的物象，來瞭解作者所想要表達的概念，在恍然大悟中，發人深思。于成鯤在《中國喜劇研究：喜劇性與笑》中，認為喜劇性的語言要素之一即是利用語言的規律造成喜劇性，其提及：「借譬喻婉即說明某種意思，以產生詼諧的效果〔註 38〕。」利用譬喻婉轉說明旨意，使讀者對笑話產生一種幽默詼諧的感應，進而感受到語言的趣味性與作者文本的言外之意。

譬喻是由喻體、喻依、喻詞三者組構而成，喻體即為所要說明的事物本體；喻依是用比方來說明此一主體的另一件事物，而連接喻體和喻依的詞便是喻詞，透過三者的相互配合，使讀者更能感知作者、文本的旨意。李贄《開卷一笑》利用了喻體、喻依、喻詞三者的省略或改變，使得笑話的喜劇性遽增，作者的設喻精妙亦增添許多可笑性，使讀者感佩作者譬喻絕妙之餘，從其中體會那意有所指的言外之境。

（一）明喻，簡單明瞭

文句中包括喻體、喻依、喻詞三者，即為「明喻」。藉由像、如、似、若、類等喻詞，使讀者能輕易覺察喻體和喻依之所在，從而理解笑話的笑意，抑或作者所欲傳達的意念。如〈僧哥〉：

> 某一僧在歐陽公坐上，見公家小兒，有小名僧哥者，戲謂公曰：「公不重佛，安得此名，公笑曰：「人家小兒要易長育，往往以賤物為小名，如狗羊牛馬之類是也。」聞者莫不絕倒〔註 39〕。

〔註 37〕引李贄，《開卷一笑》，卷三，頁 15。
〔註 38〕引于成鯤，《中國喜劇研究：喜劇性與笑》（上海：學林出版社，1992 年），頁 66。
〔註 39〕引李贄，《開卷一笑》，卷十四，頁 1。

僧侶本想好好嘲笑不重佛的歐陽公，笑其小兒取小名爲僧哥，沒想到伶牙俐齒的歐陽公回諷著小名微賤才容易長大，所以取名像狗羊牛馬之類的名字，暗諷僧侶正如同狗羊牛馬般微賤，再次表達歐陽公不信仰佛門的理念。

又如〈丫鬟賦〉其中一段：

……專候娘行就枕，只等瞑目凝耳青，東邊寥寥犬吠，西邊�人聲，番來覆去，好夢難成，看看鐘鳴鼓响，聽得一枕鼾聲，側耳低頭打聽，卻像老狐聽水，忽聽一聲咳嗽，嚇得冷汗如淋，幸喜姻緣當合，娘行睡思沉沉，未敢抽身竟起，且自忍氣吞聲，出被時，做箇金蟬脫殼，欵欵輕輕下牀時，做個滄浪濯足，小小心心，他那裡潛潛等等，我這裡悄悄冥冥，一心誠如火急，怎敢亂踹胡行，兩手向前按摸隄防著，撞物驚人不像丐兒討飯，也像伯牙撫琴，漫自龜回蛇顧，又慮螳捕蟬鳴，念切艸窩布被，那想鳳枕鴛衾，霎時餓蠅見血，更如虎戀深林，奈何雲雨方合……〔註 40〕

本段描寫想要和丫鬟偷情的官人，偷偷摸摸的趁著老婆熟睡，起身到丫鬟那的逗趣場景，作者寫賦的韻律性，表達出官人色欲薰心、膽大妄爲的詼諧行徑，以明喻的方式，讓讀者一目了然那官人擔憂妻子發現，又十分猴急的心情，「卻像老狐聽水」、「嚇得冷汗如淋」、「撞物驚人不像丐兒討飯，也像伯牙撫琴」、「霎時餓蠅見血，更如虎戀深林」，動作描寫詼諧逗趣，使讀者能輕易的明瞭官人那色向膽邊生的情狀，進而哈哈大笑。

又如〈成郎中催粧詩〉：

成郎中爲省官，貌不揚而多髭，再娶之夕，岳母陋之曰：「我女如菩薩，乃嫁一麻胡。」命成作催妝詩，成乃摻筆書云：「一床兩好世間無，好女如何得好夫，高捲珠簾閒點燭，試教菩薩看麻胡。〔註 41〕」

其貌不揚的成郎中被岳母批爲麻胡，認爲自己的女兒像菩薩那樣美好，卻委屈嫁給於成郎中，其中「我女如菩薩」明確淺白的告知自己女兒的美麗，然成郎中卻利用菩薩與麻胡作了一首催粧詩來回應岳母，展現自己的才智，也贏得美嬌娘。

（二）隱喻，以「如」為是

本爲像、如、似、若、類等喻詞，改爲「是」、「爲」繫詞，即爲隱喻，

〔註 40〕引李贄，《開卷一笑》，卷二，頁 10、11。
〔註 41〕引李贄，《開卷一笑》，卷十三，頁 13。

隱喻又叫暗喻，喻體、喻依藉由繫詞「是」、「爲」的連結，更直接指攝喻體。

如〈大壯作補闕燈架〉：

> 異時儒李大壯，畏服小君，萬一不遵號令則叱令正坐，爲綰匾髻，中安燈盌，燃燈火，大壯屏氣定體，如枯木土偶，人譚之曰：「補闕燈檠又一日。」妻偶病求烏鴉爲藥，而積雪未消，難以網捕，妻大怒欲加捶楚，大壯畏懼，涉泥出郊，用粒食引致之，僅獲一枚，友人戲之曰：「聖人以鳳凰來儀爲瑞，君獲此免禍，可謂黑鳳凰矣。〔註42〕」

畏懼老婆的大壯，爲了老婆的病，即使天冷了也得出去獵捕烏鴉，好不容易捕獲一隻免於妻子責難，卻因此被友人戲笑，鳳凰是吉祥的象徵，大壯這次能免於災禍，可見這隻烏鴉正如同黑鳳凰一樣，帶來好運，以謂字將烏鴉和黑鳳凰做聯繫，增添詼諧性，也可見大壯畏妻之程度。

又如〈安常相對〉：

> 龐安常善醫而聵，與人語，須書始能曉。蘇東坡笑曰：「吾與安常相對，皆成異人，蓋吾以手爲口，安常以眼爲耳，非異人乎〔註43〕？」

蘇東坡和龐安常，一位「以手爲口」，一位「以眼爲耳」，以此隱喻兩人皆爲異人，感嘆著不容於時宜的悲哀。

（三）略喻，欠缺其一

省略像、如、似、若、類等喻詞，只有喻體、喻依，即爲略喻，略喻使讀者不易覺察喻體、喻依間的聯繫，進而增進讀者的想像推衍能力。

如〈劉嫗相嘲〉：

> 劉道眞嘗與一人共索柈草中食，見一嫗將兩兒過並青衣，劉調之曰：「青羊將兩羔。」嫗答曰：「兩猪共一槽。〔註44〕」

本來劉道眞嘲笑老婦與兩兒就像是青羊帶著兩隻小羊，將穿青衣的老嫗比喻成青羊，沒想到老婦回諷道，劉道眞與人在草叢中吃食，正如同兩隻豬在同一槽一樣，將劉道眞比喻成豬，兩者皆省略了喻詞，卻增加了生動性與流暢性，使讀者會意而呵呵大笑。

又如〈洛中新聞〉：

> 王拱辰太師即洛之道德坊，營第甚侈，中嘗起屋三層，最上曰：「朝

〔註42〕引李贄，《開卷一笑》，卷九，頁10。
〔註43〕引李贄，《開卷一笑》，卷八，頁4。
〔註44〕引李贄，《開卷一笑》，卷十四，頁11。

元閣。」時司馬君實亦在洛，于私第穿地深丈餘作秘室，邵堯夫見富鄭公（諱弼），富問洛中有何新事，劭曰：「近有一巢居者，一穴處者。」遂以二公對，富爲發笑〔註 45〕。

前面詳述二公的行徑，後面以一句話帶過，一巢居者暗指王拱辰，一穴處者暗指司馬君實，本爲起屋三層或穿地深丈的富裕權勢行爲，卻被省略喻詞，直指爲像有巢氏般的上古遺民，兩者間巧妙的關連，惹人發笑。

又如〈隱刺荊公〉：

東坡一日會客坐，客舉令，欲以兩卦名證，一故事一人云：「孟嘗門下三千客，大有同人。」一人云：「光武兵渡滹沱河，既濟未濟。」一人云：「劉寬婢羹汚朝衣，家人小過。」東坡云：「牛僧儒父子犯罪，先斬小畜後斬大畜。」益指荊公父子也〔註 46〕。

東坡將犯罪的牛僧儒父子比喻爲畜生，先處決小牲畜再斬大牲畜，省略了如、像等喻詞，後藉由敘述者說明，暗指大畜爲當朝的荊公父子，由此可見東坡與當政的王安石彼此嫌隙之深了。

又如〈左丘明歌〉：

……左丘明左丘明，懊恨天公賦不均，人皆雙眼明如電，爾獨一目若晨星，在其右者，如厥陰石女橫睡吳山岑，豈是渾家好縫紉，將合上下縫數針，就中一點相思淚，今世今生流不成，在其左者……右邊不見左來人，左邊僅覷深畔客，左明眸右瞎鰍……左丘明左丘明，絳帳春風足，此生今世被人嘲隻眼，來生滿願得雙明。

左丘明爲春秋時期的史官，右盲，作者敘寫左丘明失去右眼的不便與難堪，右眼不能看見左來的人，左眼也只能看見身旁之人，「左明眸右瞎鰍」，左邊明眼右邊如瞎眼泥鰍，作者省略了像、如、似、若、類等喻詞，將右邊眼瞎直指瞎眼泥鰍，又將左丘明藉指爲右眼盲者，經由敘述左丘明右眼盲的生活不便與苦處，來嘲弄單眼失明之人。

（四）借喻，心中領會

借喻是將喻體、喻詞省略，只剩下喻依，此即借喻，喻體和喻依之間沒有實際聯繫，只要求兩者間有某一點或某一方面相似，借喻是以此喻彼，借中有喻，重在比喻，以喻依來刻畫說明本體。如〈受屈鼈相公〉：

〔註 45〕引李贄，《開卷一笑》，卷十，頁 5。
〔註 46〕引李贄，《開卷一笑》，卷八，頁 17。

> 子瞻云：「予一日醉臥，有魚頭鬼身者自海中來，云廣利王請，端明予披褐黃冠而去，亦不知身入水中，但聞風雷聲有頃，豁然明目，疑入水晶宮，其下驪目夜光文犀，尺壁南金火齊，不可仰視，間以珊瑚瑪瑙，廣利佩劍冠服而出，從二青衣，予曰：「海上逐客，重勞邀命。」有頃，東華眞人、東溟夫人亦至，出鮫綃丈餘，命予賦詩，於寫竟進，廣利諸仙，迎看稱妙，獨廣利旁一冠簪者，謂之鼈相公，進言蘇軾不謹，祝融字犯王諱，王大怒斥出，予退而嘆曰：「某到處被鼈相公廝壞。〔註47〕」

本是海中仙人仰慕東坡滿腹詩學的才情，邀請東坡至海中皇宮一敘，更請東坡賦詩寫作，沒想到一首絕妙好詩竟因鼈相公的饞言，直說蘇東坡犯了字諱，使得蘇東坡被斥，感嘆自己到處被鼈相公欺負，於海中皇宮是被鼈相公欺侮，然於陸地，自然是王安石了，前面鋪陳故事，說明東坡以才情遨遊仙境，後爲鼈相公所害，笑點是最後那「某到處被鼈相公廝壞。」藉由喻依的故事暗諷鼈相公王安石，以此爲笑。

又如〈王文成公謔語〉：

> 王文成公封新建伯，戴冕服，有帛蔽耳。方入朝，某公笑之曰：「先生耳冷耶？」公曰：「我不耳冷，先生眼熱。〔註48〕」

王文成公善辨機警，巧妙的反諷，讓本欲嘲笑他絲帛護耳的官員，吃了一記悶虧，藉由「眼熱」暗諷某公眼紅其晉升爵位的小人心腸。

又如〈新郎阿婆〉：

> 薛逢晚年厄於宦途，策羸馬赴朝，值新進士綴行而出，團司所由數十人，見逢行李蕭然，前導曰：「迴避新郎君。」逢遣价語曰：「莫貧相，阿婆三五年時，也曾東塗西抹來。」

阿婆和新進士是毫不相干的對象，卻經由兩者皆曾風光一時的相似處而扭合出來，營造出諧趣之感，被貶職的薛逢看見新郎君風光上任，更見前導的官吏耀武揚威，才舉老阿婆也曾是東抹西塗的大姑娘比喻自己也曾風光一時，然如今卻遭貶職，是以只聞新人笑，誰憐舊人的處境呢？

又如〈孔方生傳〉：

> 孔方生，莊山人也，姓錢氏，名萬貫，字積夫……其爲人外圓內方，

〔註47〕引李贄，《開卷一笑》，卷八，頁16。
〔註48〕引李贄，《開卷一笑》，卷九，頁18。

> 接物行已，流通不滯……凡貧窮患不能自存者得生與處，則無不立效，坐致富貴……薦於湯，爲洪爐卿，爲湯鑄幣於莊山之下，後以乾沒罪罷去……至秦始皇時，又因李斯趙高以進，勸始皇行頭會箕斂之法，秦因以亡……久之至唐德宗朝生復用裴延齡舉爲鹽鐵都轉運使，復導德宗立瓊林大盈二庫，日夜居其中，會計饒縮，奉天之亂，蓋生所致焉……君子不患貧而患不安，若生者，已無道德行義，輔世長民，徒竊天地萬民自然之利，以歸諸庸君世主，卒之害貽諸人而禍收諸已……至今貪夫敗類，奔逐未已，可哀也哉〔註49〕。

孔方生幻化爲各個亂朝中的聚斂之臣，替貪心不足的國君收刮民脂民膏，以致民不聊生而叛亂四起，國家也因此滅亡，然孔方生非人也，是寓指人心中的貪念，對於錢財的渴望貪求，使人泯滅良知，也因此遭受到惡果，作者省略了喻體喻詞，藉由喻依孔方生的事蹟，說明人心的貪念難測，需以此爲誡。

三、貌合神離的仿諷

仿擬是對前人作品的模仿，藉由仿擬前人的作品或有名的篇章來表達文意，模仿是人類的特性之一，是人類學習社會行爲的重要路徑，於邏輯上便是使用同樣的思維形式，表達不同的思維內容，仿擬有廣狹二義，廣義的仿擬亦即仿效，是指單純的摹仿前人作品，在仿效體裁結構的中，別有新意，如模仿西江月體裁而在〈漁樵角勝〉中一段：

> 我有一首西江月，聽我道來：
>
> 夜宿崖溪古廟，朝行山野荒村，閑來無事掩柴門，淡飯黃虀一頓。
>
> 不管興衰成敗，隨緣且度朝昏，是非任我絕談論，且做生前混沌〔註50〕。

其仿擬西江月的體裁，而寫出樵夫隱匿山林之樂，在字裡行間呈現馳騁山林、不問世事的閒逸之情，又內容如仿宋玉的〈登徒子好色賦〉而有〈辭美人賦〉等。

狹義的仿擬是指模仿前人作品而意含嘲弄的仿諷〔註51〕。仿效所模仿的句子必須爲讀者所熟悉，且須推陳出新，而仿諷更多了番別出心裁的滋味，

〔註49〕引李贄，《開卷一笑》，卷四，頁9～12。
〔註50〕引李贄，《開卷一笑》，卷七，頁5。
〔註51〕引黃慶萱，《修辭學》（台北：三民書局股份有限公司，1990年），頁71。

其結構跟作者相似且維肖維妙，然書寫的主題卻是與原本的作品大異其趣，在突出兩者間的不協調性，從而營造出喜劇性，使人訕笑。陳克守在《幽默與邏輯》中言道：

> 仿擬的本質就是內容上的相異和形式上相同。內容的差異越大越有幽默感，最好是仿者能沿著被仿者的相反方向走上極端。在形式上則越接近越有幽默效應，因此形式上越相近越能引起人們對原作的回顧，以形成鮮明的對比〔註52〕。

李贄《開卷一笑》上集亦也有許多仿賦、仿詞的文章，體裁相仿，書寫與原作大相逕庭的嘲弄諧謔文章，如模仿西江月體裁而作〈西江月〉：

> 莫戀歌樓妓館，休貪美色嬌聲，分明箇陷人坑，可嘆愚人不省。
>
> 樂處易生愁怨，笑中眞有刀兵，等閒失腳入他門，便是蝦蟆落井〔註53〕。

上一首是樵夫所作的歸隱山林之樂，下一首卻是規勸諸君不要貪戀歌樓妓館的溫柔鄉，兩首詞皆以西江月爲體裁，結構完整，但是所述的旨意卻截然不同，下一首藉由西江月詞，描述貪戀美色的後果，搭配曲譜更惹人注目，仿擬前作卻多了番諷刺勸誡的意味，使人在嘻笑之餘，能對於嫖妓的荒唐引以爲戒。

幽默的仿諷最多爲仿句，仿擬大眾皆知的古人名句，抑或在交談辯論中，直接仿擬對方的語句，結構相同，內容差異性極大，皆是達至幽默效能的方式，如〈荊公嘲湖陰先生〉：

> 楊德建號湖陰先生。單陽陳輔，浙西佳士也，每清明，過金陵上塚畢，即過先生之居，清談終日，率以爲常。元豐辛酉癸亥，頻歲訪之，不遇，題一絕于門云：「此山松粉未飄花，白下風輕日腳斜。身是舊時王謝燕，一年一度到君家。」湖陰歸，見其詩，吟賞久之，曾稱於荊公。公笑曰：「此正戲君爲尋常百姓耳。」湖陰亦大笑〔註54〕。

陳輔見湖陰居士不在家，便仿擬唐朝詩人劉禹錫〈烏衣巷〉而題上述詩句，劉禹錫〈烏衣巷〉：「朱鵲橋邊野草花，烏衣巷口夕陽斜，舊時王謝堂前燕，

〔註52〕引陳克守，《幽默與邏輯》（北京：中國人民出版社，1993年），頁159。
〔註53〕引李贄，《開卷一笑》，卷二，頁316。
〔註54〕引李贄，《開卷一笑》，卷十一，頁16。

飛入尋常百姓家。」陳輔韻腳完全相同，卻是表達截然不同的思維內容，劉禹錫是感嘆今昔之盛衰，而陳輔卻暗諷湖陰先生爲尋常百姓，突出與原文的差異性，使讀者在賞析之時，能輕易聯想到劉禹錫的名詩，進而與之對照，歧出內容達致幽默笑意。

又如〈嘲貢父惡疾〉：

> 劉貢父晚年得惡疾，鬚眉墜落，鼻梁斷壞，苦不可言，一日與蘇東坡會飲，蘇引古人一聯相戲曰：「大風起兮眉飛揚，安得猛士兮守鼻梁？」坐中大噱，貢父默然〔註55〕。

原是氣魄宏大、情感豪邁奔放的〈大風歌〉，被蘇東坡一仿擬，成了嘲笑貢父惡疾的嘻笑仿句，不論是描寫的對象抑或情調，都和原詩極不協調，座中賓客皆知聞名的〈大風歌〉，再聽聞蘇東坡的仿句，在反差甚大的內容思維下，忍俊不住而發噱大笑了。

對話場面多而豐富逗趣的《開卷一笑》，兩位鬥智的主角常互相仿諷對方的語句，字數、結構都相同，反給對方一計回馬槍，營造出喜劇性的效果，如〈酒令相嘲〉：

> 東坡與佛印同飲，佛印曰：「敢出一令，望納之。」令曰：「不慳不富，不富不慳，轉慳轉富，轉富轉慳，慳則富，富則慳。」東坡見有譏諷，即答曰：「不毒不禿，不禿不毒，轉毒轉禿，轉禿轉毒，毒則禿，禿則毒。〔註56〕」

名士蘇東坡與佛印，兩人間的鬥智場面不勝枚舉，短文中，佛印出了一令，認爲吝嗇與富裕是同等之意，需節儉才能致富，沒想到機智的蘇東坡見機不可失，仿諷此令，歪解毒與禿頭是同等意思，嘲笑佛印是個毒禿驢，鮮明的對比看出蘇東坡的機智靈敏。

又如〈郭戴二奇才〉：

> 江西郭希顏，十三歲鄉舉，在場屋作文甚捷。監場布政見其遞卷尚早，呼前出一對云：「紙糊屏風千箇眼。」對曰：「油澆蠟燭一條心。」福建戴大賓，十三中鄉舉，十一二時出考。科舉同輩，見其少年，謂曰「小朋友如此年，就要做官，做到何官？」答曰：「閣老。」眾戲出一對云：「未老思閣老。」應聲曰：「無才作秀才。」眾哄然大

〔註55〕引李贄，《開卷一笑》，卷八，頁18。
〔註56〕引李贄，《開卷一笑》，卷八，頁5。

> 笑，知反爲所傷也〔註 57〕。

神童的捷對令人讚賞，對話總是機智有趣，顯現出小小人兒自信十足，如上述的郭希顏，以「油澆蠟燭一條心」完整對到考官所出的「紙糊屏風千個眼」難題，而另一位神童戴大賓更是以十二歲之姿考取科舉，同輩的取笑他還沒老便想做閣老，機警的戴大賓隨即反諷同輩是沒有才能來當秀才，兩位神童仿諷能力一流，也讓讀者玩味一笑。

又如〈夏周二公謔語〉：

> 夏公忠靖，以工部尚書治水蘇州松江，與給事中周大有同事。一日，偕宿天寧寺。周早如廁，夏戲曰：「披衣靸履而行，急事急事。」周即應聲曰：「棄甲曳兵而走，常輸常輸。」眾大笑〔註 58〕。

看到上茅廁的周大有，夏公笑其衣衫不整的走，是因尿急這急事急事，沒想到周大有立即同夏公的思維形式，回嘴夏公不需盔甲兵卒，是因爲常輸常輸，剎時哄堂大笑。

在字數、句式及結構相仿的情況之下，擴大內容與原作的反差感，從而製作喜劇性的語言，使讀者更能領會主題性的差異，仿諷文句間，矛盾激化而致幽默笑能，在原熟知的名句或前人語句的引領下，體會鮮明對比的仿諷的笑點，進而捧腹大笑。

四、反言若正的反語

以正面的語詞表達反面的意思便是反語，反語也就是含有諷刺成分的倒反語，黃慶萱即說：「所以倒反就是言詞表面的意義和作者內心眞意相反的修辭。表面讚賞，其實責罵；表面責罵，其實讚賞〔註 59〕。」在反言若正、欲貶於褒的反語中，表達出一種帶有反省思維的幽默感，李贄《開卷一笑》的笑話中，應用了此特點，在朗朗笑聲中，給予諷刺揶揄的快感之餘，更能使讀者明瞭表象與本質反差間眞實的意涵所在。

如〈崔女怨盧郎年幾〉：

> 盧家有子弟，年暮而爲校書郎。晚娶崔氏女，崔有詞翰，結褵之後，微有嫌色，盧因請詩以述懷爲戲，崔立成曰：「不怨檀郎年幾，不怨

〔註 57〕引李贄，《開卷一笑》，卷九，頁 27。
〔註 58〕引李贄，《開卷一笑》，卷十，頁 15。
〔註 59〕引黃慶萱，《修辭學》，頁 71。

檀郎官職卑，自恨妾身生較晚，不及盧郎年少時〔註60〕。」

老夫盧郎，娶了聰明有才學的崔女，崔女對於年紀老大的丈夫，頗有嫌棄，以似褒實貶的反語，說明自己不怨恨丈夫年老以及官職低下，只恨自己不早一點出世，趕上年輕時的丈夫，「不怨檀郎年幾，不怨檀郎官職卑。」的辯白正言，其實是反話正說的貶責，怨嘆自己嫁了老夫，反語的巧妙應用，使讀者更能體會崔氏的感嘆之情，進而一笑解頤。

又如〈張氏雀鼠〉：

張士簡名率，嗜酒疎脱，忘懷家務。在新安，遣家童載米二千斛還吳，耗失大半。張問其故，荅曰：「雀鼠耗也。」張笑曰：「壯哉！雀鼠〔註61〕。」

愛喝酒的張士簡總是疏於處理家務，沒想到家童卻在運送米糧的過程中，偷了大半不止，卻推託是麻雀、老鼠所啄食的，張士簡笑著回諷道：「眞是大麻雀、老鼠阿！才能啄去這麼多的米！」反言譏諷家童的貪心宛若雀鼠一樣。

又如〈東坡譏侍姬肉體〉：

東坡常飲一豪士家，每出侍姬十餘，皆有美色。內有一善歌舞者，容质質雖麗而軀幹甚偉，尤豪所鍾愛者，乞坡詩。公戲爲四句云：「舞袖蹁阡，影搖千尺龍蛇動；歌喉宛轉，聲憾半天風雨寒。」妓赧然不悅而去〔註62〕。

蘇東坡藉由正面誇張的讚美歌姬的善舞以及美聲，形容她的舞姿卓越好似龍蛇飛舞，聲音美妙宏亮，直達半天邊，其實是反言譏諷侍姬的體態豐碩，一跳舞就像巨龍、莽蛇一樣奔動，一唱歌就震撼了半天邊，反言若正的辛辣揶揄，難怪侍姬會羞愧不悅離席了。

又如〈學呆歌〉：

一切文字皆可學，唯有呆字最難記。我是多年要學呆，直至如今還未會，學得呆，勝伶俐，會打官私家業廢，兒孫貧苦受饑寒，衣食難求方始悔。道我呆，我不會，但願我呆呆到底，若有人呆似我，我便與他結兄弟，呆呆呆，呆到底，不生災，世間多少虧心事，都是聰明弄出來。偈曰：「積財養子望心寬，子大財多轉不安，家業長

〔註60〕引李贄，《開卷一笑》，卷九，頁8。

〔註61〕引李贄，《開卷一笑》，卷十，頁12。

〔註62〕引李贄，《開卷一笑》，卷八，頁1。

時人事闊，世情濃處道心慳，日臻富貴添煩惱，夜臥思量幾百般，

到底盡從忙裏去，做成家計別人看〔註63〕。」

本是痴傻、愚昧之意的呆字，作者卻要學，還認眞學了多年尙未有所得，反言說著要學愚笨、痴傻，甚至希望眾人一起呆，呆在一起作結拜兄弟，然其實是正面的勸世歌，文末才載明正確旨意，認爲世間皆因要弄心機而道德敗壞，是以作者反話規勸大家要學呆，其實是學著單純而眞摯、稟持不計較之心情面對世態，此也是反語的一種，正言若反，表面責罵實爲讚賞，使讀者在體會學呆的意涵時，深感作者委婉嘲弄之意。

第三節　《開卷一笑》幽默性邏輯結構技巧

笑話讀之，使人開懷朗暢，幽默的笑話字字珠璣，利用文字的形、音、義達到多變化的效果，使人談之可以舒眉，其次笑話的邏輯亦是整篇文章的關鍵所在，在中國笑話中，邏輯結構的操作技巧甚爲重要，利用歸謬、推理、倒錯、對比、重複等邏輯結構技巧達致幽默效能，產生詼諧的笑意。

邏輯規律〔註 64〕是思維的基本規律，只要是思維，就要遵守思維規律，幽默離不開思維，是以邏輯規律是構成幽默的主要因素，而違反邏輯規律所造成的喜劇性美感，亦是幽默所欲呈現的表達方式之一，語義交錯誤解的雙關抑或生活中的乖訛、不通情理的地方，都是製造幽默的有趣之處〔註 65〕，笑話便是順意或歧出說話的邏輯規律來營造出詼諧的旨趣，使人開懷解頤。段寶林在《笑話：人間的喜劇藝術》曾說道：

笑話的喜劇結構正是按矛盾的「交代—展開—鬥爭、衝突—解決」這樣的順序發展的。值得注意的只是這種矛盾的展開、揭示和鬥爭、

〔註63〕引李贄，《開卷一笑》，卷七，頁 27。

〔註64〕邏輯基本規律有三條，同一律是最基本的，是三條基本規律的核心。同一律的基本內容是：每一思想自身都具有同一性。它的功用就在於保證思想的確定性，而矛盾率和排中律則是對這一規律的反面規定，它們是通過排除思維中的邏輯錯誤而保證思維的確定性。矛盾率是排除邏輯矛盾、排除思維的不一致性；排中律則是爲了排除思維中的含糊性和不明確性。見陳克守，《幽默與邏輯》（北京：中國人民出版社，1993 年），頁 21。

〔註65〕幽默本來是人類思維邏輯發展的產物，然而其思維方法又恰恰與人類正常的普遍的思維邏輯背道而馳，幽默的本質，乖訛、理性倒錯、模稜兩可皆爲製造幽默的藝術手段，從邏輯上來看，便是故意違反邏輯規律。見陳克守，《幽默與邏輯》，頁 29～35。

> 解決都是以喜劇的方式來結構的，其結構目的是爲了更突然地揭出矛盾的本質以引人發笑〔註66〕。

喜劇的對象不只在丑角，還在美與醜的矛盾衝突，揭開美、醜矛盾的本質或者是歧出、順意邏輯規律都是喜劇結構的方式，將喜劇結構組合起來的如：矛盾激化的歸謬法，機械式重複模仿的學樣法，用邏輯解決難題的推理法、將錯誤本質突顯出來的倒錯法、美與醜的對比法、重複可笑事情的重複法等邏輯結構技巧，達到詼諧風趣的笑點，便是笑話的重點所在。李贄所編纂的《開卷一笑》中，大量運用了邏輯結構的思維理念，突出笑點，在謔浪詼諧的笑語中，反應政治社會、世態人心。

一、荒唐歸謬，滑稽可笑

加強矛盾的本質使之激化，讓人物荒唐可笑的錯誤本質顯露出來，便是歸謬法，透過喜劇人物的荒謬立現，與合理的邏輯相違背、矛盾到極致，製造出衝突的美感，讓喜感倍增，滑稽笑意滿座。如〈揚州司馬哭姊〉：

> 李文禮累遷至揚州司馬，質性急躁。時在揚州，有吏自京還，得長史家書，云姊亡，請擇日發之。李忽聞姊亡，乃大號慟。吏復白曰：「是長史姊。」李久而徐問曰：「是長史姊耶？」吏曰：「是。」李曰：「我無姊，向亦怪矣。〔註67〕」

已是揚州司馬的李文禮，做事仍然莽莽撞撞，個性暴躁，三言兩語交代了李文禮的個性，笑話也就此展開，有吏代轉長史姊亡的家書，李文禮聽到了便嚎啕大哭，直至吏再次說明是長史的姊姊，才恍然大悟的說：「我沒有姊姊，眞是怪了！」沒有姊姊的李文禮，卻只聽到姊亡而縱然放聲大哭，實不符合常理，荒謬至極而可笑，而一位位居高職的官人卻如此滑稽可笑、醜態百出，沒有長上應有的氣度節操，反映出當時官僚階層的昏庸無能。

從邏輯上來分析，兩個相矛盾的論題之中，必有一假，不論是用同一論據證明兩個相矛盾的命題，還是用兩個相矛盾的命題爲論證明同一個論題，其論證都是不能成的。但若從不同的方面或不同的時間卻可造成左右逢源，顚倒有理的幽默〔註68〕，又如〈方朔大笑〉：

〔註66〕引段寶林，《笑話：人間的喜劇藝術》（北京：北京大學出版社，1996年），頁242。

〔註67〕引李贄，《開卷一笑》，卷十二，頁1。

〔註68〕引陳克守，《幽默與邏輯》（北京：中國人民出版社，1993年），頁109。

漢武帝對羣臣云：「相書云，鼻下人中長一寸，年百歲。東方朔在側大笑，有司奏不敬，方朔免冠云：「臣不敢笑陛下，實笑彭祖面長耳。」帝問之，朔曰：「彭祖年八百歲，果如陛下言，則彭祖人中長八寸，面長一丈餘矣。」帝大笑〔註69〕。

幽默善辯的東方朔順著漢武帝的意思推理，將相書上的說法和彭祖聯繫，得出彭祖臉長一丈多的結論來，這裡並無誇張，只是依照著人中長一寸即為百歲的觀念而來，八百歲是八寸，臉至少一丈多了，東方朔隨方則方、隨圓則圓的推算使得荒謬矛盾剎時立現，如此的謬釋〔註70〕可笑超乎常理邏輯，莫怪乎漢武帝會大笑了。東方朔順其所好、攻其所蔽，不正面否定對方的謬誤，而是沿其邏輯，引伸發揮，在放大謬誤的同時，使其自悟。

段寶林在《笑話：人間的喜劇藝術》說道：

喜劇的對象不只在丑，而且還在美與醜的矛盾衝突，在美與醜的揭露與鬥爭，即是矛盾的突然揭示和突然解決。喜劇美使人頓悟，使人掠奇，它往往突破常規，是一種奇異的美——奇美〔註71〕。

歸謬的矛盾極致化，使讀者在剎那間瞭解，矛盾在高潮跌起中揭示顯露，卻也馬上被領悟、解決衝突矛盾，哄堂大笑的場面自然處處可見了。又如〈趙伯翁孫兒〉：

趙伯翁肥大，夏日醉臥，孫兒緣其肚上，戲以李八九枚，放內臍中。至後日，李大爛潰，翁乃泣謂家人曰：「我腸爛將死。」明日，李核出，乃知孫兒所納李子也〔註72〕。

趙伯翁的孫兒惡作劇，趁著肥胖的趙伯翁酒醉不省人事時，將八九枚的李子放進內臍中，趙伯翁以為潰爛的李子是自己腐壞的腸子，泣訴即將死去，沒想到李子核流出後，才知道是自己孫兒的惡作劇。此違反邏輯規律，甚至是荒唐的想法，明眼人一眼即知的惡作劇，趙伯翁卻是認真看待，一路的歸謬矛盾，以為自己將命在旦夕，矛盾激化引發讀者的笑意，也立刻解決掉難題，

〔註69〕引李贄，《開卷一笑》，卷十三，頁17。

〔註70〕謬釋就是對一句話或某一事物有意識地做牽強附會或荒謬絕倫的解釋，以博人一笑。見于成鯤，《中國喜劇研究：喜劇性與笑》（上海：學林出版社，1992年），頁101。

〔註71〕段寶林，《笑話：人間的喜劇藝術》（北京：北京大學出版社，1996年），頁241。

〔註72〕引李贄，《開卷一笑》，卷十一，頁15。

原來是自己的孫兒的惡作劇，兩相矛盾烘托出趙伯翁的酒醉無知。

二、邏輯推理，製造笑料

由已知或假定的前提來推求結論，或由已知的答案結果，反求其理由根據。凡由因以求果、由果以溯因、由現象以歸其原理、以原理說明現象等，演繹、歸納、類比的思考活動，皆稱爲推理。推理法是用對方的邏輯規律進行推理，或用推理法來解釋對方的難題，由於出人意外巧妙地揭示了矛盾而使人發笑〔註 73〕。在笑話的推理中，雖符合邏輯思維卻也是導致笑意的因素所在。推理、推論是中國笑話寓言最常被運用的，而《開卷一笑》也大量的採用推理法來製造笑意，如〈顯微異饌〉、〈蘇舜卿酒佐〉、〈解學士題像〉、〈伯虎答訪〉、〈支元獻高堂〉、〈天怕老婆〉、〈北方相禮〉、〈死未足恨〉、〈曼卿墮馬〉、〈閔氏遠姓〉、〈貢父相戲嘲决湖〉、〈文舉巧捷〉、〈嘲郭祥正詩〉、〈子瞻還姜至今令〉、〈六眼龜號〉、〈點悟琴操〉、〈王雱荅獐鹿〉，如〈伯虎荅訪〉：

> 唐寅（字伯虎）于三月三日浴澡，一客過之，見以浴辭，不悦。及六月六日，公往謁，是客亦辭以浴。公戲題其壁曰：「君昔訪我我沐浴，我今訪君君沐浴。君昔訪我三月三，我今訪君六月六。」蓋三月三乃浴佛之晨，六月六乃浴狗之日耳〔註 74〕。

三月三日那天，拜訪唐寅的賓客看見唐寅在洗澡而生氣，沒想到風水輪流轉，六月六日換唐寅去拜訪時，這位賓客剛好也在沐浴，這才讓唐寅捉住了話柄戲弄賓客，笑稱三月三日浴佛的時辰，而六月六則爲洗狗的日子，小小的推理戲謔了對方，也見證了唐寅的機變巧智。

又如〈顯微異饌〉：

> 嘉興林叔大爲江浙行省掾，貪墨鄙吝，頗交名流，以沽美譽。其于達官顯宦，則品饌甚豐；若高人勝士，不過素湯餅而已。一日，延黃子久作畫，多士畢集，復以此供客。諸人不能堪，譏訕大作。叔大赧甚，揖潘子素求題其畫。子素援筆書一絕句云：「阿翁作畫如說法，信手拈來種種佳。好山好水塗抹盡，阿婆臉上不曾搽。」子久笑語曰：「好水好山謂達官顯貴，阿婆臉上不搽言素面也。」言未已，

〔註 73〕引段寶林，《笑話：人間的喜劇藝術》，頁 245。
〔註 74〕引李贄，《開卷一笑》，卷十一、頁 2。

> 子素復加一句云：「諸佛菩薩摩訶薩。」俱不解其意。子素曰：「此即僧家懺悔。」鬨堂大笑而散，叔大數日不見客〔註75〕。

貪墨卻小氣吝嗇的林叔大，對待達官顯宦和高人勝士有著極大的差別，達官顯宦是美食豐味，而高人勝士只有區區素麵而已。待士鄙吝的林叔大遭到在場名士的譏諷，轉而求助潘子素，潘子素當場題詩，以「好山好水塗抹盡，阿婆臉上不曾搽。」做結，子素更進一步的說明道：「好水好山謂達官顯貴，阿婆臉上不搽言素面也。」寓意譏諷地方官員苛刻士人、貪求富貴的可笑行徑，又復加一句「諸佛菩薩摩訶薩。」此時眾人皆不知爲何子素又說了這一句，子素自行推敲爲「僧家懺悔」引起眾人對與兩者間的判斷聯繫，進而哄堂大笑，僧家懺悔暗指林叔大，藉以譏諷其欲拉攏士人、貪求好名，卻又苛刻以待的行爲。

又如〈死未足恨〉：

> 葉衡罷相歸，一日病問諸客曰：「某且死，所恨未知死後佳否耳？」一姓金士人曰：「甚佳。」葉驚問曰：「何以知之？」金曰：「使死而不佳，死者皆逃歸矣。」滿座皆笑〔註76〕。

推理的趣味能讓歡聲滿座、笑柄橫生，利用推理的邏輯結構，達至詼諧笑能，使閱者頓悟而引發嘻笑，而在嬉笑怒罵的背後，更是意有所指，生病的葉衡問眾賓客，死後的世界是否美好呢？這個無解的難題是生者無法得知的，然而金姓士人卻巧妙的順著葉衡的話，推論著說：「一定很美好。」這讓眾人驚呼連連，怎麼金姓士人知道呢？此時巧妙的突顯出矛盾的本質，「假使死後不美好，死者不都逃回來了。」死者無法復生，是以死者不可能重新回到這人世間，死後所處是極樂世界抑或閻羅地獄，都是往生者才能體會的，也是生者無法探求的，這也是在場中賓客所知的邏輯思維，而金姓士人的一番話不僅巧妙安慰了葉衡，解決難題，也道出了生死的模糊未知地帶，違反邏輯的推敲，卻巧答了葉衡的難題，更意有所指的點出，對於死後未知世界，與其恐懼倒不如樂觀以對。

思維的延展，對於人、事、物的認識一步步的擴大和深入，乃是透過推理來實現，此邏輯規律應用在幽默而言，透過推敲、推衍出令人意想不到的答案，突出不和諧的笑點，形成啼笑皆非的效果。

〔註75〕引李贄，《開卷一笑》，卷十二、頁3。
〔註76〕引李贄，《開卷一笑》，卷十四，頁13。

三、顛覆倒錯，趣味倍增

倒錯即是指上下顛倒、錯亂，而將謬誤的本質突顯出來，使語義產生了變遷，有了不協調的美感，從而營造諧趣、加深笑意，便是倒錯。運用倒錯法答非所問、偷換概念，使錯誤、矛盾激化達到極致，再由本人或旁人揭示諧趣所在，造成出乎意料的結果，引發詼諧有趣的笑意。如〈翻綽入水〉：

> 玄宗嘗令左右提翻綽入池水中，復出曰：「向見屈原笑臣：爾遭聖明，何亦至此？〔註77〕」

聰明巧智的賢臣蘇綽卻被玄宗推入水中戲弄，其以在水中遇見屈原而論，屈原乃因遭逢昏君，懷才不遇而投水自盡，而今蘇綽亦被玄宗丟入水中，難道玄宗也非明君嗎？蘇綽曲折語義，暗喻玄宗若是賢明的君王，其並無投水之道理，而玄宗本以戲弄蘇綽爲目的，沒想到機智的蘇綽倒錯語義，將無賢臣入水的本義藉由與屈原相遇之事曲折表達出來，營造出幽默的笑意。

偷換概念亦是倒錯法常用的邏輯結構技巧之一，其指替換詞語、語句或是望文生義、曲解別解、虛語實解來倒錯語義，爲主角圓融場面、解決困境，殊不知如此的巧換名目已強化笑意，造成笑果。如〈正德認水厄爲水難〉：

> 蕭正德初入北，侍中元義欲爲設茗，先問正德卿於水厄多少（北人謂茗飲爲酪，奴亦云水厄），正德初不知答云：「下官雖生水鄉，立身以來，未遭陽侯之難。」舉坐大笑。〔註78〕」

面對侍中元義詢問飲茶多少，蕭正德不懂水厄之意，卻又不好意思詢問，逕自解釋水厄爲水難之意，回答自己從未遭遇過水患，文中以曲解概念的望文生義產生諧趣，莫怪乎在座哄堂大笑了。

替換語詞與本意的反差，也能造成詼諧逗趣的笑果，使人容易聯想而產生笑意，如〈秦魏二使善嘲〉：

> 李茂貞子從儼爲鳳翔節度使，因生辰，秦鳳持禮，使陋而多髯，魏博使少年如美婦人。魏博戲云：「今日不幸與水草大王接坐。」秦鳳曰：「夫人無多言。」四座皆笑〔註79〕。

李茂貞子生日誕辰，醜陋而鬍鬚又多的秦鳳和美如少婦的魏博比鄰相坐，魏博譏笑秦鳳爲水草大王，以水草大王替代秦鳳之名，諷喻譏笑秦鳳的鬍鬚多

〔註77〕引李贄，《開卷一笑》，卷九，頁23。
〔註78〕引李贄，《開卷一笑》，卷十四，頁5。
〔註79〕引李贄，《開卷一笑》，卷十，頁3。

而醜陋，秦鳳也不遑多讓的回道：「夫人無多」，以夫人替換魏博之名，反諷魏博宛若少婦不似男子，水草大王、夫人與其本名毫無關連，反差甚大，卻藉由主角的外在面貌而有所連結發想，產生了滑稽幽默的笑意，替換語詞的變化性與效能性也在此展現。

語詞的互換顚倒，也是形成倒錯的幽默旨趣所在，如〈幡綽善調文樹〉：

> 唐安西牙將劉文樹，口辨善奏對，明皇每嘉之。文樹髭生領下，貌類猴。上令黃幡綽嘲之。文樹切恶猿猴之號，廼密賂幡綽不言之。幡綽許而進嘲曰：「可怜好箇劉文樹，髭須共頦頤別住。文樹面孔不似猢猻，猢猻面孔強似文樹。」上知其遺賂，大笑〔註80〕。

行賄幡綽不讓他取笑自己像猢猻的劉文樹，沒想到卻被幡綽將了一君，幡綽機巧的將語詞的倒錯應用，「文樹面孔不似猢猻」符合了文樹對他的要求，「猢猻面孔強似文樹」也應了帝王的命令，取笑了文樹，卻也讓文樹無法可說，不是他像猢猻，而是猢猻像他，幡綽之言左右逢源，製造了意外的笑料。

詭辯的概念也是倒錯法常用的邏輯結構技巧，主角強詞奪理、自圓其說來與眞理相反差，進而將荒謬錯誤的本質顯露出來，諧謔笑意遂巧妙的顯露。如〈袁正辭志在益錢〉：

> 袁正辭積錢盈室，室中堂有聲如牛，人以爲妖，勸其散積以禳之。正辭曰：「我聞物之有聲，求其同類耳，宜益以錢聲乃止〔註81〕。」

唯錢是命的袁正辭拼命攢錢盈滿屋內，沒想到放錢的庫房因此發出如牛般的牟牟聲，眾人嚇極，希望袁正辭趕緊散財以求平安，沒想到袁正辭卻是狡辯，認爲有聲音是在尋求同類，所以應攢更多的金銀財寶來止住聲音才是。荒謬的解釋突顯出袁正辭嗜錢如命的吝嗇本質，也對其想法感到荒謬可笑。「詭辯」是詭異狡詐的辯說，利用沒有根據的胡言、謊話來倒錯是非，袁正辭謬誤的解釋方式爲自己的愛財找了最大的藉口，也惹了一番嘻笑。

四、有樣學樣，以牙還牙

學樣是重複樣態，不論是形式類比〔註82〕抑或機械動作的重複，讓笑話

〔註80〕引李贄，《開卷一笑》，卷十一，頁12。

〔註81〕引李贄，《開卷一笑》，卷十四，頁4。

〔註82〕類比推理是根據兩對象在某些屬性上相同或類似，是一種非必然推理，其結論是或然的，類比推理雖然在現實生活中廣泛應用。機械類比是抓住表面相同現象進行類比，並沒有什麼聯繫，進而在行動中出錯，鬧出笑話來。見張

情節因學樣的摹似而迭宕有趣，讓可笑事物反覆出現的重複法〔註 83〕、連環法，也是重複兩者間的相似之處，來營造幽默性的氛圍，有時候是以牙還牙，有時則模仿對方的說話方式，摹似詞句、說話的語氣等，以著相同的思維形式，表達不同的思維內容。如〈婁師德叱庖人〉：

> 婁師德好詼諧，則天朝大禁屠殺。師德因使至陝，庖人進肉，師德曰：「何爲有此？」庖人曰：「豺咬殺羊。」德曰：「豺大解事。」又進鱠，復問之，庖人曰：「豺咬殺魚。」德大叱曰：「智短漢何不道是獺？」遂不食〔註 84〕。

天朝禁止宰殺，剛進陝西的婁師德便遇到庖人進獻羊肉，佯稱是豺狼咬殺，師德相信了，沒想到第二次進獻鱸鱠，仍佯稱是豺狼咬殺，如此機械性的重複使人覺得發笑，然貢品已由羊變成鱸鱠，但第二次再說是豺狼所爲，已違反邏輯思維，當下也露了馬腳，莫怪乎被師德大聲斥責了。機械性的重複語句，作爲一種幽默表現，形式相擬或內容相似的重複在製造幽默過程中，有引人入勝、步步深化，凸顯矛盾所在，強化喜劇性的效果。

又如〈令夫人疑弄己〉：

> 陽伯博任山南一縣丞，其妻陸氏，名家女也。縣令婦姓伍也。他日，會諸官之婦。既相見，縣令婦問贊府夫人何姓，荅曰姓陸。次問主簿夫人，荅曰姓戚。縣令婦勃然入內，諸夫人不知所以，欲卻回。縣令聞之遽入，問其婦，婦曰：「贊府婦云姓陸，主簿婦云姓戚，以吾姓伍，故相弄耳。餘官婦賴吾不問，必曰姓八、姓九。」令大笑曰：「人各有姓。」復令其婦出〔註 85〕。

伍姓、陸姓、戚姓婦人相聚，姓氏巧合卻惹惱了縣令夫人，氣得走入內堂，甚至有樣學樣的認爲不必再問，剩下的官夫人一定是八姓、九姓，縣令夫人的想法可笑至極，倒也製造不少笑料。

學樣法亦可應用於雙相笑話〔註 86〕之中，兩者間利用以牙還牙抑或摹似

智光，《邏輯的第一本書—生活一切智慧的根源》（台北：先覺出版社股份有限公司，2003 年），頁 252～263。

〔註 83〕重複（repeat）作爲一種幽默表現手法，是指同一是欠在不同的情景和條件下的反覆出現，或反覆表現的一種手法。見蕭颯、王文欽、徐智策，《幽默心理學》（台北：吳氏圖書有限公司，1995 年），頁 247。

〔註 84〕引李贄，《開卷一笑》，卷十四，頁 4。

〔註 85〕引李贄，《開卷一笑》，卷十一，頁 13。

〔註 86〕這類笑話有兩個喜劇人物，是雙向笑話，又叫鬥爭笑話。見段寶林，《笑話：

詞章語句的方式，表達不同的概念，藉以營造詼諧搞笑的喜劇性氛圍，如〈嚴、高兩二相公善謔〉：

> 嚴相君納，蘇人，面麻，俚語於蘇有鹽豆之誚。高相君拱，河南人，作文常用腹稿，俚語于河南有盜驢之嘲。二公相遇，高笑嚴曰：「公豆在面上。」嚴笑高曰：「公草在腹中〔註87〕。」聞者爲絕倒。

臉上有麻子的嚴納和腹中起草的高拱相互嘲笑，兩人對偶成句，形式極爲相近卻內容差異性大，一個笑臉上長麻子，一個笑腹中是草稿，學樣的類比推理在此機靈呈現，兩句話分別將兩者的特色形容得淋漓盡致，又增添雅謔嘲諷的效果。又如〈方張確對〉：

> 方千里一日會張更生，方作一令戲曰：「古人是劉更生，金人是張更生，手內執一卷金剛經，問你是胎生卵生濕生化生？」張答曰：「古人是馬千里，今人是方千里，手執一卷刑法志，問爾是五千里三千里一千里？〔註88〕」

文中「五千里三千里一千里」是仿擬「胎生卵生濕生化生」而來，兩句皆是以對方的名字作巧妙聯想，張更生順著方千里的對子，以其人之道還治其人之身，炮製出形式相同的趣味捷對，以此產生雅趣的笑意。

李贄所編纂的《開卷一笑》中大量可見文人間輕鬆詼諧的趣詩、敏對，在卷八中，蘇東坡與佛印、蘇小妹、名妓間的趣味對話，彼此間藉由學樣法的仿擬詞句，字裡行間暗藏玄機，營造出機智幽默的喜劇性氣氛，如〈蘇小妹相嘲詩〉：

> 東坡與妹戲言曰：「腳踪未出香房內，額頭先到畫堂前—好個衝頭！」妹荅坡云：「去年一點相思淚，今日方流到嘴邊—好個長面！」女史亦云：「東坡有小妹，善詞賦，敏慧多辨，其額廣而如凸。」東坡嘗戲之曰：「蓮步未離香閣下，梅妝先露畫屏前。」妹即應歌曰：「欲扣齒牙無覓處，忽聞毛裡有聲傳。」以坡公多鬚髯，遂亦戲荅之耳〔註89〕。

面對蘇東坡對於自己面貌的戲謔，蘇小妹才思敏捷的有樣學樣，巧答以對，

人間的喜劇藝術》，頁122。

〔註87〕引李贄，《開卷一笑》，卷十一，頁2。

〔註88〕引李贄，《開卷一笑》，卷十三，頁3。

〔註89〕引李贄，《開卷一笑》，卷八，頁32。

一來一往，機鋒互見，兄妹更是常以吟詩來互相戲謔對方。學樣法的本質就是形式上相同，但是內容上卻大相逕庭，形式上的差異愈小，內容卻豐富多姿，則詼諧性更加強烈。

五、反差對比，妙不可言

對比，意指尖銳的反差或鮮明的對立，它作爲幽默實現過程中的一種主要表現手法，將所描述和表達的喜劇性事件、現象和性格的對立十分突出地強調出來，以正對反，揭示醜物的思想和行爲邏輯，來引發笑意。在短小的笑話中，藉由對比，把矛盾雙方對照在一起，黑白分明，形成美與醜的對比，反差的極致而激化笑意。如〈楊衡爲人盜文〉：

> 楊衡初隱廬山，有盜其文登第者，衡因詣闕亦登第，見其人怒曰：「一一鶴聲飛上天在否？」，荅曰：「此句知兄最惜，不敢偷。」衡曰：「猶可恕也。〔註90〕」

隱居廬山的楊衡，本來聽到有人盜用他的文采，怒氣衝天，質問對方連「一一鶴聲飛上天」也抄襲嗎？對方心虛地說：「我知道這一句您老兄最珍惜，我不敢偷用。」楊衡悻悻地說：「哼，還算情有可原！」本來火冒三丈的楊衡，一聽到對方沒有抄襲其名句，便怒氣消了，全然忘了對方藉著抄襲其文采而登科的惡行，主角自相矛盾，行事言語前後不相應，從而產生喜劇性的效果。

又如〈侯白潛探使情〉：

> 陳嘗令人聘隨，不知其使機辨深淺，乃密令侯白變形貌者，故敝衣，爲賤人供承，客謂是微賤，甚輕之，乃傍臥放氣。與之言，白心不平，問白曰：「汝國馬價貴賤？」白云：「馬有數等，若從伎倆筋腳好形，容不惡，堪得乘騎者，直二十千已上。若形容粗壯，雖無伎倆，堪馱物，直四五千已上。若焦尾燥蹄，絕無伎倆，傍臥放氣，一錢不直。」使者大驚，問其姓名，知是侯白，方始愧謝〔註91〕。

侯白秘密試探陳使的言行，沒想到陳使狗眼看人低，認爲侯白爲卑賤之人，甚至邊放屁邊說話，侯白心中自是有怒，巧答使者所詢問馬價的高低，諷刺

〔註90〕引李贄，《開卷一笑》，卷十一，頁10。
〔註91〕引李贄，《開卷一笑》，卷十一，頁19。

陳使爲沒有本事、只會躺著放屁、一文不値的劣馬。陳使這才大驚，本以爲卑劣的賤人竟是謀士侯白。自命高貴的陳使和假裝微賤的侯白，兩者間的對比，從一開始的不動聲色到最後的眞相大白，烘托出侯白的機智與幽默，欲揚先抑，差異性強烈，達致幽默效能。

又如〈宋玉辯己不好色〉：

> 大夫登徒子侍楚襄王，因短宋玉爲人體貌閑麗，口多媺辭。又性好色，願王勿與出入後宮。王問玉，玉曰：「體貌閑麗，受於天也，口多媺辭，受於師也，至於好色，臣無有也。」王曰：「子不好色，亦有説乎？」玉曰：「天下佳人之麗也，莫若臣東家之子，增一分則太長，減一分則太短，著粉則太白，施朱則太赤。眉如翠羽，肌如白雪，腰如束素，齒如含貝。然此女登墻，窺臣三年，至今未許也。登徒子則不然，其妻蓬頭攣耳，缺唇歷齒，膀行踽傒，又疥且痔，登徒子悦之，使有五子，王熟察之，誰爲好色者矣？」於是楚王稱善〔註92〕。

面對登徒子的離間心機，宋玉巧妙的以登徒子的面貌和自己的做相對照，自己體貌閑麗卻連國中最美女孩都不接受，而登徒子之妻面貌醜陋，登徒子卻仍與其生五子，誰才是好色呢？兩者矛盾對照，襯托出的宋玉品行高潔，尖銳分明的反差營造出趣味性，莫怪乎楚王稱善了。

形貶似褒的襯托，也是矛盾對比，在引人發笑之餘，更有其所欲呈現的事理，如〈舉世皆濁〉：

> 李涉過九江，欲盜問何人，從者曰：「李博士也。」其豪首云：「若是李博士，不用剽奪，久聞詩名，願題一篇足矣。」涉贈一絕曰：「春雨瀟瀟江上村，綠林豪客夜知聞，相逢不用相廻避，世上如今半是君。〔註93〕」

打算搶劫的強盜，一聽到是詩人李涉，便放了他一馬，只求題一首詩，此時強盜的行爲與其本業本性大相逕庭，然而李涉也將此事融會在詩詞當中，暗喻當今社會的紛亂，一首詩連結了強盜與李涉，殺人放火的強盜歡喜求得李涉的詩，落難的李涉因詩脫困，兩相反差對比，暗諷世態的混亂。

〔註92〕引李贄，《開卷一笑》，卷九，頁7。
〔註93〕引李贄，《開卷一笑》，卷十二，頁18。

本章小結

笑聲不絕於耳，爲喜劇性不可或缺的一部份，幽默的美來自於欲悲愴於戲謔的喜劇性，展現出動人心弦的魅力。而笑話的喜劇性的因素〔註94〕之一，即爲語言要素，言語的滑稽與否佔了笑話大半要角，而中國語言文字的特色多了婉轉揶揄的諧趣性，在對話語句眾多的《開卷一笑》中，李贄藉由文字表象的形、音、義字戲，和誇張、譬喻、仿諷、反語等修辭技巧，及歸謬、推理、倒錯、學樣、反差等邏輯思考方式，在主客一來一往的答論中增添詼諧笑料，讀者因笑談中所展現內容與形式的背戾性而啞然失笑；在主角有樣學樣的逗趣表現中，得到輕鬆愉悅的情趣；在展現主角感覺敏銳、反應靈敏的捷對巧答中得到啓發人心的快樂，是以笑的語言特色所呈現的魅力，在《開卷一笑》表露無遺。

〔註94〕于成鯤認爲喜劇性因素有三：一爲語言要素，二爲性格要素，三爲情節要素。見于成鯤，《中國喜劇研究：喜劇性與笑》（上海：學林出版社，1992年），頁75～124。

第四章　《開卷一笑》豁顯之衆生群相特質

《開卷一笑》中描繪眾生萬物多樣化，人物、無生命物態、動物、人體缺陷、鬼神等包羅萬象，本章藉由分析眾生的特殊之處，以及託借萬物群相之特點，來探求作者寓教化於戲謔文選之苦心。

第一節　《開卷一笑》人物特質分析

朱普（John D. Jump）在《戲劇與戲劇性》中提及：「戲劇人物的眞實有意義的生命不是依賴任何特殊的演出或任何可以辨識的實物的出現，他存在劇本的語言和語言所造的情勢裡，人的個性是由他們嘴裡說出的話和他們周圍的人所說的話共同塑造成的，造成我們稱爲人物的印象是語言個人化了的典型〔註1〕。」

作者情節的鋪陳、人物的摹寫，使角色的性格特性深植於讀者的既定印象中，進而在內容對話中，展現歸謬倒錯、誇張對比的矛盾衝突，營造出詼諧逗趣等場面，進而使讀者發笑，在《開卷一笑》中，人物展現百變的個性，如風趣幽默的名士，以三教人物爲敘寫對象的迂腐鄙儒、虛假的道僧尼，以職業突出人物形象的無能昏妄的官吏、詼諧善調的臣子、才藝雙全的妓女，以及從家庭對應看懼內的丈夫、兇狠好嫉的妒婦，另有聰明機智的稚子以及

〔註1〕引朱普（John D. Jump）著、顏元叔譯，《戲劇與戲劇性》（台北：黎明文化事業股份有限公司，1978年），頁750。

才女等，每一位人物鮮明的個性與反應，加上語境塑造，在達至幽默效能之餘，更與眾生啓迪同知，領略作者、文本藉由故事人物所欲傳達的思維體悟。

一、男子風貌

（一）風趣幽默的名士

名士的諧趣軼聞，是百姓們茶餘飯後的話題之一，其多半狂放不羈、倜儻風流、性喜滑稽，其際遇坎坷、仕途浮沉，卻憑藉諧趣雜語等特殊言行事蹟流芳百世，《開卷一笑》中，對於風趣幽默的名士多有編輯，有名人歐陽修（1007～1072）、王介甫、關漢卿、劉伶、唐寅（1470～1524）、米芾（1051～1107）、東方朔（前 154～前 93）、王禹偁（954～1001）、孔融……等，也有虛構人物艾子、侯白等，散逸在十四卷中，而其中最著名的便是卷八通篇爲蘇東坡與其摯友親妹間的諧趣妙聞了，蘇軾的才智與性格是李贄所激賞的，更作《坡仙集》來表達其對蘇軾的欣賞。因此卷八蒐集了蘇軾生活中的趣事軼聞，供人賞玩，如〈挾妓參禪〉：

> 大通禪師者，操律高潔，人非齋沐，不敢登堂。東坡一日挾妙妓謁之，大通慍形于色。公乃作《南歌子》一首，令妓歌之，大通亦爲解頤。公曰：「今日參破老禪以。」其詞云：「師唱誰家曲，宗風嗣阿誰？借君拍板與門搥，我也逢場作戲莫相疑。溪女方偷眼，山僧莫眨眉。卻愁彌勒下生遲，不見老婆二五少年時。〔註 2〕」

自恃甚高的大通禪師，遇到了不按牌理出牌的蘇東坡，也成被嘲弄的對象，東坡帶著歌妓來訪已讓大通禪師慍怒，因爲來拜訪的皆是齋沐過後的敬仰者，但是東坡一首《南歌子》馬上讓大通禪師轉慍爲笑，足見大通禪師執著於表相，重視人的外向職業，而非品格性情，境界不夠高遠，蘇東坡以禪解禪，勘破禪師的自以爲是。《開卷一笑》卷八的對話交談中，寓含了許多東坡諧趣話語、生活哲學及對官場文化的透析與豁達，知悉東坡在波折不斷的生命歷程中，不畏打壓與困境，堅持自我的理念、昂揚生命情懷的風範。

虛構的知名人物爲艾子、侯白，侯白爲眞有其歷史人物，不若艾子爲虛構性的角色，然多假借好俳諧雜說的侯白之名，衍生出許多令人笑倒的事蹟來，如〈侯白令令宰狗吠〉：

> 侯白初未知名，在本邑，令宰初至，白即謁，謂知識曰：「白能令明

〔註 2〕引李贄，《開卷一笑》，卷八，頁 3。

> 府做狗吠。」曰:「何有明府得遣作狗吠,誠如言,我輩輸一會飲食,若妄君當輸。」於是入謁,知識俱門外伺之,令曰:「君何須得重來相見?」白曰:「公初至,民間有不便事,望諮公,公未到前,甚多盜賊,請命各家養狗,令犬自驚,庶賊盜止息。」令曰:「若然,我家亦須養能吠之狗,若爲可得?」白曰:「家中新有一羣犬,其吠聲與餘狗不同。」曰:「其聲如何?」荅曰:「其吠聲者」令曰:「君全不識好狗吠聲,好狗吠聲當作號號,㘎㘎聲者全不是能吠之狗。」伺者聞之,莫不掩口而笑。白知得勝,乃云:「若覓如此能吠者,當出訪之。」遂辭而出〔註3〕。

聰明的侯白與人打賭,能讓剛上任的令宰做狗吠,果不其然,侯白藉由和令宰討論狗聲能吠與否來防止盜賊迫害,成功的使令宰發出狗叫聲,也笑煞在外面的一干人等,侯白機智的巧妙佈局,讓令宰掉入語言的陷阱而不自知,足見侯白幽默滑稽的好功力。

(二)昏官與智臣

官場生涯的敘寫爲《開卷一笑》致力描繪的內容之一,亦是《開卷一笑》主題意蘊之一,愚笨官吏在處理政務的無知,抑或行爲舉止的荒謬可笑、令人發噱之餘,展現出爲官者愚昧不堪、荒謬絕倫。此外更有買官鬻爵或是靠阿諛奉承而晉官加祿之人,因此不解政事而鬧出許多笑料。如〈党進怒咄畫工〉:

> 党進命畫工寫眞,寫成大怒,詰畫師云:「我前時見畫大虫,猶用金箔貼眼,我消不得一對金眼睛?〔註4〕」

党進看見自己的畫作不如大虫有一對金箔似的大眼睛,便氣得大罵畫工,然眞正的自己哪有什麼金箔眼睛呢?與昆蟲屬性的大虫計較,顯見其在乎的是面子的滿足,而非栩栩如生的寫眞。又〈陳東權洲事〉:

> 陳東通判蘇州,而權州事,因斷流罪命黥其面,曰:「特刺配某州牢城。」黥畢,幕中相與白曰:「凡言特者,罪不至是,而出於朝廷一時之旨,非有司所得行。」東大恐,即改特刺字爲準條字,再黥之。後有薦東之才於兩府者,右參政聞之,曰:「得非權蘇州日,於人面上起草者乎。〔註5〕」

〔註3〕引李贄,《開卷一笑》,卷十三,頁11。
〔註4〕引李贄,《開卷一笑》,卷十二,頁7。
〔註5〕引李贄,《開卷一笑》,卷十三,頁18。

還不瞭解律法章程，便急就章的判了黥面之刑，沒想到所刺的字有誤，特刺二字只有朝廷能用，畏罪的陳東通便劃掉「特刺」兩字，上面再刺「準條」二字，使人承受了兩次黥面的痛苦，也難怪右參政嘲弄那推薦東通之人，東通在那人臉上刺起草稿了！法無定則，執法如戲，荒謬不經的處理態度更可以看出官吏的愚昧與無能。

官員處事的不熟練抑或知識淺薄所製造的百般笑料，如〈張丞相草書〉中那張丞相愛寫草書，寫完後，卻不知道自己寫了什麼字，還責罵他人爲何不早點問，害他忘記之前寫的是什麼字了，滑稽突梯，藉此嘲謔晚明社會中，官吏無眞正有賢德之人。

詭譎的官場百態中，另有詼諧善調的臣子，其辯才無礙，在《開卷一笑》中，除卻無能昏妄的官吏外，多爲善嘲好詰的臣子，其與官僚間的詼諧問答，雅謔、戲謔、字戲、佳話等，藉由巧妙的吟詩聯句、仿效對方語句，相互嘲弄彼此的姓氏、特徵、個性、怪癖等，使對方缺點暴露而引起笑意。如〈王周二丞相嘲語〉：

> 丞相王導枕周伯仁（諱顗）膝，指其腹曰：「卿此中何所有？」周曰：「此中空洞無物，然容卿輩數百人〔註 6〕。」

丞相王導枕在周伯仁的膝上，本想笑其肚子，故問周伯仁腹中有什麼？沒想到機智善辯的周伯仁馬上回答道：「這肚子沒什麼，空無一物，剛好可以容納你們這幾百人。」寓指自己心胸度量寬大，正可容納諸位臣子的心思，也回諷王導其心胸狹隘。

而詼諧善調的臣子於侍奉君王時，也常幽默諷諫，藉由笑話的曲折愉悅，引起君王的笑意之外，讓君王聯想審度，把握事物的旨意所在，從而體悟弦外之音。因此臣子在與君王應對中，順其所好，不正面否定對方的謬誤，而是沿其邏輯，引申發揮，在放大話語突兀處的同時，使君王自悟，如〈方朔大笑〉、〈翻綽入水〉，抑或巧妙回答應對，解決君王所出的難題，如〈賈待詔侍太宗棊〉：

> 宋太宗時待詔賈玄者，嘗侍上棊，太宗饒玄三子，嘗輸一路。太宗知玄詐，不盡其藝也，乃謂曰：「此局出復輸，我當榜汝。」既而滿局不生不死。太宗曰：「亦詐也，更一局。汝勝，賜汝緋，不則，投汝于水中。」局既平，不勝不負。太宗曰：「我饒汝子而局平，是不

〔註 6〕引李贄，《開卷一笑》，卷十三，頁 2。

> 勝也！」命左右投之水中。乃呼曰：「臣握中尚有一子！」帝大笑，賜以緋衣〔註7〕。

賈玄與宋太宗對奕的過程中，太宗讓三子，賈玄每每必輸一路，連太宗都知其沒有拿出眞本事，言道：「此局若輸，就要鞭打你了！」沒想到卻是和局，太宗只好說道：「再一局，你勝此局，賞賜你緋衣，若輸就將你投入水中。」沒想到又是和局，太宗以還讓三子爲由，命令左右士兵將賈玄投入水中，賈玄這才言明自己手中尚有一子。伴君如伴虎，是以揣測上意而委婉曲折的應對，透過理趣結合的笑話，寓莊於諧的深層幽默，使君王在大悅之餘，亦能體會臣子的委婉諷刺之意。

（三）迂酸鄙偽的讀書人

讀書人是泛稱秀才、舉子、監生、士等沒有官位、空有名份者，其往往與迂腐、鄙俗、虛僞等負面形象一致〔註8〕，顯現晚明社會中，讀書人拘執迂腐、不知變通，在與智者的對話場景中，更顯得讀書人的迂腐與裝腔作勢，如〈省闈蠢問〉中那問「欲用堯舜字而疑其唯一是或二事」的士子，或〈李文達試餘姚〉裡「千字文且不能記，百人名亦不省，何謂讀書？」的諸生，皆爲拘泥不知變通的迂儒。此外雖口說四書五經，卻品行不佳；抑或毫無實學才幹，甚至大字不識幾個，便買官鬻爵，逞逞官家威風，結果出盡洋相，突梯滑稽、令人發噱。如〈納粟監生〉：

> 革車（言三百兩也）買得截然高（言帽），周子聰前（言草）滿腹包，忽朝若遇高曾祖（言考也），煥乎其有（言文章也）沒分毫〔註9〕。

本來要符合學行端莊、文理優長的官職，到了晚明時期，只要捐錢納粟，便能成爲監生，是以上述的監生便是靠金錢買得高帽子，但其實是滿腹的草包，如果突然考試，腹中定是半點文章也沒有，作者以此譏諷科舉制度的崩壞與買官鬻爵情形的猖獗。

〔註 7〕引李贄，《開卷一笑》，卷十二，頁 8。

〔註 8〕明清詼諧寓言中以讀書人爲主角的作品，讀書人的形象多數是迂儒、酸儒、鄙儒、僞儒，取材與取象出現一致的傾向，主要藉讀書人種種負面形象，寄寓才學、德行兩大諷諭主題，凸顯讀書人無知無恥的醜態。見陳秋良，〈迂、酸、鄙、僞—明清詼諧寓言中的讀書人形象析論〉《國立臺北教育大學語文集刊第十五》（台北：國立臺北教育大學語文教育學系，2009 年 1 月），頁 67～97。

〔註 9〕引李贄，《開卷一笑》，卷十三，頁 14。

又有讀書人品性不端、無賴而惡劣，在〈畏饅頭臘茶〉中借著貧儒自命清高、矯揉造作的無賴行徑，凸顯其與身份反差極大的惡劣行爲，在謬妄可笑的笑意中，嘲弄著讀書人滿腹聖賢書，卻德性不佳、自私自利，寄託勸誡做人爲學要知廉恥、具備節操正義。如〈索飲被嘲〉：

> 李覯（字泰伯）賢而有文章，素不喜佛、不喜孟子，好飲酒。一日，有達官送酒數斗，泰伯家釀亦熟，一士人知其富有酒，然無計得飲，乃作詩數首罵孟子，其一云：「完廩捐階未可知，孟軻深信亦還癡。嶽翁方且爲天子，女婿如何弟殺之？」李見詩，大喜，留連數日，所與談莫非罵孟子也。無何，酒盡，乃辭去。既而聞又有寄酒者，士人再往，作《仁義正論》三篇，大率皆詆釋氏。李覽之，笑云：「公文采甚奇，但前次被公吃了酒後，極索寞，今次不敢相留，留此酒以自遣懷。」聞者大笑〔註10〕。

虛僞的鄙儒見李泰伯有好酒，卻性孤僻，便投其所好，作詩罵李泰伯討厭的孟子，李泰伯果真開心，留他飲酒暢談，酒盡人散，他日，泰伯又有好酒，此士人再作詩罵佛，冀望能再喝到好酒，泰伯早已知悉此鄙儒非眞厭惡孟子、佛學，只是藉故喫酒，於是拐著彎說留酒自遣懷，實諷罵這鄙儒只爲喝酒，如同無恥小人般厚臉皮，失了身爲儒者應有的節操、氣度。

《開卷一笑》中未得官位的讀書人，上集幾則，爲文撰寫，寄寓感慨、委爲塾師之不得志。下集讀書人則醜態百出，有的拘泥固執、冥頑不靈，有的汲汲於生計而巧詐算計、虛僞卑鄙，更有買官鬻爵，而非眞才實學的栗生，昏庸無能、詼諧百出，這些讀書人讀聖賢書，滿嘴仁義道德，其行爲表現卻自私自利、私德不彰，不若身爲儒者所應具有的品行道德，實是諷刺至極。

（四）聰明機智的稚子

開卷一笑收錄許多神童的笑話，有：〈周翰精敏〉、〈鍾毓鍾會〉、〈張憑祖孫〉、〈陽明賦詩〉、〈李文正神童〉、〈郭戴二奇才〉、〈岳柱巧詰〉、〈王雱答獐鹿〉、〈文舉巧對〉、〈解學士應對〉、〈崔來鳳子〉、〈李文正公神童〉、〈文公正對〉……等，在這些聰慧巧智的稚子與大人的對話中，每每出奇制勝的反詰對方，並且揶揄嘲弄了一番，如〈玄祖齒缺〉：

> 張玄祖八歲齒虧，先達知其不常，戲之曰：「君口復何爲狗竇？」答

〔註10〕引李贄，《開卷一笑》，卷十三，頁5。

曰：「正使君輩從此口出。〔註11〕」

本來想笑張玄祖齒缺的長輩們，卻被張玄祖反將一軍，得不償失，更有機智聰穎的小神童，不僅解決長者所出的問題，更甚者，能直言糾舉其錯誤，如〈崔來鳳子〉：

> 翰林崔來鳳子五歲，甚聰慧，善屬對。曾有送桃棗者，急欲取之，父曰：「汝能作此二果破題，則許。」荅曰：「有食其肉而棄其外者，有食其外而棄其內者。」一日謂父曰：「我亦出一破題。」指炕爲題。父故效其體爲之曰：「有所以眠乎人者，有所以烘乎人者。」曰：「教父親做官哩，眠烘二字忒俗，我替你改之，作臥字暖字。〔註12〕」

崔來鳳之子年僅五歲，便能作對句，利用桃、棗食用部位的不同，對出佳句來，其父也仿效了兒子的句子，來回答其子反出的難題，沒想到卻還遭到兒子的指正，建議眠烘二字改爲臥暖更爲恰當，足見小小孩童那聰穎之資。

（五）超然隱士與六根不淨道僧

看盡官場的醜陋鬥爭與追逐名利慾望，醒悟看淡世間紛擾爭奪，是以李贄以此爲主題的有〈田家樂賦〉、〈漁橋角勝〉、〈惠山景白〉，如〈田家樂賦〉：

> ……不願小小貧，不願大大富，船大小，儘可渡，牛自有，不用顧，且喫葷，莫喫素，黃脚雞鍋裡滬，添些鹽、用些醋，買斤肉、細切剁，隈芋莨、煎豆腐，沉沉喫喫到日將暮，深缸湯、軟草舖，且留一宿到明朝，這般快活恆千古。〔註13〕

藉由畫中情境印證著明代四家之一的沈周，其一生淡泊名利、樂享田園生活，如此簡單的蔬食與生活，不求功成名就，只望能閒適無爭的順遂一生，隱士的描繪在《開卷一笑》中，宛若一股清流，與汲汲於名利的官場百態，形成強烈的反差。

《開卷一笑》中有超然脫俗、樂在山林的隱士，也有凡心蠢動的僧道尼，道士、尼姑、僧侶本是六根清靜、嚴肅端正的人物形象，然在《開卷一笑》中，除卻機智善辯的佛印之外，不具名的修道者全成爲了滑稽可笑的人物，可見當時修道之人非眞正的超然於俗外，而是六根不淨、常動凡心，顯現社會上名不符實者爲眾，李贄以詼諧的方式揶揄了修道者，使本是莊嚴肅穆、

〔註11〕引李贄，《開卷一笑》，卷十四，頁17。
〔註12〕引李贄，《開卷一笑》，卷九，頁27。
〔註13〕引李贄，《開卷一笑》，卷七，頁3。

令人崇敬的形象表率，剎時荒謬好笑，令人發噱。如〈史君實贈尼還俗〉：

> 詩人史君實見一老尼還俗，贈詩曰：「脱卻羅裙著綉裙，仙凡從此路岐分。峨眉再畫當時綠，嬋鬟重梳，昔日雲玉貌，緩將鸞鏡照，錦衣更把麝香薰。屏幃乍得輝光寵，更沒心情戀老君。〔註14〕」

史君實看見一位老尼姑還俗，重入俗世，早已沒有了少女的韻味，穿上綉裙，畫眉梳頭，重現昔日風采，可惜容貌已衰，如何吸引人的目光，「更沒心情戀老君」，修道已久的老尼姑臨老還俗，可見其修身養性之不足，凡心早已蠢動。又如〈不能作無麵餅〉：

> 晏景初請一僧住院，僧辭窮陋不可爲，景初曰：「高才固易耳。」僧曰：「巧婦安能作無麵湯餅乎？」景初曰：「有麵則拙婦亦辦矣。」僧慙而退〔註15〕。

晏景初請一和尚掌理寺廟，和尚以寺廟簡陋推卻著，晏景初說：「和尚才能高尚，掌理寺廟當然簡單。」和尚回道：「巧婦哪能作無麵湯餅乎？」幸而晏景初也非省油燈，立即回諷道：「只要有麵粉，拙婦也能有辦法。」巧妙反譏僧侶的虛浮自私，不像一位高潔莊嚴的僧家應有之品行。

犯了戒條的僧侶道士，也是受人嘲弄嘻笑的對象，如〈蘇守判和尚犯奸〉中那犯了色戒、痛下殺手的了然和尚；〈犯奸盜牛獲免罪〉中犯色戒卻以能詩而免罪的和尚；〈陳沆嘲道士〉中那愛吃肉喝酒的道士，本應遵守清規戒律的道士僧侶們，卻屢屢犯戒、私動凡心，與其應有的高尚肅穆言行，形成強烈的反差，也讓他們充滿了喜感，引人發噱之餘，更透過諧謔文選來反諷這些道貌岸然的修道人士。

（六）懼內的丈夫

怕老婆的夫婿在《開卷一笑》中，扮演著突梯滑稽的角色，每每由丈夫那畏懼悍妻的瑟縮神情或動作，在或打或罵中，製造許多喜感笑意，懼內的態度與社會宗法制度的階級觀截然不同，本是男權爲重的社會體系，重視五倫的觀念倫常，而夫婦爲五倫中的一環，強調夫爲妻綱，但在《開卷一笑》之文選及笑話中，卻是「妻爲夫綱」，且唯妻是從，與傳統社會倫理，男尊女卑的地位教條相較，形成反差的對比，詼諧百出。

如〈鴻漸懼內〉：

〔註14〕引李贄，《開卷一笑》，卷九，頁8。
〔註15〕引李贄，《開卷一笑》，卷十二，頁5。

> 安鴻漸滑稽而懼內，婦翁死，哭于路。其婦性素嚴，呼入總幕中詬之曰：「路哭何因無淚？」漸曰：「以帕拭乾。」曰：「來日早臨棺，須見淚。」漸自思計窘，來日以寬巾納濕紙于額，扣其顙而慟，慟罷，其婦又呼入詬之曰：「淚出于眼，何故額流？」漸對曰：「豈不聞自古云：『水出高原。〔註16〕』」

怕老婆的安鴻漸滑稽可笑，丈人死了，老婆責罵為何沒掉淚，他驚恐的說已經用手帕擦乾，所以無淚，此時老婆撂下狠話，說明日一定要見其痛哭流涕，到了明日，安鴻漸沒有辦法，只得弄濕寬巾擦額頭，接著撫棺哀嚎，老婆覺得甚奇，為何額頭也會流淚，鴻漸說道：「水出高原。」歪曲常理，只為了免於被老婆責難，因而達至幽默效能，加上前因後果，使讀者對於鴻漸懼內的諧趣行為，更加覺得荒唐可笑。

又如〈懼內圖〉：

> 有某平日懼內，與妻畫一喜神，懸之于壁，一日妻出，私以拳捶之曰：「我喫你虧！我喫你虧！」偶妻在後見之，喝云：「你做甚麼勢？」夫即雙跪倒曰：「我指這裡畫得像，那裡更畫得巧〔註17〕。」

某男子甚怕老婆，一日趁著老婆不在，捶打著她的畫像大罵，沒想到適巧老婆在其後面瞧見了，馬上大聲斥喝，「你那是什麼姿勢？」男子馬上跪下，惶恐的狡辯：「我是指著這裡畫得好像，那兒更是畫得絕妙！」懼內男子前後的動作描繪惹人發笑，本來是打畫像出氣，老婆一問，馬上嚇得跪在地上應答，此男子的言行舉止與其膽小如鼠的心態，滑稽可笑。

〈王鐸事急〉、〈妻有三畏〉、〈天怕老婆〉、〈李福畏妻腹痛〉、〈嘲陳季常懼內〉、〈大壯作補闕燈架〉、〈扈戴被水香勸盞〉……等皆是怕老婆的笑話，藉由丈夫怕老婆的誇張博君一粲。

二、女子風采

（一）兇悍好嫉的妒婦悍妻

妒婦悍妻是笑話中，描繪妻子時，常用的諷刺手法〔註18〕，笑話是屬於

〔註16〕引李贄，《開卷一笑》，卷十三，頁12。

〔註17〕引李贄，《開卷一笑》，卷十三，頁15。

〔註18〕活躍於笑話文學中的妻子們，不僅絕少具有前述美好形象，反而以負面色彩居多。他們或悍妬、或愚昧，展現了一種與小說女性全然相異的面貌。同屬說部，何以笑話與一般短篇小說竟然有著如此天南地北的差異？除了受到本

俗文學的一部份，是以當主角越貼近普羅大眾時，其內容不僅容易引起聽講者的共鳴，作者也越容易掌握材料，進而呈現多方面的生活樣貌，而妒婦悍妻鮮明的生命力及潑辣的個性，也就更能吸引聽講者目光，善妒的妻子違反七出的「好妒」，常不准丈夫納妾，如〈范寺丞妻〉：

> 撫州監酒范寺丞者，妻色美而妒，范寵憚之。同官每休暇，招妓燕集，皆不得預。一夕，范輪次直宿，會有告宿醸者，范晨率吏卒，徑往搜捕，其同事李供奉者，素知范妻之妒，戲取妓鞋，密置范臥具中。須臾，務吏攜衾褥歸，妻展衾得鞋，神色沮喪，詰所從來，吏言不知。于是泣怨良久，拊心而呼曰：「天乎！有是邪！」乃入室闔户而寢。頃之，范還，排户入，則自縊死矣〔註19〕。

范丞寺之妻好妒，因他人的惡作劇，將妓女的鞋子放入范寺丞的寢具中，其妻見了也不詰問丈夫，便自縊身亡，實是荒謬至及，夫妻之間沒有信任的基礎，范丞寺妻以最激烈的方式抗議丈夫的花心，沒想到卻是枉死。正如同〈房夫人〉中，寧飲毒酒也不願丈夫娶妾的房夫人一樣，傳統社會中，男尊女卑的地位階級，對於丈夫納妾只能含淚成全的女子而言，笑話中的妒婦們多了份自主活絡的心思，如〈微諷關雎〉中，謝安夫人嘲弄〈關雎〉是周公所作，才叫女子不嫉妒，若是周公妻子所作，定不會如此書寫，諷刺丈夫不能體會妻子對於納妾所感到的痛心與憂愁。

除了描寫妒妻外，另有逞兇鬥狠的悍妻，如在上集〈揁皁旗經〉中，誇張式的描寫悍妻的種種惡行，「有等婦人，惡口毒舌打罵丈夫，敗亂綱常倫理，全無四德三從……有等婦人，不遂其欲，生事尋端，一言不合，發憤爭鬪，動輒投河奔井，磕殺吊死，扒倒烟衝燒不得，撞穿鍋底煮不得，抓破面皮出不得，打破面杖敖不得，關了房門進不得，不容上床睡不得……〔註 20〕」誇張荒誕的行徑使人瞠目結舌，表現出一副兇婆悍娘的惡形狀，道出女子在傳統道德與行爲上的偏差而使家庭失和，甚至連天上的諸佛也動怒了，下凡來處置，更作揁皁旗經使男子讀之自覺膽氣粗壯，女子念之消去戾氣，仿擬經文的滑稽諧謔，使得整篇噱頭十足、讀之暢然。此外，李贄於上集也編纂了

身文體特性影響了初作動機及人物設計的呈現外，傳統社會價値觀的作用亦應是不可忽略的重要因素。見陳葆文，〈中國古代笑話的妻子形象探析〉《中外文學第二十一卷第六期》，1992 年 11 月，頁 80。

〔註19〕引李贄，《開卷一笑》，卷十二，頁 7。

〔註20〕引李贄，《開卷一笑》，卷二，頁 13。

〈懼內經〉、〈化妒經〉等，藉由諸佛神明來懲戒行爲兇惡至至極的悍婦，整篇誇張荒謬而致笑，李贄揶揄妒婦，讓夫妻間失去對等地位，弄得家裡烏煙瘴氣，顯現其對於夫妻間相互尊重的重視。

（二）稟賦內蘊的才女

〈蘇小妹相嘲語〉、〈兩意對〉中的蘇小妹、〈夫人對〉的蘇夫人、〈謝郎中女〉的女子、〈崔女怨盧郎年歲〉的崔女，〈陳子朝妾〉裡的妻子、〈女奴卻要〉中的卻要，其機智聰明女子們，能吟詩頌詞、機智應答，不輸男子的才情卓越，如〈夫人對〉：

> 佛印訪東坡，偶值出外，蘇夫人臥于紗帳中。佛印出對曰：「綠紗帳裡睡佳人，烟籠芍藥。」夫人聞之對曰：「青草池邊洗和尚，水浸葫蘆。」佛印嘆曰：「和尚對得佳人，寔出望外。〔註21〕」

本來欲探訪東坡的佛印，巧遇蘇夫人，出了一句對子，形容蘇夫人的睡姿美態，沒想到機智敏慧的蘇夫人也仿擬文句，以佛印爲對，而且對仗工整，使佛印大爲讚嘆，「和尚對得佳人，實出望外。」李贄蒐羅了許多才女抑或談吐風趣的名妓笑話，顯示其對女子的聰慧敏捷持以尊重的態度，其藉由笑話的蒐羅闡揚，肯定女子的才識與實學，是與男子不相上下的〔註22〕，巧詰妙語、才情卓越，不比男子遜色。

又如〈女奴卻要〉：

> 李庚女奴名卻要，美容止，善辭令。李有四子，長延禧，次延範、延祚、延祐，所謂大郎、二郎、三郎、五郎也，咸欲蒸之而不得。嘗遇清明之夜，大郎與遇之於櫻桃花影中，乃持之求偶，卻要取茵席授之，曰：「可于廳中東南隅停待。」，又遇二郎調之，曰：「可于廳中東北隅相待。」又逢三郎束之，曰：「可于廳中西南隅相待。」又遇五郎握手不可解，曰：「可于廳中西北隅相待。」四郎皆持所受茵席，各趨一隅。頃，卻要燃燭，豁扉而照之曰：「阿堵貧兒，爭敢向這裡覓宿處！」四子各并所携，掩面而走〔註23〕。

〔註21〕引李贄，《開卷一笑》，卷八，頁14。

〔註22〕李贄婦女觀議題，陳青輝提到包括李贄爭取女性婚姻及愛情之自由，提出進步的貞潔觀，打破女子長久以來的束縛；批判女子禍國之迷思，肯定女子政治地位及才識，提倡女子學道等。見陳清輝，〈李贄的女性觀〉《國立僑生大學先修班學報》，2001年7月，第九期。

〔註23〕引李贄，《開卷一笑》，卷十二，頁4。

美貌女奴卻要，在面對四位公子的調戲時，巧媚才捷，假意承順，設計他們各據大廳一隅，最後點燃燭火，照亮了四兄弟拿著草薦的狼狽樣子，大大揶揄了色慾薰心的主子們，也寓含著女子於傳統社會下的不平等，尤以地位卑賤奴僕更容易任人宰割，然卻要表現出一個古代女子如何在被壓迫的地位下機智反抗，呈現女性獨立自主的一面。

（三）色藝雙全的妓女

風月場所在《開卷一笑》上集中，多有描述，〈娼妓述〉、〈娼妓賦〉、〈金陵六院市語〉、〈風月機關〉、〈妓家祝獻文〉、〈火娼誦〉、〈官妓入道募緣疏〉、〈西江月〉、〈右附傳誦〉，多集中在上集卷二，多爲描寫妓女的生活與手段，甚至以妓女的視角聚焦，描述其心境與想望，如〈妓家祝獻文〉：

> ……大姑常接有錢孤老，二姐廣招多鈔才郎，三姐房中時時舞美獅子，四姐床上夜夜捉對鴛鴦，五姐忙兜兜迎新送舊，六姐急忙忙脫袴寬裳，七姐鹽商包定，八姐絹客連樁〔註24〕……

妓女祈求生意興隆之祝禱文，希望客人是有錢孤老、多鈔才郎，房中床上夜夜笙歌，忙著迎新送舊、寬衣解帶等，將煙花女子的心態描繪的栩栩如生，從而告誡諸位讀者莫貪圖沉迷於風場女子的溫柔鄉中。

下集多爲敘寫名妓，名妓在《開卷一笑》多與名士、官吏連結在一起，其憑著姿容美艷、慧黠人意，與名士官吏交遊贈答，而名士如蘇東坡等，更喜與其來往交談，如〈點悟琴操〉中，蘇東坡不忍名妓琴操如此迎客賣笑，是以出對點醒琴操，善佛解言的琴操遂通蘇東坡點悟之理，而削髮爲尼。名妓的機智敏對，在各種交際中，落落大方的圓融每一個場面，巧答應對使得賓客歡笑滿座，如〈張妓諧語〉：

> 吳中妓張好兒婉麗而貌已是徐娘，一日爲人攜遊登舟，望見即誚曰：「他老便老也，是箇小娘。」杜本無籍，借太醫籍入貲成吏目。張即應聲曰：「你小便小也，也是箇老爺。」眾皆鼓掌，朗哉談〔註25〕。

徐娘半老的張好兒，被人譏笑是個老妓了，沒想到張好兒仿擬回諷道，其官職雖小，但也是個老爺，聰明幽默的機智反應，也惹得眾人鼓掌叫好。

在名妓與官吏的來往中，多有官吏欣賞名妓談吐不俗、才情雅致，進而迎娶爲妾的佳話，如〈全遊善詞調詼諧〉

〔註24〕引李贄，《開卷一笑》，卷二，頁41～42。
〔註25〕引李贄，《開卷一笑》，卷九，頁16。

> 陳全遊乃金陵妓也，高於詞章，多有題咏，俱是俏語。題睡鞋詞云：「新紅睡鞋三寸正，不著地，偏乾淨。燈前換晚粧，被底勾春興。醉人兒幾回輕薄醒。」一日與鄰妓何瓊仙者同飲，適見雄雌雞相交者，仙請咏之，其詞曰：「女靈禽，非走獸。風流事，誰不有？只好背地偷情，那許當場弄醜？若是依律問罪，應該笞杖徒流。更加一等強論，殺來與我下酒。」咏妓新浴曰：「華清宴罷新浴起，帶濕裙拖地。單嫌月色明，偷向花陰立，悄東風，悄東風，有心兒輕揭起。」見一妓就地小遺，咏曰：「綠楊深鎖誰家院，佳人急走行方便。揭起綺羅裙，露出花心現。沖破綠苔痕，滿地眞珠濺。那小娘兒不見牆兒外，馬兒上有人見。」後爲士大夫所娶，生三子俱顯〔註26〕。

善於詞咏的陳全遊，雖是一名妓，卻善作許多俏皮話，如以鞋子、雌雄雞相交、沐浴爲題目，創作出幽默諧趣的詞，甚至以妓女小遺爲題，風趣俏皮的寫出妓女小遺的經過，以花心隱喻陰戶、小解隱喻爲眞珠漸，最後還被牆外的人而看見，其戲謔逗趣由此可見，最後全遊嫁給了士大夫，有了美滿的結局。

（四）紅顏禍水

導致朝代滅亡的紅顏禍水，在上集卷四中也被一一贅述，〈麴糵生傳〉、〈傾國生傳〉、〈忿戾生傳〉等三則，作者以麴糵生、傾國生、忿戾生等主角，穿梭在各個朝代之中，在昏庸皇帝旁，阿諛諂媚或柔語魅惑，使天子不早朝，貪思享樂，進而顚覆朝綱、敗壞朝政，使國家招致滅亡，如在〈傾國生傳〉：

> ……曼柔靡媚之態，其惑人也，易入而難除，傾國生亦人耳，而使歷代人君，容悅聽信，殞覆相尋而靡悟，苟非見理明，用心剛，以道自重，以敗自懲者，鮮不甘受蠱而淪胥以溺也。傾國生實死於唐，由唐而後，未嘗無傾國生也，在人主之所辨耳，士君子毋以生之術，佐人主則天下不患不治，毋以生之佞自污，則身不患不康，傾國生其賢者之鑑也巳〔註27〕。

〈傾國生傳〉中，傾國生化身爲夏桀寵愛的妃子，商紂時拜妲巳爲宮使，在周幽王旁爲褒姒，是吳王夫差旁的西施，化爲漢城帝下的飛燕將軍，是唐明皇旁的楊貴妃，傾國生幻化爲每一朝代的紅顏禍水，迷惑君王不早朝，然究

〔註26〕引李贄，《開卷一笑》，卷九，頁11。
〔註27〕引李贄，《開卷一笑》，卷四，頁7、8。

其理，實因君王的昏庸無能使然，易沉迷于淫樂之中，傾國生上其軟言柔語，使得皇帝荒廢朝政，自然也就自取滅亡了。

而另有〈忿戾生傳〉，忿戾生於每個朝代之中扮演著撥弄是非的角色，如激怒共工、挑撥廉頗與藺相如、勸項羽擊殺劉備、兩面迎合牛李黨爭、倡異論，使蘇東坡與程伊川分道揚鑣，更勸林栗去朱熹立僞學等，作者以此傳列舉歷代因言語之離間而造成之禍害，寓指心存正念、言行爲正之重要性，其後也說道：「外史氏曰：「昔孟子言能養浩然，夫浩然與生，或云同出一祖。義理之勇，壁立萬仞，巖巖泰山，見大人則藐之，蓋亦未嘗不用剛也，非禮弗履，本原氣象自別，終不若生悻悻自好，務勝人、護己短，任意一動，死而不厭，而卒以不死，往往壞人德性，殄族敗民，驕君姤士，負是而不反以致於滅亡者，不可勝計，噫人亦何負於生，而生固負人，若此哉〔註 28〕。」剛愎自用、私欲重利之人，自然只爲自己設想，哪管社會國家福祉，因此搬弄是非、離間君臣之心，使得國家如散沙一般，招致衰敗，作者嘲諷言行不一的饞邪奸佞之人，從而寓含諷世佐教之意。

第二節　《開卷一笑》衆物特質分析

李贄所編纂的《開卷一笑》以人爲主軸，兼之以神鬼怪誕、動物、無生命爲主角的笑話或諧謔文選，其以擬人爲主要敘述的模式，對應著當時晚明的社會現狀與人情世態，以下茲分別介紹萬物面貌所呈現之群相，一窺晚明社會的思想脈動。

一、無生命類型

無生命的眾物爲主角者，共有〈十二姬傳〉、〈巾妖慨〉、〈別頭巾文〉、〈破棕帽歌〉、〈巾帽相啥文〉、〈破氊襪歌〉共六則，並集中在上集卷五中，李贄以筆記小說、諧謔文章的模式來編纂，從巾、帽等無生命的視角出發，使視角侷限在巾、帽等無生命的形體上，內容有抱怨影射落魄生活、哀嘆世道紛雜，抑或諷刺世人追逐流行，改變帽子的戴法，視古禮爲無物，如〈巾帽相詈文〉中：

> 廼巾嫉帽而詈之曰：「物體貴賤惟人，汝胡加于予哉？汝好削方爲

〔註28〕引李贄，《開卷一笑》，卷四，頁 10、11。

> 圓，趨時長短所與惟庸眾人，臺輿廝役市儈閭井，臧樸檐負，奔走咳唾弗齒之徒，而予非王公大人、道術儒行高人貞士，下之方伎名流不得予首，汝直顧昂予，胡爲哉，汝弗自劑量滋甚，吾將裂汝于時。」帽無言，伺其詈畢反之曰：「噫嘻，汝聽之物以飾體，貴不浮人，儀以壯觀，在無愧色，汝所云云誠宜，汝不有盜竊名字，發身異途，而煌煌金飾于忠靖，奚取焉（忠靖嘉靖御製冠名），傷化瀆倫而汝號五倫，曷義焉學弗窺于性命，風斯下于濂洛，而汝命以周以程曷居焉（五倫周程並巾名恒起僞學者），舌本木強者，則名杜甫，不辨之無者，俄然東坡，鑽穴利孔者，冒名和靖，濁流弁以高士，斥士弁以凌雲……〔註 29〕」

巾的價值雖高於帽，然而因帽的利潤較高，因此惹來巾的嫉妒，嘲諷帽是附庸世俗，隨波逐流，是咳嗽無齒、廝役之類所戴的，帽反唇相譏巾所戴的士子是僞學者等，巾、帽的相互嘲諷之詞，呈現出服裝制度的改變，對於本有定制的社會行爲規範，被破壞之後的哀嘆惋惜，表現出一種維護傳統禮教的心境。

二、動物類型

鳥類文章書寫在《開卷一笑》中只有〈三友傳〉、〈美女月夜遊園記〉兩則，〈三友傳〉是以黃鶯兒擬人化的視角，與那烏衣巷口的燕子、牛郎織女的媒介喜鵲結爲好友，感嘆世間局勢混亂、世態炎涼，寓指勿汲於功名利祿的追求，反而以身心所向爲志，忘卻盲目的人心爭鬥。〈美女月夜遊園記〉則是鶯、燕與鵲化身爲三位美姬與吳中美人夜遊瑞鶴仙之居，在盛景園林中，談笑忘倦、吟詩作對，最後明月西斜，三位美姬旋即離去，隔日吳中美人再訪，已無蹤跡，再思其吟咏之句，才知是鳥兒的化身。

描述鼠患的文章則有〈誅鼠文〉、〈養狸述〉、〈鼠告詞〉等三則文選，說明鼠患之猖獗，如〈養狸述〉：

> ……竊盜聖人之教，甚於鼠者有之矣，若時不容端人，則白日之下故（一作此字）得騁於陰私，顧桀朝鼠多而關龍逄斬，紂朝鼠多而王子比干剖，魯國鼠多而仲尼去，楚國鼠多而屈原沉，以此推知，比小人道長而不知用君子以正之，猶嚮之鼠竊而不知用狸

〔註 29〕引李贄，《開卷一笑》，卷五，頁 17～18。

而止……〔註 30〕」

小人比喻爲鼠患，君子爲狸，君王不用君子而讓小人横行霸道、敗壞朝政，所以夏桀鼠患（小人）多而關龍被斬，最後招致亡國，商紂因鼠患而忠臣比干剖心，商朝因而滅亡，諸多舉例，譏諷統治階級的昏昧無能及腐敗，更勸告君王能明辨是非、遠離小人。

昆蟲的面貌多以害處來呈現，昆蟲相鬥、蚊害、蝨噬蚤允等，〈秋蟬吟〉、〈青蛙吟〉、〈鬬蝶贏記〉、〈憎蚊賦〉、〈憎蚊說〉、〈螢蚊判〉、〈罵虱文〉、〈虱蚤相詬解〉、〈送疥文〉、〈辨虱〉等十則諧謔文選，其中九則集中在上集卷六中，〈秋蟬吟〉、〈鬬蝶贏記〉揭示急於馳騁紅塵、追逐名利，意氣風發不可一世，轉眼間，這些興亡成敗終究只是一土坵罷了！又如〈蝨蚤相詬解〉：

> 蝨蚤者，均血食於人者也，然蝨性緩而蚤性躁，故蝨得柔惡而蚤得剛惡焉，戰國時，一日韓昭侯御便殿，有蚤入敝袴中替嚂，昭侯大怒，披襟索之甚急，蚤曲躍三百而去。宦豎無以應，自取一蝨以磔之。蝨嘔不平，乃詈蚤曰：「汝何爲哉，食人之食者，死人之難常道也，今日之禍誰則尸之，良由汝入裏穿裳，往來迅寂，無少忌諱，以釀成之，耳事敗之後高躐遠遁，滅其跡於巳，而嫁其孽於人。趨利避害，樂禍探物，雖濫廁冠裳之中，亦烏用生爲也。吾以此憂懣成疾饑，則皮毛隨風而靡，食則蠱脹而不能行，屢受其殃，時危不測，匪特吾軀將無蟣矣。」蚤乃鞠躬而聽俟詈畢，廼反聲曰：「子何過我之深乎，跡汝之所行，若有若無，或藏或出，陽韜陰晦，嗜夭無極，富貴者遠之，貧寠者欺焉，貪膏樂腴，腹垂過膝首下足……〔註 31〕」

同是吸食人血維生的蝨蚤，只因臣子緊急的以蝨代蚤處決，便相互叫罵了起來，然跳蚤之活動力強、蝨子的慢行隱晦，皆是爲了吸允動物之血而生，兩者半斤八兩，卻像跳樑小丑叫囂著，荒謬無理而致笑，李贄以蝨蚤相詬比喻著尖牙利嘴的小人，遇到利益爭執，便醜態百出，絲毫不遮掩其貪婪的一面。

三、身體器官缺陷類型

《開卷一笑》中所描述的身體器官如眼睛、舌、鼻子、口，抑或身體的毛髮等，皆爲嘲弄人體天生缺陷的篇章，作者藉由誇張揶揄的描述方式引發

〔註 30〕引李贄，《開卷一笑》，卷六，頁 8、9。
〔註 31〕引李贄，《開卷一笑》，卷六，頁 40。

笑意，達至幽默效益，這些有關於人體器官的諷刺文章皆編輯在上集卷三中，共計有〈髫鬚賦〉、〈歪頭賦〉、〈麻子賦〉、〈瞎子賦〉、〈左丘明賦〉、〈毛裡眼賦〉、〈大鼻賦〉、〈歪嘴賦〉、〈化鬚賦〉、〈咎鬚文〉、〈髫鬚賦〉、〈疙舌賦〉、〈矮子賦〉、〈禿指賦〉、〈指腳賦〉十五篇，〈髫鬚賦〉說明髫鬚之於人的重要性，即便疥子成羣入毛髮，仍是忍耐，寓指世間人對於相貌型態之重視，〈歪頭賦〉笑人天生歪頭之不便，然若心思為正、奮發向上，也可以流芳世間，〈麻子賦〉誇張描繪麻子臉的醜陋以及身為麻子臉的哀嘆，〈瞎子賦〉、〈左丘明歌〉訴說著眼睛失明者的苦處與不便，〈毛裡眼賦〉嘲笑睫毛過長遮住眼睛之人，〈大鼻賦〉、〈歪嘴賦〉嘲笑著鼻子大、歪嘴巴之人，如〈疙舌賦〉：

> 口乃啓齒掉舌而言曰：「口疙本諸性，舌言非為緘默，言之不出，君子欲訥，古訓昭垂萬世不易，酈生鼎烹，蘇秦車裂，孽何自生，馳騁捷給，孰若緘口不言，少文厚質，縱不能抵掌而驚四座，自能愼樞機而無失……時政之得失辯雖乏乎懸河，中常粲乎有別，太古之訓謨，中古之典籍，先世之詞章，昭代之故，實每有得於默識又安事乎口述，下帷發藻，當官抗疏，即事陳詞，登高作賦，僅能援筆而就，恨非矢口而出，子獨不聞諸古乎，周昌以期期而定漢儲，鄧艾以艾艾而興晉室……孟郊染翰而見者稱奇，孫晟緩頰而聽者忘倦，彼諸君者孰非口疙，文詞載在簡編，勳名垂於史冊，子胡不思鼓〔註32〕。

舌頭上長有突出疙瘩即為疙舌，本來是受盡嘲諷的疙舌之疾，在巧言捷辯下，有了新意，因受疙舌之苦，更能謹言愼行，因此免於淪落同酈生、蘇秦等縱橫家，因口若懸河、巧言善辯而招致禍害的下場，謹愼言行，思慮縝密，如同口吃的鄧艾憑藉自己的才能中興晉朝，是以非疙舌之罪，事在人為，所以即使如孫晟說話緩慢，然聽他之言的聽眾能忘卻疲倦求得心靈抒解，疙舌等身體殘缺雖是天生賦予，然後天的努力奮鬥，亦能為自己掙得一片天。

四、神祇鬼怪類型

鬼怪的描述在《開卷一笑》中，是將人之身體不適、昏倦疲怠化為鬼怪，如上集卷七中〈祛倦鬼文〉、〈譴睡魔文〉，讀書人受到倦鬼、睡魔之迷惑而影響了學習能力，在案上昏昏欲睡、無法埋首苦讀，是以做〈祛倦鬼文〉、〈譴

〔註32〕引李贄，《開卷一笑》，卷三，頁25～26。

睡魔文〉來驅除睡意疲倦，更甚者以此爲戒，如〈譴睡魔文〉：

> 予初不好睡，鼓再鳴而寢，雞三唱而起，率以爲常計之二十餘霜矣，乃者後卯而興，先戌而寢，卯戌之間，豈宜復有事於衾枕哉，然行亦思睡，坐亦思睡，憨如懵如，雖無醉而若酒，客亦有知其然者，謂予曰：「此睡魔作祟也，昔韓昌黎作送窮文，子亦能文者，可以文而譴之與。」因呼睡魔而告之曰：「睡魔睡魔，爾胡不仁，疲我肢體，亂我精神，頭容宜直，使我點頭而頻頻。目容宜端，使我眵目而昏昏，展經史而莫辨……」告知未幾，又復爲睡魔所迷，夢有跣足而蓬首者語予曰：「我即睡魔也，爲先王誣，敢白之，曰：「惟先生爾實不智，我非睡魔爾，爾實自棄，若能嘉爾謀智，高爾造詣，以天下第一等人物自期，以天下第一等事功是志……〔註33〕」

本是淺眠用功的讀書人，卻突然間昏昏欲睡、無法專心，或走或坐皆睏成眠，所以仿效韓愈做〈譴睡魔文〉，希冀趕走睡魔，其呼告之語，將昏昏欲睡之姿，描繪得生動活潑，誇張而充滿喜劇張力，其更沒想到睡魔眞的入了他的夢，與之狡辯，諧趣滑稽的對話場面，使得整篇文章荒謬而可笑，將正寒窗苦讀、撫案勤讀的士子疲倦憊怠的模樣，活靈活現的描寫出來。

本章小結

本章旨在揭示《開卷一笑》眾生百相的特質，藉由特質的豁顯，凸顯屬於《開卷一笑》故事人物的特色，首節描述名士、僧道尼、臣子、讀書人、稚子、懼內丈夫、妒婦悍妻、才女、妓女、紅顏禍水等，藉由作者特意爲之的敘寫特定對象抑或職業、三教等，其貪、嗔、癡的性格描述誇張化、戲謔化，以戲謔嘻笑之筆重新詮釋人性，甚至集中、渲染其不和諧之處，反映晚明現實社會中的階級人物現狀。

第二節眾物中，有無生命樣態的巾、貌，鼠、狸、鳥、青蛙等動物種類，盲人、大鼻、疙舌、歪頭、禿指等身體缺陷之貌，還有金剛婆、水母娘娘、睡鬼、酒魔等神祇鬼怪部分，藉由擬人化的生動描寫，佐以誇張、戲謔的技巧，將慾念與本性，藉由眾物的異化荒謬效果展現出來，逼眞而寫實，例如巾帽相辯顯露出晚明社會百姓追求物質流行之情狀，鼠患流竄哀嘆著小人充

〔註33〕引李贄，《開卷一笑》，卷七，頁16。

斥、人性險惡之局勢，眾物所呈現之樣態，正若栩栩如生的人性觀照，一探晚明社會庶民百姓的幽微心理。

第五章　《開卷一笑》呈顯之社會意識

本章試就個人生活百態的觀照，如怪誕癡嗜、道德行爲與特殊的癖嗜、違背倫常等寫照，反映出晚明生活現狀之道德墮落、不良惡習、情慾流動，推及社會百態：家庭中夫婦、兄弟、親子間的相處點滴，可知晚明家庭結構聯繫之緊密度；官場中君臣、同僚間相戲，映照出官場詭譎、官吏無能、名利權勢使人腐化之面目，構築成晚明特有的社會生活寫照。

第一節　特殊風貌的觀照與批判

道德規範是人在社會中所應遵從的，然在《開卷一笑》中，藉由個性舉止的怪誕癖嗜抑或不良的道德行爲、違背倫常等不合於禮教的笑話抑或諧謔文選，使讀者因其違逆社會規範而覺戲謔可笑之餘，得到反省自身以向善之教育意義。

一、怪誕癖嗜

怪誕，是表現詼諧事物的特殊方式，也是幽默表達的重要手段之一，怪誕的特色是在尖銳的形象誇張基礎上，使得現實生活中的實際現象產生非常離奇古怪的滑稽感〔註1〕。因此怪異多變，離奇異常之事抑或是個人特質所展現的古怪行爲皆可引起讀者的驚奇感、荒謬感，因而致笑。

〔註1〕引蕭颯、王文欽、徐智策，《幽默心理學》（台北：吳氏圖書有限公司，1995年），頁276。

（一）怪誕之事

《開卷一笑》中輯錄許多詭譎怪誕之事，似鄉野異聞，使讀者因其乖張荒謬的不和諧而達至幽默笑能，如〈河洛人幻術〉：

> 鄂城有人自河洛來，善幻術，皆可駭愕。婦擊金，忽謂其夫曰：「可上天取仙桃，與眾看官吃。」始來，其夫負有繩一大束，因拋繩，繩直立，天忽開一門，晴霞絢雲閃灼擁簇，繩與門接，夫緣繩而上，從天宮擲桃下，葉猶帶露，人人皆徧食之，甘美異人間。久之，俱聞天上作喧詬聲，忽擲其人手足肢體片段而下，鮮血淋漓。婦伏地泣曰：「頻年作法，不逢天怒，今日乃爲天狗所食，亦是眾官所使。事關人命，今但多得錢，治棺殮，可去也。」眾皆驚怪膽落，且傷且懼，醵金兩餘給之。婦合肢體成人形，盛以篨籧，謂肢體曰：「可起矣。」篨籧中應聲曰：「錢足否？」曰：「足。」夫忽起，乃負其繩去，眾人無不洒然絕倒〔註2〕。

善幻術的夫婦，丈夫沿著繩索，上天摘桃子給觀眾吃，沒想到竟被天狗大卸八塊丟了下來，當場嚇傻了觀眾，夫人伏地哭泣著，希望眾人施捨，讓她安葬丈夫，嚇壞了的眾人，紛紛掏出錢來，婦人收好錢之後，又將丈夫肢體拼合起來，告訴肢體說，可以起來了，沒想到丈夫眞的就這麼死而復生，驚奇性的結局使眾人莫不絕倒，離奇古怪的滑稽感使人嘻笑。

又〈胡泰母〉：

> 河間衛千戶胡泰，母死十年，父因再娶。弘治己酉，忽夢母曰：「我已托生爲雌雞，毛色摻黃，明日爲屯軍之贄來汝家也。」及旦，泰外出，果有屯軍携雞來者。家欲烹以享軍，雞作人語曰：『毋烹我，待泰兒還家。』人以爲怪，俄而泰還，雞遶泰，喃喃敍其家事，甚悉。泰涕泣告父，畜之，既久，飛啄後妻，詬訾不已。泰出，後妻遂入炕下撲殺之。豈人雞相妒乎？〔註3〕

母親都死了十年，才托夢胡泰自己轉世爲母雞，說人話並跟胡泰細數家務事，然而此時父親早已再娶，好妒的胡泰母轉世爲雞回到家後，飛啄後妻、鳴叫不已，等到胡泰外出，後妻馬上下手宰殺了這隻好妒的母雞，人和雞相互嫉妒，怪誕謬論，實滑天下之大稽，胡泰母逝者已矣，沒想到還轉世回到家中，

〔註 2〕引李贄，《開卷一笑》，卷九，頁 15。
〔註 3〕節錄自明王同軌《耳談》，引李贄，《開卷一笑》，卷九，頁 18。

更與後妻爭風吃醋，沒料想自己是母雞，隨時都有被坑殺的可能，兀自嫉妒飛啄，莫怪乎成爲盤中飧，嫉妒所引起的荒謬怪誕，完全悖反常態而惹人笑。

又如〈細腰歌〉：

> 蘇州富商，夜夢羣男子，細腰白質，辭曰：「我輩將投揚州有福者。」明日查庫中失銀二十錠。又一夕，夢其還云：「遍覓無如公者，願終伏事。」驗其銀復在。余因作細腰歌曰：「在爾細腰羣男兒，燭光雪映眞瑰奇，豐之世稱陶石客，約之壯士無顏色。排紫撻兮入金門，焉可援兮寒可溫，君不見玉顏金谷豪無比，厚積細腰而已矣……如今珍重君不嗔，願君與我相知心〔註4〕。」

蘇州富商夢見一群細腰白質的男子向其告別，說要去找有福者，隔日竟發現失銀二十錠，料想這群男子應是財仙，沒想到又忽然夢到這些男子歸回，因爲揚州沒有有福之人，銀子也失而復還，故做〈細腰歌〉來敘述錢財之重要性，夢境的荒誕竟與現實做了聯繫，整篇離奇而詭異，卻也道出財富難求，貧窮難去，百姓無福與財神相伴。

（二）癖嗜之俗

癡嗜亦即癖好，每一個人特有的喜好、習性而成痴，其特殊的喜好令人驚訝而笑，有潔癖爲癡、貪爲癡、酒爲癡、吃爲癡、墨爲癡等乖張戾俗之舉，讀者也因故事主角們違背常理的怪謬感而呵呵大笑，如〈性好各別〉：

> 石林老人，會客食雞頭，因論古人今人嗜好不同。及屈到嗜芰，曾皙嗜羊棗，因言歐文忠嗜鯽魚，京師無能所鱠，梅聖俞有婢獨能之，文忠公劉元甫諸人，每提鮮活鯽魚數尾過聖俞，聖俞得鱠材，亦必儲以速諸人，蔡君謨亦每以鮮鯽遺之，至于崔鉉喜看水牛鬬，則又可笑也〔註5〕。

石林老人愛吃雞頭、屈到嗜食菱角、曾皙愛吃羊棗、歐文忠愛吃鯽魚、崔鉉愛看水牛相鬪等，諸子的性好各異，其愛喫的東西甚怪，益發惹人笑意。又如〈元章清賞〉：

> 元章得一硯，謂周仁熟曰：「此非世間物，殆天地密藏，待我識之。」荅曰：「公雖名博識，所得之物，眞僞居半，特善誇耳。」芾起取於笥，周亦索巾滌手者再，作敬觀狀，芾喜出硯，周稱賞不已。且云：

〔註 4〕引李贄，《開卷一笑》，卷四，頁43。
〔註 5〕節錄自《宋稗類鈔》，引李贄，《開卷一笑》，卷九，頁21。

「誠爲尤物，未知發墨何如？」命取水，水未至，亟以唾點磨硯，

芾變色言曰：「公何先恭後倨？硯污矣，不可用，爲公贈〔註6〕。」

米芾字元章，有嚴重的潔癖，然愛墨寶之甚，某日與周仁熟賞玩其獲得的墨寶，周仁熟知悉米芾的潔癖，因想得到硯台，便故意吐口水在硯台上，果不其然，有著嚴重潔癖的米芾臉色大變，喜歡的墨寶也不要了，直接送給周仁熟，其潔癖之甚可知矣！

〈何佟之潔癖〉何佟之偏執洗滌十餘遍，〈郭文洗花〉、〈鄭泉快飲〉、〈艾子四臟〉〈石裕酒沐〉等愛喝酒的酒癖、〈袁正辭志在益錢〉中袁正辭的貪吝愛錢等，這些怪誕癡絕的特殊習性，使角色們的個性突出，在笑話中也因揶揄嘲笑其特殊的癖好產生滑稽感，增加喜劇性的幽默效能。

二、道德行爲

中國以禮治國，強調倫理道德，謹守禮教，是非對錯皆有一定的法度，語言、行爲、社交、處世，多有傳統的道德規範，笑話文選更時常帶有勸誡教化的意味，以幽默的方式表達嚴肅的話題，謔而不虐，卻深深將禮教精神植入人民的心中。

（一）批判不良行為

在李贄《開卷一笑》中，上集對於不良場所、吃喝嫖賭等不正當的娛樂多有所諷刺，經由淺俗通曉、辛辣嘲諷的話語讓讀者心生警惕，莫沾染上這些惡習，上集〈賭博賦〉描述賭博的迷人之處，市井巷弄隨處可賭，獲一勝如遊仙島，不賭便如坐針氈，散盡家產也難翻本，家中沒錢吃飯，妻兒挨餓受凍，不是到處借錢，便是偷妻子的首飾去賭，喪盡天良，人人憎惡，貧困一生，可說是賭博害人不淺。李贄以寫實白描的方式，貼近人們生活寫照，使人們因其文章而有所感悟之餘，更能遠離賭博惡習。

賭博惡習不能碰之外，李贄亦多所批評嫖妓的不當之舉，〈娼妓賦〉中說明娼妓人皆可折，不論貴賤都是恩客，唯錢是從，風花雪月、山盟海誓，臨別時的長吁短嘆，皆是虛情假意，妓家的伎倆，需引以爲誡。〈金陵六院市語〉則爲娼妓用語，如老酒客爲列丈，老者爲採髮，系少者爲剪列，月經號爲紅官人……等，勘破妓家用語，讓人看破這一場風花雪月。〈風月機關〉講述妓女設網調情的各種方法，嗜酒者談劉伶、對貧者勿誇富人……等，困妓、時

〔註 6〕引李贄，《開卷一笑》，卷九，頁 22。

妓、俏姬、下妓等背景不同，恩客也不相同，然與妓談情皆是虛擲千金一場空。〈妓家祝獻文〉即是妓女祈求生意興隆之祝禱文，〈火娼誦〉描述妓女的婀娜多姿、風情萬種，暖帳中玉臂千人枕，哄騙書生、癡心漢們拋妻棄子、傾家蕩產，然而年華老去空倚門，轉眼成空。〈官妓入道募緣疏〉敘述官妓爲娼之心境，侍奉百種人，說盡哲理，卻頓悟唯錢是命。〈醒迷論〉敘說淫色使人失去理智而犯罪，盛名也容易受到淫色拖累，又言坐懷不亂的柳下惠、魯男子，不迷女色，愛惜自己與品德，那些使人迷亂的歌樓美妓皆是妖媚狐狸，沉迷淫色則易招致傾家蕩產。

（二）勸世之歌

李贄於《開卷一笑》上集中，亦有闡述人生百態之情，看盡世人庸庸碌碌而不知所從，營營役役於世，追逐名利財富，沉迷物欲而無法掙脫的迷惘人生，因此李贄蒐文明義，在淺顯易懂的文字中，使人觸類旁通，有所感晤而笑，笑中發人深省，勸悟歸正。如〈扯淡歌〉：

> 悶向牕前觀通鑑，古今世事多參徧，興亡成敗多少人，治國功勳經百戰，安邦名士計千條，北邙山下無打算，爭名奪利一場空，原來都是精扯淡〔註7〕。

古今興衰交替，人生無常，從三皇五帝起筭來，至太祖匡洲君臣散，歷代江山交替、爭名奪利，到頭來，在時間無情的流逝下，都是一場空，因此李贄藉由劉基的扯淡歌道盡諸子在生活中、社會汲汲權勢財富之迷惘，然世事滄桑，都是虛無，因此勸誡教化世人、不強求名聲和財利，莫如閒雲野鶴，學道作結。

又如〈呵呵令〉：

> 你道我終日裏笑呵呵，笑著的是誰？我也不笑那過去的骷髏，我也不笑那眼前的螻蟻，第一笑那牛頭的伏羲，你畫什麼卦，惹是招非，把一個囫圇圇的太極兒弄得粉花碎，我笑那吃草的神農，你嘗什麼藥，無事尋事，把千萬般病根兒都捉起……你是去想一想，苦也那麼苦，痴也那麼痴著，什麼來由乾碌碌，大家喧喧攘攘的無休息，去去去，這一笑，笑得那天也愁、地也愁、人也愁、鬼也愁，三世佛也愁，那管他燈籠兒缺了半邊的嘴，呵呵呵，這一笑，這一笑你

〔註7〕引李贄，《開卷一笑》，卷七，頁20。

道是畢竟的笑著誰？罷罷罷，說明了我也不笑那張三李四，我也不笑那七東八西呀，笑殺了他的咱，卻原來就是我的你〔註8〕。

〈呵呵令〉笑殺伏羲、神農、堯舜、湯武、李聃、孔子等一干著名的歷史人物，更笑那天上玉帝、地下閻羅，世間庸祿，但是，眞正要笑罵的，是可悲可嘆，在紅塵中庸庸碌碌翻滾著的自己。

〈開惑篇〉說道仕宦之惑即爲貪，與其相命、勘輿、占星不如唯心成德，培育清白之舉；而細民之惑即爲愚，過於相信巫術與佛事，然而禍福是人所感受、感受佛法不在供養，而是人的慈悲心，仕宦與細民皆盲於自己的迷惑而不自知。〈學呆歌〉要學呆，眾人一起呆，其實是正面的勸世歌，認爲世間皆因要弄心機而道德敗壞，學著單純而眞摯、稟持不計較之心情面對世態人情。

三、違背倫理的性慾流蘊

遵從人們自然之慾望，爲所欲爲，進而違背倫理人常、社會規範的行爲，是不容於社會禮教的，李贄以諧謔笑話、怪誕、勸誡文選的形式，揭露違背倫理道德的性慾，以此諷刺被慾望所迷惑的人們，勸誡警惕世人，勿沉迷於感官慾望中，具有勸君悟正的教育意義。

（一）禁斷逆倫

婚姻制度使男女能合於情理的相愛、交歡，然而親屬之間發生不正當的關係，違背倫理規範，恣情縱慾，表現出男女慾望騷動、渴望性慾，甚至不惜悖反禮教，如〈遺精復度招情〉：

……遂將小姑抱向臥床，各脫裙褲，挽起雙足效作交歡之狀，以致兩陰相合，弄假成眞，是氏淫情興動，將夫所遺元精流入小姑陰戶，歡樂一番，各散，不料以後小姑頓覺精神變異，經閉腹高，遂成胎孕……〔註9〕。

看著嫂子與夫相媾，淫聲交雜，小姑意亂情迷，遂向嫂子要求交合一場，沒想到兩女翻雲覆雨，陰戶交合，原留在嫂子陰戶內的精子竟然流到了小姑的陰戶中，使小姑有孕，荒謬詭譎，鬧到縣衙那，穩婆驗小姑身，果眞還是處子，懲以杖責之，小孩生下後歸錢氏扶養，而小姑婚配如舊。小姑與嫂子違

〔註8〕引李贄，《開卷一笑》，卷七，頁25～26。
〔註9〕引李贄，《開卷一笑》，卷四，頁34～35。

背人倫道德相交歡，雖未破處，卻不容於禮教，因此受到律法的處罰，然而法裡有情，因此小姑仍有婚配歸宿，李贄以此勸誡婦女潔身自愛，勿貪享性愛歡樂。又如〈伴喜私犯張嬋娘〉中隨嫁的婢女伴喜，假意見鬼，而與張嬋娘同床，並誘哄對於性事一無所知的張嬋娘，與其交合，而情竇初開的張嬋娘亦不能自己。由此可見古代女子對於閨房性事雖然好奇，但知識不足，落得受辱而不自知，性欲是人本身最基本的需求之一，渴求性慾是自然而然的，但是諸多道德教條的束縛，使得性事極盡隱諱、秘而不宣，這才惹出此等荒唐事蹟。

（二）偷歡私通

男女偷歡私通，追求性慾的刺激享受，情色的交媾，悖反了法律賦予中國婚姻制度的保障以及傳統禮教的道德規範，在《開卷一笑》中，女主角皆因丈夫遠行寂寞而接受男人性的需求，凸顯男女於性自由上的不平等，夫婦合巹後，男子大方納妾嫖妓，女子只能獨守空閨、癡等丈夫，而其寂寞悲苦誰憐？《開卷一笑》在描寫偷歡私通上，滑稽戲謔性質仍存，嘲笑戲弄的重點於「荒謬露陷」的剎那間，謔聲笑浪滿座。如〈義方妻僧詩消白晝〉：

> 許義方妻劉氏，以端潔自許，義方嘗出經年始歸，語妻曰：「獨處無聊，得無與鄰里親戚往還乎？」劉曰：「自君之出，足未嘗履閾。」義方咨嘆不已。又問何以自娛，答曰：「唯時作小詩以適情耳。」義方欣然索詩觀之，開卷第一篇題云：「月夜招鄰僧閑話。〔註10〕」

開頭先讚揚義方的妻子端莊高潔，外出多年的義方詢問妻子獨自在家時，與鄰里有往來嗎？劉氏言明自己從未出門過，義方感動不已，認為自己的妻子堅貞不屈，妻子在家的消遣是作詩，義方欣然觀之，沒想到開卷隨即漏了餡：「月夜招鄰僧閑話」，笑意也在此湧現，獨守空閨的劉妻真的沒有踏出去一步，只是夜晚招鄰僧閒聊罷了！

又〈賈皇后喜洛南吏〉：

> 晉惠帝賈后荒淫放恣。洛南尉部小吏端麗，美容止。忽有非常衣服，眾疑其竊，尉嫌而辦之。小吏云：「行逢一嫗，說家有疾病者，云宜得城南少年厭之，欲暫相煩，即隨上車內簏廂中。行可十餘里，過

〔註10〕節錄自宋陳正敏《遯齋閒覽》，引李贄，《開卷一笑》，卷十四，頁2。

> 六七門限，開簏箱，見樓闕好屋，問此處是何處，荅云是天上。即以香湯見浴，將入，見一婦人，年三十五六，短形，青黑色，眉後有疵，共寢數夕，贈此衣物。」聽者知是賈后，慙笑而去。時它人入者皆死，此吏后愛之，得全而出。〔註11〕

老嫗說家有生病之人，需要「城南少年厭之」，而入宮之後，卻是活色生香、肉慾橫生的畫面，所謂的「厭之」即是房中事，這也是賈后淫亂的藉口，賈后喜好年輕的男色，透過老嫗來達到目的，臨幸年輕的洛南小吏，兩者間建立在美色、錢財關聯間，當賈后達到目的，便贈與洛南小吏名貴的衣物，即便之後眾人對於小吏有所誤解，知是賈后後也不敢多言了。賈后應是母儀天下之姿，卻與男子私下偷歡，呈顯權貴地位所營造的高壓勢力，深寓諷刺著當權者無視禮教，任意妄為、荒淫無當。

又〈陳居士暫寄師叔〉中那老夫娶妻的陳居士，沾沾自喜，甚至說自己從不知道衣裙下有如此珍美，不久居士赴召，旁人問妻子該如何？處士言把妻子鎖了起來，那人又問：「萬一起火怎麼辦？」處士道：「鑰匙也給了她。」笑意在付與妻子鑰匙時展現，其擔心妻子私通，所以把妻子鎖住，沒想到又將鑰匙給了妻子，荒誕誇張，引人笑意。

妻子偷歡私通實違背七出之條，李贄藉由荒謬倒錯的笑話，凸顯女性沉迷性慾而違背倫常之錯誤，寓勸誡於笑鬧中，希冀世人有所警惕。

（三）喜好男色

喜好男色自古有之，衛靈公的分桃之愛、漢哀帝的斷袖之癖，又《開卷一笑》裡的〈姊弟雙寵〉，符堅專寵慕容沖姊弟等，明代男風興盛〔註12〕，萬曆年間（1573～1620），工商業發達，浮華世風蔓延，文人中舉之後納妾、興土木，盛宴歌舞，極盡奢侈鋪張，嫖娼成風，使娼妓業方興未艾。與此同時，

〔註11〕改寫自王世貞《豔異篇》，引李贄，《開卷一笑》，卷九，頁4～5。

〔註12〕明代男風興盛，實因「明代立國，崇尚嚴刑峻法，罪至流徙，則妻孥子女皆沒入官，女的成為娼妓，男的成為賤民；比較面貌姣好的，則撥充一些權貴之家作為廝役奴隸，或是由這些權貴家庭出資競投，因為他們本身的自由已被剝奪，而且一切皆隸屬於主人，對主人的命令是不能抗拒的，也就隨隨便便將他們加以享樂。又在明代嫖男人與當時的法律沒有抵觸，而嫖妓女要花比較多的錢，並非一般儒生所能承擔，加上男人之間的親密行為，妻子往往不加追究，有時也無權過問。這樣男風就普及起來。見劉達臨，《中國古代性文化》（寧夏：寧夏人民出版社，1993年），頁789。

男妓賣淫的象姑館也應運而生，男娼業發展其勢之盛，直逼妓女，《開卷一笑》對於男色也多有描述，字字鮮辣露骨，將嫖男妓之風描繪得淋漓盡致。如〈開男風曉諭〉：

> 年少斯佳，標清益妙，二七以外，二八以內，正及青春，頭髮齊眉，頭髮披肩，休教白放，唇若塗朱……數十皮錢，休云定價，便包一年綺服，莫謂弘恩，兩下既已通情，一任便宜行事或從背後插來，兩眼朦朧相地，或從面前放入，兩腳直豎向天，初起時，革去半推半就模樣，久戰後，憑做如醉如痴風麼，貪嘴小官，希圖醉飽，便是鎮日無休，也須憑几順受〔註13〕。

男色以十四歲到十五歲爲佳，正值青春，細皮嫩肉，數十錢便可狎玩整年，行房姿勢任君處置，如何玩弄都無所謂，可見其狎玩孌童之風盛行，更大做文章介紹與男妓相交的好處、交媾時的姿勢等等，鉅細靡遺、淫穢入骨的描繪，顯現其蓄養男妓、狎玩孌童之風盛行。然數十皮錢便可蹂躪把玩他人，實是腐惡。

〈禁男風曉諭〉敘述欽差欲禁止男色歪風之盛行，而告示云：男妓裝扮如女，白絹褲，後面寬鬆，方便行房，只怕太過粗暴，而成腹瀉，況且穀道中哪裡容一物，肛門也非受精體，因此若狎玩男色者，杖一百，男妓除杖責之外，還要加上鞭刑。可見當時朝廷仍試圖告誡抑止，然此風之盛不可止，李贄以模擬朝廷頒佈之諭令，佐以遊戲文字，諷一勸百，勸人遠離男色，明哲保身。

（四）僧犯色戒

出家和尚應嚴守清規戒條，尤戒女色，然笑話或小說中，對於和尚犯色戒之事多有描繪，因爲性慾爲自然之性，和尚超脫俗世修行，對於容易使人迷惑之性事，自然是禁止的，而這也是出家人的考驗之一，莫怪乎李贄以此作文章，希冀藉此突出乖違感以致笑。如〈蘇守判和尚犯奸〉：

> 靈景時，有僧名了然，不遵戒行，常宿娼妓李秀奴家，往來日久，衣缽爲之一空。秀奴屢絕之，僧迷戀不已。一夕僧乘醉往，秀奴不納，因擊秀奴，隨手而斃。縣官得實，具申府司，時內翰蘇子瞻治郡，一見大罵曰：「禿奴，有此橫爲，送獄院推勘。」見僧臂上刺字

〔註13〕引李贄，《開卷一笑》，卷三，頁55。

云：「但願同生極樂國，免教今世苦相思。」之句，及見欵狀招伏，即行決斷，舉筆判成一詞，名《踏莎行》，云：「這箇禿奴，修行忒煞，靈山頂上持齋戒。一從迷戀玉樓人，鶉衣百結渾無奈。毒手傷人，花容粉碎，空空色色今何在？臂間刺道苦相思，這回還了相思債〔註14〕。」

和尚了然不僅犯了色戒，還動手殺了娼妓李秀奴，實是罪大惡極，可令人訕笑的是，其臂上刺上情話詩句，與出家人應有道德規範脫序，如此詆毀自己的身份，加上行兇殺人，是以蘇東坡認爲應馬上行刑。更作一番詞來嘲弄和尚臂上的詩句，詞章達意，諷刺和尚被慾望情愛所迷而無法自拔，如今殺人償命，天理正義，以死還了相思債。

〈犯奸盗牛獲免罪〉中，和尚犯奸的猥祟，卻以成仙乘鶴的聖潔畫面爲題，衝突的歪解甚是鄙俗可笑，譏諷和尚犯色戒之條，不若修行者的自衿自持，在諷刺嘲弄中，進一步呼籲僧道等修行者律己甚嚴、修身養性，勿沉迷於俗世的慾望之中。

第二節　社會階層樣貌的反映

社會是一個有機結構，包括各種相互爲用的組織體系及特性，而文化則是人類創造各種知識、生活技能、語文、社會制度、道德行爲、宗教信仰的結晶體，日常生活與百姓最爲息息相關，段寶林道：「笑話具有的要素—笑素，這種笑素實際上就是作品中的喜劇美，它是人們心靈的產物，也是對生活中各種笑素的集中反應，是從社會生活中提煉出來的〔註15〕。」在寓言中，因作者另有所指而笑；在勸誡文選中，因作者誇張譬喻而笑；在笑話中，因作者辛辣露骨、一針見血而笑，在祛人煩憂下，是李贄對於小人汲汲名利、百姓貧困交迫、貪官污吏之社會現狀之不滿與感嘆。

文人的幽默，色調鮮明、情感酣暢，作爲通俗文化的消遣趣味，使百姓更能因其荒謬、誇張之文采而笑，而《開卷一笑》中家庭倫序與官場生活的活絡，形成了晚明社會獨有之特殊風潮。

〔註14〕引李贄，《開卷一笑》，卷八，頁1。

〔註15〕引段寶林，《笑話：人間的喜劇藝術》（北京：北京大學出版社，1991年），頁51。

一、家庭倫序

夫婦、父子、兄弟、君臣、朋友等維護中國儒家道統的五倫中，屬於家庭文化即佔三倫，是以家庭文化之重要，夫婦有義、父子有笑、兄弟有悌，中國人重視家庭文化，更認爲先齊家才能治國平天下，是以家庭文化爲人之根本，而在《開卷一笑》中對於家庭的描繪涵蓋夫婦間的風情雅趣、爭吵怒罵，父子、祖孫間的親情等，由家庭生活笑話可見人類最眞摯自然的情感。

（一）夫婦

李贄於〈夫婦篇總論〉中提及：

> 夫婦，人之始也。有夫婦然後有父子，有父子然後有兄弟，有兄弟然後有上下。夫婦正，然後萬世萬物無不出於正矣〔註16〕。

李贄認爲夫婦是一切的根本，其強調夫婦的關係是平等的，有了夫婦爲根本，才能衍伸其他社會關係，其強調自然之性，重視男女地位的平等，而笑話中，夫婦間的情趣生活所呈現的詼諧旨趣，也是茶餘飯後，歡笑的好題材。

1. 夫婦豁達

五倫中夫婦有別，夫待妻如朋友，妻事夫如賓客，家有大小事情，夫妻商議而行，丈夫修身，妻子立命，夫婦自然有別也，因此李贄認爲夫婦爲自然之性，是一切的根本，夫婦間的關係和諧是爲佳話。如〈子瞻赴獄調妻〉：

> 子瞻曰，余在湖州，坐作詩追赴詔獄，妻子不能送見余出門，皆哭。余無以語之，顧語妻曰：「獨不能如楊朴處士妻作一詩送我乎？」妻子不覺失笑，余乃出〔註17〕。

蘇東坡作詩追赴詔獄，妻子哀泣著送他出門，東坡不改其幽默本色要妻子像楊朴妻子一樣，在楊朴被捉前送了首：「今日捉將官裏去，這回斷送老頭皮。」給他，蘇東坡也要妻子依樣化葫蘆送一首給他，這才惹得妻子失笑，不再哭泣，蘇東坡藉由詩句寓指此行艱險困厄，然不就是斷送生命而已，對於生命的豁達與透徹，透過詩句傳遞給妻子，也是使妻子不再哭泣，展現出夫妻豁達的一面。

〈謝郎中女〉中以詩「此去惟宜早早還」對於丈夫王元甫調官之依依不捨，〈楊夫人送行詩〉中對於丈夫被捉，雖以打趣詩「今日捉將官裏去，這回

〔註16〕引李贄，《初潭集》輯入《李贄文集》第五卷中，（北京：社會科學文獻出版社，2000年），頁1。

〔註17〕引李贄，《開卷一笑》，卷八，頁24。

斷送老頭皮。」然而仍心繫丈夫此去凶多吉少，以笑謔遮掩自己擔憂受怕的心情。

2. 夫婦地位失諧

夫婦失諧，彼此的關係不再平等對立，在笑話中多以悍婦與懦夫來做呈現，抑或妒妻的嫉妒作爲，導致夫妻間不協調，然究其原因〔註18〕，實因丈夫納妾而妻子仍須強調順從之故，經過倒錯悖離的處理，妻子們凶悍善妒對照懦夫的唯唯諾諾，兩者間悖反與突出之荒謬感，營造出喜劇性的笑意。如〈崔夫人獠語〉：

> 唐杭州刺史裴有敞，疾甚，令錢塘縣主簿夏榮看之。榮曰：「使君百無一慮，夫人早須崇福以禳之。」崔夫人曰：「禳須何物？」榮曰：「使君娶二姬以厭之，出三年則厄過矣。」夫人怒曰：「此獠狂語兒，在身無病。」榮退曰：「夫人不信，榮不敢言，使君合有三婦，若不更娶，于夫人不祥矣。」夫人曰：「乍可死，此事不相當也！〔註19〕」

裴有敞生了病，主簿夏榮進言，如讓裴有敞娶兩妾，禍害就免除了，如果不從，甚至連夫人都有災禍，而夏夫人卻是堅決的說：「寧可死，也不行！」由此可知其對丈夫納妾之痛恨與心傷，又〈崔以戲動李夫人〉中，崔鉉命令數僮仿效妻子李氏平日善妒的模樣，李氏大怒，認爲自己平日並非如此，僮子指著其發怒的模樣，說道：「便是如此。」眾人大笑。〈觀畫減疾〉瀋陽王妃好妒，王被誅殺，明帝爲了安撫瀋陽王妃而畫瀋陽王與寵妃照鏡子，沒想到，瀋陽王妃見了大怒道：「早死好了！」，鏡內寵妃引起其妒意。〈微諷關睢〉中謝安夫人嘲弄〈關睢〉是周公所作，才叫女子不嫉妒，若是周公妻子所作，定不會如此書寫，諷刺丈夫不能體會妻子對於納妾所感到的痛心與憂愁。〈陳子朝妾〉中陳子朝患了風寒，卻被陳子朝妻暗諷其妾是肇病的根源。〈房夫人〉寧飲毒酒不願丈夫納妾的房夫人。〈李福畏妻腹痛〉李福趁著妻子洗澡，托言

〔註18〕陳葆文在〈中國古代笑話的妻子形象探析〉中說道：「笑話中的妻子的形象所以會呈現如此面貌，正是因爲傳統社會對人妻者的要求，是要她們成爲貞烈不二、貞靜順從、能爲丈夫分憂解勞……可以說已呈爲一種常態性的價值觀。至於納妾，則更是日常生活中夫妻之間，乃至一個家族之間經常爭執的課題。而這些常態性事務一旦進入「笑話」的領域，便必然會經過「悖反」的手段加以處理，然後才呈現出來。」見陳葆文，〈中國古代笑話的妻子形象探析〉《中外文學》第二十一卷第六期，1992年11月，頁90。

〔註19〕引李贄，《開卷一笑》，卷十一，頁4。

腹痛私會女奴，沒想到妻子相信了，趕緊將藥摻入童尿中讓丈夫吃，眞是聰明反被聰明誤。

3. 老夫少妻

老夫少妻在笑話中的情況也甚爲普遍，以老少年齡懸殊所產生的尷尬滑稽，可見夫妻年齡問題於傳統社會中是普遍性的存在，少妻們與如風中殘燭的老夫結合，心中不無怨對，而文人也執筆聚焦對老夫少妻情形加以嘲諷訕笑，如〈嘲六十而娶〉：

王稚宜（名寵）六十再娶，許青陽嘲曰：「六十作新郎，殘花入洞房，聚猶秋燕子，健亦病鴛鴦，戲水全無力，啣泥不上梁，空煩神女意，爲雨傍高唐。」眾聞而大笑〔註20〕。

將殘花比喻爲六十老人，譏笑其臨老入花叢，六十圓房更是毫無性能力，而〈崔女怨盧郎年幾〉中老夫盧郎娶了崔女，崔女對於年紀老大的丈夫，說只恨自己不早一點出世，怨嘆自己嫁了老夫，使讀者更能體會崔氏的無奈感嘆之情。

（二）父子

血濃於水，自然天性，情感的培養與經營是家庭教育重要的方針，而父子間的眞摯情感亦是笑話中少見的溫馨之趣，在親子間親暱的對話中，可見密不可分的永久關係與情感。如〈槐膠彈子〉：

李少微子女頗多，每退朝，于亭榭散槐膠彈子數百枚，令諸小兒爭取之，以爲戲笑。終日不倦，戲已，復收於篋〔註21〕。

子女眾多的李少微，灑數百枚的槐膠彈子與子女們同樂，增進親子間的情感。又如〈崔來鳳子〉間父子機智的巧妙對話，〈趙伯翁孫兒〉孫兒的惡作劇與爺兒的呼天搶地，融匯而成溫馨感人之情狀。。

（三）兄弟

兄友弟恭，相互和睦，便不會產生摩擦，也能有所圓滿，同時就不會產生爭執的事端。然而兄弟處於同等輩份地位，不若父子間長幼有序，是以多有相嘲，如〈思光兄弟〉：

張思光與弟寶積，俱詣太祖，思光於御前放氣，寶積謝曰：「臣兄觸

〔註20〕引李贄，《開卷一笑》，卷十，頁15。
〔註21〕引李贄，《開卷一笑》，卷九，頁23。

忤宸扆。」上笑而不問。須臾食至思光排寶積，不與同食。上曰：「何不與賢弟共食？」思光曰：「臣不能與謝氣之口同餐〔註22〕。」

張思光兄弟晉見太祖，思光在天子面前放屁，弟寶積馬上嘲諷其污辱了天子之居，爾後用膳之時，思光不與寶積同餐，諷其爲謝氣之口，兩兄弟的相互嘲弄，笑意橫生。又〈韓浦兄弟〉韓浦、韓洎才思敏捷，善文而相互嘲弄，〈焯炫兄弟〉兄弟同陷囹圄之際，思家之笑語，〈宋郊弟兄答語〉功成名就後，兩兄弟的理念不合的互相嘲弄之句。

（四）夫婦正，萬物正矣

李贄於〈夫婦篇總論〉揭示：

> 故吾究物始，而但見夫婦之爲造端也……夫性命之正，正於太和，太和之合，合於乾坤，乾爲夫，坤爲婦。故性命各正，自無有不正者〔註23〕。

夫婦爲萬物之本，如同乾坤一樣，因此夫妻間的和諧共處，彼此眞摯的攜手情感，鞏固了家庭生活的根本，然而在《開卷一笑》中，不僅僅只有夫婦相互扶持之敘寫，經由李贄悖反、放大的藝術手法，夫妻間的爭執，彼此地位、年齡上的鴻溝也在《開卷一笑》中具體而微的顯現，映現出家庭現狀的眞實面，從納妾惹起夫婦爭端，老夫少妻的年齡差距，凸顯女子擇夫的不平等，以及婚後面臨男子三七四妾的常態性價値觀，其痛苦無奈反射出男尊女卑之地位不平等。

潛藏於妒婦、悍妻之戲謔揶揄下，是李贄重視女性的意識與心理之幽微理念，藉由夫婦相互尊重進而營造出圓滿和諧之氛圍，而父子、兄弟的眞摯之情便以此爲開展，因此夫婦正，萬物無不出於正矣。

二、官場百態

明代晉身官吏的途徑有許多種，學校、科舉、薦舉、詮選等，使得世人經由科考而致仕的機會大增，明代的科舉考試共分童試、鄉試、會試、殿試四個階段，童試爲最基礎的試驗，在各府、州、縣舉行，每年一次，應試者稱爲「童生」，其須經過縣、府、院三個階段的考試，及格者稱爲「生員」，

〔註22〕引李贄，《開卷一笑》，卷十四，頁5。
〔註23〕引李贄，《初潭集》《李贄文集》第五卷，（北京：社會科學文獻出版社，2000年），頁2。

俗稱「秀才」，而通過歲考和科考的秀才，才有資格參加科舉考試，科舉考試分爲鄉試、會試、殿試，鄉試每三年在各省省會舉行一次，應試者必須是成績優良的生員，因考試日期例在八月，故又稱「秋闈」，中舉者稱爲「舉人」，第一名稱爲「解元」，次年可進京參加會試。會試，在京師舉行，故又稱「春闈」、「禮闈」，中試者稱爲「會元」，才能參加最高級的殿試。殿試由皇帝親自策問貢士，再按成績分爲一、二、三甲，總稱「進士」。一甲三名，依次爲「狀元」、「榜眼」、「探花」，賜「進士及第」，二甲若干名，賜「進士出身」，三甲若干名，賜「同進士出身」〔註24〕。

然而除卻正式科考的晉用管道外，因明朝政府財政困難以及邊事孔棘，所以人民可以採用捐錢納栗的方式取得官職，自景泰年間，納栗之人入國子監後，使得鬻賣官爵的情形劇增，人人皆可買官，使得科舉考試沒落、教育水準低落，士風日下，朝廷官員更加無能與腐敗，蠹害朝政，也使得政治更加黑暗。

（一）君臣相戲，趣味橫生

中國爲帝王專制的封建社會，天子爲天下共主，事君以忠，然直言勸諫莫如曲婉的諧隱，透過釀造笑聲的幽默，使君王能省思自己的過錯，《文心雕龍．諧隱》篇即說道：「諧之言皆也，辭淺會俗，皆悅笑也；讔者，隱也。遁辭以隱意，譎譬以指事也〔註25〕。」臣子將眞實的意圖隱藏在曲折的比喻中，讓君王去領悟，暗示的諧辭幽默或比喻的隱語讓君臣間的鬥智場面，總是詼諧笑浪，《開卷一笑》中多有君臣間的諧趣對話，〈方朔大笑〉、〈翻綽入水〉、〈賈待詔侍太宗棊〉、〈日者自力〉、〈石動箭機辮〉、〈守忠滑稽〉、〈虞嘯父獻替〉等皆是君臣悅笑的對話，如〈石動箭機辨〉：

> 北齊高祖嘗宴近臣爲樂。高祖曰：「我與汝等作謎，可共射之：「卒律葛答」。」諸人皆射不得，或云：「是髐子箭。」高祖曰：「非也。」石動箭云：「臣已射得。」高祖曰：「是何物？」動箭對曰：「是煎餅。」高祖笑動箭曰：「動箭射著是也。」高祖又曰：「汝等諸人，爲我作一謎，我爲汝射之。」諸人未作，動箭爲謎。復云：「卒律葛答。」高祖射不得，問曰：「此是何物？」答曰：「是煎餅。」高祖曰：「我

〔註24〕引商傳，《明代文化志》（上海：人民出版社版，1998 年），頁 228～252。
〔註25〕引劉勰著、王更生注譯，《文心雕龍》（台北：文史哲出版社，1991 年），頁 259。

> 始作之，何因更作？」動筩曰：「承大家熱鐺子，更作一箇。」高祖大笑。高祖嘗令人讀《文選》，有郭璞遊仙詩，嗟嘆稱善。諸學士皆云：「此詩極工，誠如聖旨。」動筩即起云：「此詩有何能，若命臣作，即勝伊一倍。」高祖不悅，良久語云：「汝是何人，自言作詩勝郭璞一倍，豈不合死。」動筩即云：「大家即命臣作，若不勝一倍，甘心合死。」即令作之，動筩曰：「郭璞《游仙詩》云：「青溪千餘仞，中有一道士。」臣作云：「青溪二千仞，中有兩道士。」豈不勝伊一倍？」高祖始大笑……〔註 26〕

「卒律葛答」爲鮮卑語，也是像聲詞，是描述煎餅的聲音。愛耍嘴皮子的石動筩，面對天子高祖也不敢改其本色，高祖喜出謎語與臣同樂，被石動筩猜著是煎餅後，又以同樣的謎語回敬高祖，說是承大家熱鐺子，再做一個煎餅，滑稽詼諧使高祖愉悅大笑，石動筩的幽默喜感可見一般，其後更大膽自認作詩尤勝郭璞一倍，高祖聞知大怒，然喜劇性的高潮也在剎那突現做結，本是千余仞、一道士，被石動筩改爲二千仞、兩道士，合理性營造出笑意出來，也惹得皇帝與朝野群臣因其荒謬的邏輯推理而致笑。

喜劇性的笑能權度情勢，製造機宜，使欲諫之言恰處其緩急相宜之際，在笑聲的庇護下，既能因諫而護國，又不致因諫而危身，是將忠言藏在滑稽戲笑中，使聽者不覺得逆耳而樂於接受〔註 27〕，如〈方朔大笑〉、〈翻綽入水〉、〈宋玉辨己不好色〉，借著荒謬的邏輯推理，話藏機鋒、語藏哲理，使君王省思自身的過錯。

（二）官官相鬥，諧謔逗趣

官場生涯瞬息萬變，是以在爲官生涯中，文人間彼此相互戲謔、調笑，爲詭譎緊繃的政治形勢帶來一絲輕鬆詼諧的笑意，而百姓亦可見官員間彼此嬉笑怒罵的有趣場面。

1. 科考相戲笑

科舉的考試機制，讓平民百姓在政治、經濟各層面能取得優勢，在明代科舉考試及格者，不僅可以分別授予任職京師的「京官」資格之外，也可以分配到地方州縣擔任官職，且在明代必須要有進士資格，才能進入翰林院，

〔註 26〕引李贄，《開卷一笑》，卷十三，頁 10。

〔註 27〕引潘智彪，《喜劇心理學》（廣東：三環出版社，1989 年），頁 51。

擔任重要的政府官職，形成科舉流品的階級。所謂的「流品」，就是在科舉考試制度之下，進士被歸屬於上層的清流，有資格進入政府的擔任重要官職，秀才、舉人則歸類爲幕僚、師爺、塾師、小吏等下層的雜流，難以位居要職〔註28〕。

科舉考試難關重重，端看童試、鄉試、會試、殿試，消磨士子的歲月年華，如〈梁灝及第謝表〉中那高齡八十二的梁灝，寒窗苦讀幾十載，終於狀元及第，自嘲少伏生八歲，多太公兩年，可見科舉考試之難，尤以明代官學與科舉制度作結合，考上童生後，需再經由考試進入官學，而後晉升世途，而捐官納粟者可靠權勢財富平步青雲，而寒門者只能步步爲營，努力向上，是以在《開卷一笑》中，蒐羅有關科舉的篇章，從科舉考試之困難中，可知士子渴望登科進士的想望，從應考至考上，層出不窮的笑話得知士子堅持不懈、汲取功名的雄心壯志，如〈曹東畝慰足詞〉：

> 曹東畝赴省，陸行良苦，作詞自慰其足云：「春闈期近也，望帝鄉迢迢，猶在天際，懊恨這一雙脚底，一日廝趕上五六十里，爭氣扶持我，去博得一官歸，恁時賞你穿對朝靴，安排你在轎兒裡，更選弓鞋夜間伴你〔註29〕。」

曹東畝赴省參加會試，然而路途迢迢，是以作詞安慰自己的雙腳，希冀雙腳爭氣點，讓他能趕得上考試，登科及第，應考士子的緊張、雀躍心情斑斑可見。

而考上的士人們歡欣鼓舞，對於名次及中榜之人的戲謔調笑，亦不在話下，如〈丁稜箏聲〉：

> 唐世進士及第，放榜訖須謁宰相，其導詞荅語一出榜元時，盧肇首冠，有故不至，次乃丁稜，丁稜口吃，迨引見致詞，意本言稜等登科，而稜頳然鞠躬乃曰：「稜等登，稜等登。」竟不能發其後語而罷。翌日，友人戲之曰：「聞君善箏，可聞得乎？」（諧音也，嘲其口吃）稜曰：「無之。」友人曰：「昨日聞稜等登，稜等登，豈非箏聲耶〔註30〕？」

嘲諷具有口吃缺陷的進士丁稜，丁稜一時緊張所言的「稜等登，稜等登。」被友人巧用字義雙關，解釋爲彈箏的聲音，加以嘲諷，尤因丁稜新科進士的

〔註28〕引商傳，《明代文化志》（上海：人民出版社版，1998年），頁228～252。
〔註29〕引李贄，《開卷一笑》，卷十二，頁15。
〔註30〕引李贄，《開卷一笑》，卷十三，頁13。

身份，卻有身體殘缺口吃，反差對比，產生戲謔的笑意。

又〈孫山荅書〉：

> 孫山應舉，綴名榜末，朋儕以書問山得失，荅曰：「解名盡處是孫山，餘人更在孫山外。」覽者大笑〔註31〕。

而上榜之後的進士們，彼此間總會以名次作爲調侃之笑，〈孫山荅書〉一句妙言使閱覽者大笑，「解名盡處是孫山，餘人更在孫山外。」孫山別具巧思的將名字、等第作結合，「孫山」二字字義雙關，笑自己位居榜末，但落榜者卻遠在「孫山」這座山之外，其餘另有〈孫丁甲第〉、〈戲甲榜末〉、〈巢由進士〉、〈豪逸進士〉等。

2. 官官相逗趣

官員間的相互揶揄嘲弄，姓氏、形體、怪癖、個性、地位等，皆是笑話的好題材，理智與趣味的結合下，以各種文字遊戲、邏輯結構等方式來達到相互訕笑的目的，避免觸及敏感的政治議題。在步步爲營、局勢險惡的政治場合中，閒暇拈玩笑語，緩和緊繃的情緒外，更可見知識份子於官場中的百樣生態，是情趣、是溫和、是辛辣、是諷刺，道盡官場生涯面貌。

姓氏玩笑常見於日常生活之中，利用字形、字音、字義離合、曲解等手法來嘲弄對方，幽人一默，如〈侯白雅謔〉：

> 侯白好俳謔，一日楊素與牛弘退朝，白語之曰：「日之夕矣。」素曰：「以我爲牛羊下來耶〔註32〕。」

高雅的玩笑話即指雅謔，喜歡開玩笑的侯白見楊素、牛弘等大臣退朝，引《詩經》：「日之夕矣，牛羊下來。」拐著彎笑楊素、牛弘之姓氏，日落西山，牛羊歸巢，侯白同音假借、婉轉意會，使笑話詼諧而有雅韻，不流於低俗。其他如〈曼卿墮馬〉、〈狄盧相謔〉、〈都憲通政寓嘲〉、〈賈盧隱嘲〉、〈陳蔡互謔〉、〈刁韓善謔〉等都是大臣間相互以姓名作爲雅謔之資。

形體外貌亦是官場文人間最愛嘲弄的話題，人物因自身缺陷之醜而欲蓋彌彰，但卻被機智者一語道破時，其營造之喜劇性，十分有趣，如〈盛度胖體〉：

> 盛度體豐肥。一日，自殿前趨出，宰相在後，盛初不知，忽見，即欲趨避，行於百步，乃得直舍隱於其中。學士石中立，見其喘甚，

〔註31〕引李贄，《開卷一笑》，卷十，頁1。
〔註32〕引李贄，《開卷一笑》，卷十四，頁2。

問之。盛告以故。石曰：「相公問否？」盛曰：「不問。」別去十餘步，乃悟罵曰：「奴乃我以爲牛〔註33〕。」

盛度體態壯碩，退朝後見宰相在自己的後面，便趕緊躲避。石中立見盛度喘得這麼厲害，便上前詢問。盛度告知原因，沒想到好調侃的石中立馬上把握機會，將西漢丙吉問牛喘的典故巧妙套用此情境，戲弄了盛度，而盛度走了十餘步才恍然大悟，石中立又嘲弄了自己一次，機智反應的石中立與憨厚胖體的盛度成了鮮明的對比，笑意益發突出。其他彼此嘲弄缺陷的如〈嚴高兩相公相謔〉、〈鄭昌圖苦其驢〉、〈李責戲左司郎中臀〉、〈盛丁梅竇〉等。另外，蓬頭垢面、不修邊幅的臣子也是被嘲弄的對象之一，如〈禹玉贈介甫虱頌〉：

王介甫、王禹玉同在相府，同侍朝見，虱自介甫襦領而上，直緣其鬚，上顧之而笑，介甫不自知也。朝退，禹玉指以告介甫，介甫命從者去之，禹玉曰：「未可輕去，願獻一言以頌虱之功。」介甫曰：「如何？」禹玉曰：「屢遊相鬚，曾經御覽。」眾大笑〔註34〕。

不修邊幅的王安石，任由虱子在鬍鬚裡鑽來鑽去，甚至讓皇帝看了大笑而不自知，一旁的王禹玉知情不報，直到退朝後，才告知介甫，教小廝幫忙除去，然禹玉不放過揶揄王安石的機會，順其話意，倒反著說虱子「曾經御覽」是何等的光榮，不要輕易的礙除，恥笑王安石儀容不整、污垢藏虱，徒惹眾人嘻笑。

官吏之間彼此所發生的趣聞事蹟，以爲笑意，在應對進退抑或集會盛宴中，可見機智者的巧妙應對，亦可見官場文化的戲謔逗趣，你來我往之間，透過主角間的對話，使讀者在譏笑之餘，意有所感，例如〈園外郎〉：

石中立員外，嘗與同列，觀上南園所蓄獅子。主者曰：「縣官日破肉五斤飼之。」同列曰：「吾儕反不及此獅子」石曰：「然吾做官皆員外郎，敢比園內獅子乎！」眾大笑〔註35〕。

員外郎爲職官名，指正員以外的官，隋唐以後，直至明清，各部均設有員外郎，簡稱爲「員外」。而石中立以「員外郎」字音雙關「園外狼」，以自嘲的方式，使諷刺鋒芒含而不露，暗喻著官場險惡詭譎、人心如獸，貪瀆無恥，揭示人不及獸的寓意。

〔註33〕引李贄，《開卷一笑》，卷十三，頁18。

〔註34〕引李贄，《開卷一笑》，卷十四，頁13。

〔註35〕引李贄，《開卷一笑》，卷十四，頁15。

又〈顏回賈誼〉：

> 陳和叔爲舉子，通率少檢，後舉制科，驟爲質朴，時號「熱熟顏回」。時孔仲舉對制策，言天下有可歎息慟哭者，既而被斥，和叔曰：「孔生眞杜園賈誼也。」王平甫聞之曰：「杜園賈誼．好對熱熟顏回。〔註36〕」

「杜園」、「熱熟」皆當時鄙語，陳和叔想在口頭上輕薄詆毀孔文仲的時候，故意扭曲了賈誼的背景，賈誼是「梁園」裡的賓客，根本沒有甚麼杜園，諧意爲假的賈誼，謂有「連梁園都搆不上」的輕詆意味，然王平甫馬上以其號「熱熟顏回」回敬嘲弄，「熱熟」二字毫無根據，因此僞冒的顏回、賈誼，兩者是半斤八兩，誰也別笑誰。

此外，描寫顢頇無能的貪官污吏也不少，在李贄《開卷一笑》中，官場的笑話著墨最多，其藉由幽默笑話之手筆，表現出豐富的諧謔意蘊，爲人臣者是國家之棟梁，更是法律、體制的執行者，然而李贄蒐羅的《開卷一笑》中，看見了官吏的顢頇無能、諂媚鑽營、縱情享樂，這些荒誕不經的笑料，是讓人在嬉笑怒罵之餘，更感慨民不聊生之源由，無能的貪官污吏無法給百姓一個安定的生活，而其靠買官鬻爵便能享有官位俸祿，抑或考取功名後，放縱聲色、不思民間疾苦，種種髮指行徑，藉由其與善調機智者之應對，在戲謔調笑中，一一呈現，如〈胡昉浙漕〉：

> 胡昉大言誇誕，當國者以爲天下奇才力加薦引，未數年爲兩浙漕，一日，語坐客云：「朝廷官爵，是買吾曹頭顱，豈不可畏？」適閩人伯卿在座末，趨前云：「也買脫空。」衆大笑〔註37〕。

愛說大話、不實在的胡昉，天子卻以爲是天下奇才而大大表揚、給予官誥，一天，胡昉告訴宴客的客人道：「朝廷封官加爵，以此買下我的頭顱。」用以喻其聰明機巧之姿，才能受到長上喜愛，沒想到卻被閩人伯卿一語道破，說朝廷是也買脫空，買了個空空如也的腦袋，暗諷胡昉沒有實才，卻能坐上兩浙漕，實因其諂媚鑽營、好說大話之故，而非眞才實學。

又〈宋郊弟兄答語〉：

> 宋郊居政府，上元夜，在書院内讀周易，弟學士宋祈，點華燈，擁歌妓，醉飲達旦，翌日，郊令人誚讓云：「相公寄語學士，聞昨夜

〔註36〕引李贄，《開卷一笑》，卷十一，頁8。

〔註37〕引李贄，《開卷一笑》，卷十一，頁16。

燒燈夜燕，窮極奢侈，不知記得那年上元，同在洲學喫齋煮飯時否？」祈答曰：「却須寄語相公，不知那年在洲學喫齋飯是爲甚的？〔註38〕」

宋郊兄弟性子截然不同，位居官職後，宋郊在書院內勤讀周易，弟弟宋祈卻是夜夜笙歌，莫怪乎哥哥機誚諷其忘了同在洲學那喫齋煮飯、寒窗苦讀之時，沒想到宋祈卻回答：「那年在洲學喫齋煮飯是爲甚的？」意指其苦讀求取功名，全爲日後逸享安樂之故，爲官者不思體恤百姓，只想縱情恣慾，如何能成爲國家之砥柱呢？

爲官者，阿諛奉承不在少數，然而當馬屁拍錯了之時，所鬧出的笑話，自然荒謬可笑，如〈元帝笑洪喬之謝〉：

元帝皇子生，普賜群臣，殷洪喬謝曰：「皇子誕育，普天同慶，臣無勳焉，而猥頒厚賚。」帝笑曰：「此事豈可使卿有勳耶〔註39〕？」

元代皇帝中宗生了一個皇子，高興之下便廣賜臣子們，殷洪喬謝恩說：「皇子誕生，普天之下都感到高興。臣沒有什麼功勞，不敢接受那麼厚重的獎勵阿！」中宗笑說：「這事怎麼可能讓愛卿有功勞呀？」皇子是中宗與妃子所生，哪需要洪喬出力呢？受贈賞賜應是欣喜若狂，然洪喬故作矯情謙遜，反倒鬧了笑話。

無能昏妄的官吏其學識、治理的才能皆平庸可笑，如〈栗監爲判〉：

景泰中一栗監，不學判蘇州，誤寫石人爲仲翁，滑稽者嘲之曰：「翁仲將來作仲翁，只因書讀欠夫工，馬金堂玉如何入？只好州蘇做判通〔註40〕。」

翁仲爲古代銅像、石像之稱，後專用以稱墓前石人，所以翁仲也可以稱爲石人，但是栗監沒有才智學識，將石人寫成「仲翁」，當下受到滑稽者的揶揄嘲諷，「翁仲」都可以顛倒爲「仲翁」，讀書如此欠功夫磨練，如何躍升高位呢？這名滑稽者也有樣學樣，將「讀書」做「書讀」、「工夫」做「夫工」，象徵顯赫的高位的「金馬玉堂」做「金玉馬堂」，徹底的有樣學樣、以牙還牙，辛辣諷刺了昏庸無能的栗監一次。

〈王祚問卜〉、〈程尹識字未穩〉、〈張丞相草書〉、〈納栗監生〉等皆是官

〔註38〕引李贄，《開卷一笑》，卷十四，頁8。
〔註39〕引李贄，《開卷一笑》，卷十四，頁3。
〔註40〕引李贄，《開卷一笑》，卷十三，頁4。

吏昏庸無能鬧出笑話之例，官吏是中國封建制度社會中，與民密切相關的統治者，因此顢頇無能的官吏在笑話中，自然而然的也成了被嘲諷的對象，自古皆然，李贄透過嘲弄諷刺的手法，直陳封建制度的弊端、選才管道之不公。

3. 落魄士人，五味雜陳

明代八股制義的科舉考試，限制了士人的思維理念，欲從政致仕，需先熟習先儒之文章，專取四子書及《易》、《書》、《詩》、《春秋》、《禮記》五經命題試士，體用排偶，禁錮了士人思想，直至晚明王左學派、泰洲學派對於人心賦予積極的肯定，李贄更大膽抨擊封建制度、開闢自然人性論，也啓蒙了社會思想，對中國喜劇精神發展有直接作用，它通過感性解放和自由，促進了喜劇文學的繁榮和喜劇精神的普及〔註 41〕，諸多笑話之中，可窺見許多士子雅好諧謔之風。

由於晉升官職的制度狹隘，加上科舉與學校制度的結合，使得科舉考試困難重重之餘，財勢威權者又可以捐粟納監，而貧困寒門士子，只能靠著層層科考致仕，僧多粥少的情況下，落魄的士人舉子也不在少數，無法功成名就，卻眼見捐納盛行致使吏治敗壞、世態炎涼，看盡世間冷暖，因而輕視一切世事，字裡行間，可知讀書人的心酸苦處與不平，如〈捲堂文〉：

> 學以治爲先，不可無謀食之計，師以淑人爲貴，尤當嚴衛道之防，慨自世降而風微，遂致道而日甚，倚門糊口，效彈鋏之馮驩，寄食資身，同垂釣之韓信……文章難撩饑，只得垂頭喪氣，事非由我，辜負風花雪月身屬他人，受盡鹹酸冷淡，幽暗岩崖生鬼魅……人前分明是上賓模樣志氣，落于人後其實是末等生涯，總然覓得一兩五錢，怎補得千倉百空，徒使斯文掃地……反不如操瓢丐者乞餘播郭，沒憂愁怎學得捧缽道人，笑傲烟霞無管束，農工商賈莫非人，奚必教書爲業，城市鄉村皆有利，何須處館營生……博古通今大丈夫，爲甚蠅頭一生攏絡，從今奮翼定令，飛過愁山及早回頭，還好脫離苦海。〔註 42〕

爲學以治事優先，然而世風日下，只得餬口維生，即使爲人賓師仍需迎合諂媚，末了也只得了幾個錢，卻受盡輕眼冷淡，感覺跟輕賤之人沒什麼兩樣，如此的生活，不若當初設想之淑人爲貴，還是掙脫俗世一切罷了！捲堂文中

〔註 41〕引閻廣林，《笑：衿持與淡泊》（北京：新華書店，1989 年），頁 93。
〔註 42〕引李贄，《開卷一笑》，卷一，頁 16～18。

道盡讀書人心境之煎熬與憤懣，在現實生活上，遭受的困頓與苦處。

〈眞若虛傳〉中那若虛先生，少年變成了舉子，一時風光，沒想到卻遭逢火災、家道中落，只得訓蒙糊口，渾噩過了一生，年過半百偶遇美姬何韞玉，吟詩作對中，道盡時不我與、教書受氣之感概，然經由何韞玉開導，得知世上人人皆不平，農工商賈皆辛苦，因此憤懣不平的感觸也安撫了許多，然其心境轉折與憤懣之心，令人感觸甚多。

〈屈屈賦〉感嘆自己寒窗苦讀卻考不上科舉，蹉跎青春年華，出門恐逢親友，教書受人輕侮，雖本欲勤讀，求攀龍富貴，但對世道沮喪，還是歸園田居，「早知教書反不如，絳帳皋比永忘卻，反思祖宗有薄田，簞瓢陋巷三四椽。」教書不如意、不如忘卻身爲絳帳（講師）的職能，先祖留下的薄田，粗茶淡飯便能過一生，求取功名失格後，轉而嚮往田園生活，對於未能一展鴻圖的報復，多有感慨之情。

〈長恨歌〉闡述自己「萬卷詩書勤苦讀，讀書望登天子堂」，沒想到卻流落江湖中，子弟難教，雖潔身自愛，但卻像在無罪獄一樣，不如回家種田，閒適平淡的過一生，又想蘇秦也有落魄不得志之時，自己空有滿腹文章，卻沒有大展宏圖之處，世事轉瞬，也只能長嘆一聲！

〈村學先生自敘〉老儒先生回憶自己年少焚膏繼晷，勤學十多年，卻命運乖舛，只得淪爲塾師，娶妻教書庸庸碌碌的過了一生，然那年少的風流倜儻早已成雲煙往事，只剩一個村學先生，受人拘束受人虧。

（三）勢之得失，浮生若夢

讀書遂求榮顯，但明代士人寒窗苦讀數十載，卻因晉身仕途狹隘、買官鬻爵情形愈烈，未能及第登科，其苦處與哀嘆，掙扎在現實求生存與追求宦途理想，從而謔浪笑世，尋求灑脫、開懷，字裡行間化爲尖銳的諷刺與矛盾，對於其不平際遇、政治體制不公所做的沉痛控訴。

晉身顯途者，對君主如履薄冰，誠惶誠恐之餘，又思委婉勸誡良言，以進臣子之責，同僚間不乏不學無術、貪官污吏者，勢之得失、名利之有無，端賴個人心性是否爲正，因此在官官互相譏嘲，顯現文人間的幽默風趣的另外一面時，更可見機智善諷者揶揄昏妄無能的官吏，凸顯其憨傻無能的醜樣。

從落魄士子之際遇反映晚明社會科舉制度不彰、錢財至上的現實，看盡臣子的虛僞以對、揶揄嘲弄，突顯出爲官者之無才無能，政治局勢之險惡、現實生計之難度，因此「浮雲世事多翻覆，一笑何需認假眞〔註 43〕。」放下心中執念，付諸一笑，心境自然海闊天空。

本章小結

本章首節揭示人生生活百態的觀照，道德意識的墮落、違背禮教規範的逆倫、私通、男色等不良之舉止，顯現晚明社會開放性的風氣與禮教制度之腐敗，李贄有鑑於此，故做勸世之歌，在譏諷現實狀況之餘，可見其苦口婆心、規勸向善之用心。

第二節先描繪夫婦爲家庭之根本，藉由夫妻相處延伸至父子、兄弟之情，顯現李贄重視家庭氛圍之重要性，家和而後天下平，然而所面臨的社會卻是朝廷綱政的腐敗、官員的貪污無能，是以李贄搜羅編纂了大量吏治生涯的諷刺諧謔笑話與文選，在帝王專制的情形下，貪官污吏與聰明機智的官員形成強烈的反差對比，其以機智揶揄手法，將官場文化氛圍，描繪得淋漓盡致，另一方面，因科舉制度之難與納粟買官之情狀而無法致仕的讀書人，爲謀求生計，開館授徒而抑鬱不得志，寄寓感嘆中，諷刺譴責明代的官場制度敗壞，致使有志者難伸展抱負，莫如回歸本心初衷，忘卻功名利祿之煩憂。

〔註 43〕引李贄，《開卷一笑》，卷一，頁 9。

第六章　《開卷一笑》價值與意義

《開卷一笑》以謔浪詼諧、嬉笑怒罵的文章笑話出發，深具幽默詼諧的特色與反映明代社會現狀之價值，嘻笑旨趣中，帶有勸君悟正的規勸旨意。李贄的喜劇文學觀、諧謔勸誡文選、趣詩敏對，深具文學價值性，另一方面，從社會生活的反照、幽默文學的娛樂，與李贄諧隱教化的用心，觀照《開卷一笑》的文化意義，會通雅俗的幽默、譴責道德敗壞與勸誡教化的用心是《開卷一笑》的價值所在。

第一節　《開卷一笑》之文學價值

晚明經濟發達，市井文化崛起，加上士人的參與與提倡，使得通俗文學昌盛，長篇小說、抒情的小品文、戲曲、插科打諢等，謔浪詼諧、笑柄橫生，種種屬於尋常百姓的文學於此展現，以抒解身心為主軸，揶揄戲謔社會現狀，釋放人們的苦楚與鬱悶，更藉此諷世佐教，寓教於心，大量笑話顯現，寥寥幾句，逗人開懷大笑，其流傳面更為廣大，人人皆可朗朗上口，更是茶餘飯後的消遣活動，因此藉由諧謔文選的內容旨趣，反映出的體悟感觸，深植人心。

李贄在《山中一夕話》的序中提到：「竊思人生世界，與之莊嚴危論，則聽者寥寥;與之謔浪詼諧,則歡聲滿座,是笑徵話之聖,而話實笑之君也〔註1〕。」從序足見李贄灑脫自然、追求真性情的性格，重視小說戲曲的李贄，認為詼諧

〔註 1〕引李贄,《山中一夕話》輯入《明清善本小說叢刊初編》(台北：天一出版社，1985 年) 序 2。

文選能雅俗共賞，加上提倡辨別是非之道理激發良知，三言兩語，沁人心脾，令人有所感悟，因此從李贄《開卷一笑》的喜劇文學觀及其包羅萬象的諧謔文選、處處可見的趣詩敏對，窺見其文化價值的意涵。

一、李贄的喜劇文學觀

巴赫金（M.M.Baxtnh）（1895～1975）揭示：

> 在狂歡節上是生活本身在表演，而表演本身又暫時變成了生活本身。狂歡節的特殊本性，其特殊的存在性質就在於此〔註2〕。

狂歡節在是在治理階級的另一層面，人們所建立的另外一個的活動，此活動結合了遊戲、生活、藝術，表演即爲生活，正如同晚明開放性的社會，創作自由、情感奔放，人們藉由各種活動來追尋幸福與快樂，因此在《開卷一笑》「上集長篇琬琰頗堪暢情，下集隨錄弗遺碎金也，似不瑣瑣別類，而分辨自在。〔註3〕」上集諷刺諧謔的遊戲文章，下集詼諧嘲諷的精悍短語，凡舉世間可笑幽默之事，皆輯錄在《開卷一笑》中，笑聲能引人入勝，若是正經八百的勸說教化，則索然無味，李贄《山中一夕話》「刪其陳腐，補其清新。凡宇宙間可以可笑之事，其諧遊戲之文，無不備載〔註4〕。」正如同巴赫金的狂歡節一樣，將宇宙間可以可笑之事，皆列入書中，使讀者讀之，暫時進入狂歡的世界中，享受趣味笑意。

然而《開卷一笑》所寓含的意義不僅於此，《開卷一笑》序中說道：

> 卓吾子曰：「吾儕肖行宇宙，亦役與世故相馳逐也，將認爲眞乎？假乎？眞假各半乎？余思纏縛難解，第不施線索之木偶耳，即達叟大觀能跳躍葫蘆外否也？君相習而网悟究竟，不曉爲誰嘲弄，是不可大發一笑哉。」〔註5〕。

又《開卷一笑》附錄中說道：

> 好看者人也！好相處者人也！只是一付肚腸，甚不可看，不可處耳。林曰：「果如此，人眞難以形容矣，想與一笑而睡〔註6〕。」

〔註2〕引巴赫金（M.M.Baxtnh），《巴赫金全集》第六卷，（河北：河北教育出版社，1998年），頁9。

〔註3〕引李贄，《開卷一笑》，頁3。

〔註4〕引李贄，《山中一夕話》，序2。

〔註5〕引李贄，《開卷一笑》，頁3。

〔註6〕引李贄，《開卷一笑》，頁4。

生活在這世間上，待人接物，心思反轉與人計較著，眞心早已蒙塵而難辨，是以世間一切是眞或假呢？抑或眞假各半呢？人們外表只是皮相，眞心無法探究，幻生在附錄中以禽獸喻人，更認爲心機城府潛藏在溫文爾雅的表相下，是以人性難測，李贄感嘆在轉瞬即逝的人生裡，被物欲與名利所束縛，眞假已難察覺，心之所向已迷惘，只能一笑置之，那一笑是對人性的無可奈合與嘲弄諷刺。正如同巴赫金所認爲，這樣狂歡式的笑卻也是譏諷、否定的，其明確的指出：

> 這種笑是雙重的：既是歡樂的、興奮的，同時也是譏笑的、冷嘲熱諷的，他既否定又肯定，既埋葬又再生。這就是狂歡式的笑〔註7〕。

《開卷一笑》無處不笑、無處不歡樂的同時，透過放大可笑的事物醜態，如統治階層的愚昧、官吏的無能、道德敗壞的風俗、追求物慾流行等，在歡樂興奮的笑聲中，是對現實生活的無奈與否定，是既肯定也是否定的，然而李贄在譏諷的同時，更希望能讓讀者從中反省自身，回歸本心初衷，而非盲從於社會上現狀。

因此，李贄將對人性的嘲諷寓於《開卷一笑》書中：「顧茲集大都以滑稽調笑之中，含咨嗟太息之思〔註8〕。」然而讀者的心思是流動的，得言忘象，得意忘言之餘，探究其咨嗟嘆息之下，那啓迪人心、發人深思之理，察覺自我的眞心，與人眞誠相待：

> 余特揭以醒世之汶汶者，敢云木鐸之警矣乎？有謂余而哂世傲物也，聽之有謂余而舞蹈之甚于悲涕也，亦聽之〔註9〕。

笑話的意涵不僅僅爲嘲諷滑稽的調解，在其笑鬧的背後更帶有發人深省的功能，使人能體會作者眞意，進一步覺察自我的眞摯之情。

> 與君一夕話，勝讀十年書。謂話果勝于書乎？不知釋話成書，無書非話，因書及話，無話非書……此書行世行看，傳誦海宇，膾炙聖寰，笑柄橫生，談鋒日熾，時遊樂國，黼黻太平，不爲無補於事。謂話果勝於書乎？爲書果勝於話乎？書與話是一是二，未亦爲兩〔註10〕。

〔註 7〕引巴赫金（M.M.Baxtnh），《巴赫金全集》第六卷，（河北：河北教育出版社，1998 年），頁 14。

〔註 8〕引李贄，《開卷一笑》，頁 1。

〔註 9〕引李贄，《開卷一笑》，頁 3。

〔註 10〕引李贄，《山中一夕話》《明清善本小說叢刊初編》（台北：天一出版社，1985 年）序 2。

李贄言道「話」與「書」沒有異同，都能達到撫慰人心的效果，而《開卷一笑》正如同他的話語一樣，談笑間，寓勸誡教化於人心之中，李贄希冀藉由笑話的詼諧謔笑之姿，諷刺社會現實的險惡之時，使人大笑之余而有所感嘆，並寄託道德教化於幽默的基礎上。

人與人之間依靠著言語流動溝通著，而笑來自於話語，話語有意或無意的巧妙發揮，產生了各式各樣的笑，幽默的笑能輕鬆解頤、逗人發笑，詼諧的笑能讓人覺得機智巧妙、感佩主角的才智，嘲諷的笑則尖銳倒錯，直刺社會亂象，使人們在嘲弄戲笑之餘，達至教化功能。《文心雕龍．諧隱篇》揭示：

> 古之嘲隱，振危釋憊。雖有絲麻，無棄菅蒯。會義適時，頗益諷誡。空戲滑稽，德音大壞〔註11〕。

幽默和滑稽的諧詞能制止昏庸暴政，忠言逆耳，是故將建言隱匿在嬉笑怒罵的笑話中，勸誡國君，寓於教化，是笑話的功能旨意。而笑話的風格許多，有嘲笑自我以惹人笑的幽默，也有機智反應的詼諧，更有諷刺譎練的嘲諷，多元化的風格使得笑話有各種面貌，引啓人們的笑聲，在歡笑中啓迪讀者的感知認同。

（一）幽默中，雅俗互通悟人世

幽默在於自娛娛人，藉由笑聲的幽默反應，使人與人間能會心的溝通，在笑意中，改進自身的缺點，提升自我品質與層次。林語堂認爲：「幽默是文明的一項特殊賜與，每當文明發展到了相當的程度，人便可以看到他自己的錯誤和他的同人的錯誤，於是便產生了幽默〔註12〕。」幽默是人類文明的展現，藉由笑意深刻的體會自己的弱點，揭示弱點並非卑微的表現，而是改進或拋棄這些弱點，使人更加美好。

因此幽默笑話的特質爲眞〔註13〕，利用文字遊戲、邏輯規律等各種技巧，揭發眞實的一面，貪婪、吝嗇、豔情、虛僞等人們最隱諱、不願承認的一面，

〔註11〕引劉勰著、王更生注譯，《文心雕龍》（台北：文史哲出版社，1991 年），頁259。

〔註12〕引林語堂，《幽默與東西方文學》（台中：光啓出版社，1984 年），頁 16。

〔註13〕郭泰認爲幽默的最大兩個特質便是最大的眞話與無標準，一個心智成熟的人能不囿於世俗的成見，客觀的分析事理，並發揮純眞的性情，說出自己的眞心話，即爲眞。幽默是一種主觀的認定，因此無標準。見郭泰，《幽默 100 詼諧/機智/嘲諷/風趣/豁達》（臺北：遠流出版事業股份有限公司，1991 年），頁19～20。

以滑稽、荒謬方式製造歡笑，使人免於不快，而在歡聲笑浪中，掘發自己的缺點，幽默笑話如同一面明鏡，照出人們內在種種的矛盾，使人引起警惕，從而改進。因此段寶林《笑話：人間的喜劇藝術》云：

> 幽默笑話是對己的又是對人的，它也有諷刺，但這種諷刺不是對人的否定，而是善意的、友好的。湯瑪斯・卡萊爾說：「眞正的幽默是從內心湧出，更甚于從頭腦湧出。它不是輕視，它的全部內涵是愛與爭取被愛。……」幽默的諷刺正是爲了使人覺醒、改正，爲了使人們的品質更美好，更純淨〔註14〕。

因此幽默婉而多諷，在呈現笑意之時，婉轉曲折的表現出自己或他人的缺失，言有盡而意無窮，端賴他人細細品味，如〈嘲郭祥正詩〉：

> 郭功甫（諱祥正）過杭州，出詩一軸示蘇東坡，先自吟誦，聲振左右，既罷謂蘇曰：「祥正此詩幾分？」蘇曰：「十分。」功甫喜，又問之，蘇曰：「七分來是讀，三分來是詩，豈不是十分耶？〔註15〕」

蘇東坡對於郭功甫詩作的揶揄，先通過肯定的讚揚，說郭功甫的詩有十分，之後才顯露出否定嘻笑的本質，「七分來是讀，三分來是詩。」，得到七分是其朗誦能力佳，揶揄郭功甫的詩只有三分而已，尙未稱爲佳作，其中曲折的手法正是幽默的呈現，也顯示了蘇東坡的智慧。東坡幽默豪爽、性喜諧戲，其從日常與人相處的應對進退中，尋找笑意，通過笑話的呈現，表達言外之旨的風趣，讓人在笑聲中，有所感觸，如〈大瓢行歌〉中巧遇老婦，老婦告訴他昔日富貴，都是一場春夢，東坡了然，人稱老嫗爲春夢婆，其實是意有所指的感嘆世事變化無常，虛幻不實，藉此自嘲昔日的庸庸碌碌，莫如命運之一瞬，曲語自嘲，喚醒更深一層的深層寓意。因此閻廣林在《喜劇創造論》中說道：

> 幽默是屬於一種理性的沉思，它對自己的對象主要是哲學的思考，而不是如諷刺那樣的道德批判，如機智那樣的巧妙把握，因此它更深刻，更沉著，更老練……幽默的態度是一種大智若愚、大巧若拙的理性倒錯態度〔註16〕。

〔註14〕引段寶林，《笑話：人間的喜劇藝術》（北京：北京大學出版社，1991年），頁61～62。

〔註15〕引李贄，《開卷一笑》，卷八，頁16。

〔註16〕引閻廣林，《喜劇創作論》（上海：上海社會科學院出版社，1992年），頁154～157。

在《開卷一笑》中，李贄編纂了關於蘇東坡的系列笑話，在與其好友至親的對話中顯現蘇東坡自娛娛人的幽默與情趣〔註 17〕，將自身飄零之感與仕宦的不快，寓悲於喜劇性的笑談中，言有盡而意無窮，留予讀者深層寓意的回味。如〈子瞻答元章〉：

> 蘇子瞻在維揚。一日設客，皆一時名士，米元章亦在坐，酒半，元章忽起立自贊曰：「世人皆以芾爲顛，願質之子瞻。」公笑荅曰：「吾從眾〔註18〕。」

蘇東坡設客宴賓，米芾也在坐，喝到了一半，笑問東坡自己是不是如大家所說的瘋癲，東坡引用《倫語》中「吾從眾」的句子，卻曲解經典，隱嘲世人皆不知自己才是癡人，與眾人都認爲米芾是瘋癲，然自己不也是內化癡傻的愚人嗎？蘇東坡詩歌中的文學情趣，體現著玩味興致與抒情心態的結合，幽人一默或自嘲自憐，皆將喜劇的精神寓於笑話之中，如〈戲子厚腹〉：

> 章子厚與蘇子瞻少爲莫逆交，一日子厚坦腹而臥，適子瞻自外來，摩其腹以問子瞻曰：「公道此中何所有？」子瞻曰：「都是謀反家底事。」子厚大笑〔註19〕。

莫逆之交的章子厚與蘇東坡，彼此知之甚深，一日子瞻坦露肚子躺著，看見子瞻來了，便笑問自己腹中有些什麼？子瞻也不客氣的說：「都是謀反家底事。」然非眞具有謀逆造反之思，而是讚其不合時宜的豪邁眞性情，借著子厚的坦腹自娛娛人，笑話子厚與其一樣，皆是豪雋灑脫，不拘泥於世俗眼光，也隱喻其自身不囿於官腔俗套，瀟灑自若。

東坡爲歷史名人，其瀟灑自在、個性不拘小節，與友來往，總見其詼諧幽默、機智鬥巧的趣味面，然於其中，更可見東坡對於人生的豁達與了悟，如〈大瓢行歌〉、〈謝表寓諷〉等，其與李贄意氣相近，李贄晚年交友往來，頗爲暢快，更秉持自己個性與理念，眞誠而直接，不虛僞以對，正如同東坡性不忍事一般，是以其仰慕東坡之甚，蒐羅蘇東坡話語輯錄成一卷，〈凡例〉中也說道：「吐罵嘻笑盡是文章，街談市語可入詩料，蘇長公實有之，集下鳩

〔註17〕蘇東坡曾經是一個風節凜然、敢作敢爲的儒者，但自從烏台詩案後，蘇軾在仕途上每況愈下，逐漸信奉佛老思想，並常常用幽默玩笑的方式來自我排遣，漸漸地，幽默成了他個人性格的一個重要組成部分。見閻廣林，《笑：矜持與淡泊》（北京：新華書店，1989 年），頁 75。

〔註18〕引李贄，《開卷一笑》，卷八，頁 18。

〔註19〕引李贄，《開卷一笑》，卷八，頁 22。

此公語居多，想卓老意氣相近邪〔註 20〕？」李贄對蘇東坡確實傾慕相契合，也因此輯錄成卷，借蘇東坡之機智話語，彷若己身秉性爲眞，著書寫作、與友往來，瀟灑而自在。

讓・諾安（Jean Nohain）在《笑的歷史》說道：「中國人有一種穩重的幽默感，這種幽默感是以他們自己的人生哲學和廣博見識爲基礎的〔註 21〕。」藉助笑聲展現出豁達灑脫的精神理念，幽默喚起讀者的理智感，進而審度表層矛盾間諸因素的關連，體悟作者的言外之意、弦外之旨。又〈楊玠盜書〉：

> 楊玠娶崔季讓女。崔家富圖籍，玠婚後頗游其書齋，既而告人曰：「崔氏書爲人盜盡，曾不之覺。」崔遽令檢之，玠扣腹曰：「已藏經笥矣。」崔一笑〔註 22〕。

楊玠說府中藏書都被偷光了，眾人一驚，連忙追查，楊玠這才摸摸自己的肚子，說書都在自己的肚子裡了，以書被盜喻自己是滿腹經綸、嗜書成痴。

《開卷一笑》理智與趣味相結合的幽默，經由自娛娛人的笑聲連連，來揭露其矛盾、不通情理之處，進而瞭解自身的缺憾，反省自我的缺失，亦或藉由幽默笑話傳達生活哲理、思維理念，幽默笑話中的空白召喚能啓發著讀者思維，在呵呵大笑之餘，更有深層的寓意體悟。

（二）機智中，慧黠巧言道人世

詼諧主要是指語言的滑稽，弗洛依德（Sigmund Freud, 1856～1939）認爲，詼諧是在潛意識中形成的，快樂機制與詼諧的心理有莫大的關係〔註 23〕。因此詼諧笑話是通過巧妙機智的語言來致笑的滑稽故事，如語言的矛盾、滑稽、謬譯，藉著自相矛盾、似是而非的邏輯應用，營造出笑意，藉以緩和情緒不滿、紓解壓力。所以李贄《開卷一笑》有許多語言文字所產生的滑稽旨趣，如〈門人還諱文公〉：

> 楊文公嘗戒門人爲文，宜避俗語，既而公自作表云：「伏惟陛下德

〔註 20〕引李贄，《開卷一笑》，卷十，頁 3。

〔註 21〕引讓・諾安（Jean Nohain）著、果永毅、許崇山譯，《笑的歷史》（北京：三聯書店，1987 年），頁 305。

〔註 22〕引李贄，《開卷一笑》，卷十四，頁 12。

〔註 23〕弗洛依德（Sigmund Freud）說：「詼諧是有在聽者身上引起明顯快樂的目的。……詼諧，我可以斷言，無論它是否有思想，都是一種旨在從心理過程中獲得快樂的活動。」見弗洛依德（Sigmund Freud）著，彭順、楊韶剛譯，《詼諧與潛意識的關係》（臺北：紅螞蟻圖書文化有限公司，2000 年），頁 138。

> 邁九皇。」門人鄭戩曰：「未審何時得賣生菜？」公笑而易之（以九皇音類韭黃）〔註 24〕。

楊文公曾告誡門生，作文章應避免用俗語，後來文公寫了篇文章，裡頭有句「伏惟陛下德邁九皇。」門生巧回文公：「不知道什麼時候賣生菜？」同音而笑的字戲諧趣可以使讀者單純而直接的馬上領悟，進而放聲大笑，得到最直接的愉悅，因此詼諧笑話也是一種語言的機智玩笑，玩弄語言文字同音同義之關係，另闢新義，造成一語雙關，營造出奇巧致趣。閻廣林說道：

> 機智這種特殊的喜劇態度得以存在的現實基礎，是冷靜、清醒、聰明和智慧，唯其如此，它才能夠其計疾出地位應付迎面而來的各種問題和難題，也就是說，它才因此而天然地具有一種解脫功能〔註 25〕。

《開卷一笑》中常用字戲、雅謔、戲謔、趣詩等營造出矛盾的詼諧性，使讀者產生理智感，臣子相戲、機智的天才兒童、巧慧的名妓等，其捷辯機智、巧妙逆轉對自己不利的處境，令人敬佩，解頤的笑語往往深入淺出，使人容易頓時領悟、拍案叫絕，達至幽默效能。日常生活場面少不了詼諧笑話，笑話者反應機智靈敏，對於人言談前後矛盾或不相稱的事物反應很快，隨時隨地，見景生情，利用喜劇性的文字、用語以及邏輯結構，如〈女婿姨夫〉：

> 歐陽修與王拱辰，同爲薛簡肅公壻，先娶長女，王娶其次，後歐公夫人故，再娶其妹。人戲曰：「舊女壻爲新女壻，大姨夫做小姨夫〔註 26〕。」

此則笑話因邏輯思維而致笑，思緒清明而正確，然笑意就在其身份之轉換，「舊女壻爲新女壻，大姨夫做小姨夫。」係出一脈，以邏輯結構思維來引人笑意。

而笑話中，優伶與機靈的臣子多擅長巧妙機智的語言，其緣事而發，聯繫時政，面對上位者時，將批評教化融入於談笑間，也可以在瞬間平息一觸即發的爭執，它潛藏著諷刺、揭露爲目的，又採取機智、巧妙的手段，往往將迫切之意化爲蘊藉之語，講究效果，並不盡以淋漓酣暢爲目的〔註 27〕。優伶和臣子們順著皇帝的喜好，不正面的直諫皇帝的過失，反順著其邏輯思維，發揮闡義，放大其謬誤的本質，使帝王因誇張而致笑，在窺見其荒謬本質之

〔註 24〕引李贄，《開卷一笑》，卷十四，頁 11。
〔註 25〕引閻廣林，《喜劇創作論》（上海：上海社會科學院出版社，1992 年），頁 194。
〔註 26〕引李贄，《開卷一笑》，卷十二，頁 11。
〔註 27〕引薛寶琨著，《中國的軟幽默》（北京：國際文化出版公司，1993 年），頁 34。

餘，從錯誤中自省，而忠臣、優伶也達到規勸的目的。如〈方朔大笑〉中方朔順應推理，誇大了彭祖的臉長而致笑，又〈翻綽入水〉中黃潘綽入水遇屈原的荒謬，其背後都有諷喻之意。

詼諧引起人們的理智感與笑聲，將當下的情勢，關係緊張抑或平凡無奇提升至喜悅歡愉的境界，陸一帆說道：「喜劇所以引起人們的喜悅和發笑，還與人的另一個心理活動有關係，這就是對眞理的突然發現。我們知道，人在認識活動過程中會產生理智感，當人們有新的發現時，就會產生愉快的情感。喜劇的事物總是內容與形式相矛盾著，它最初總是將人們引向一個方向，使人們的想像力往這方面集中，而把眞正的內容掩蓋起來，到最後才突然把它亮出來，使人大吃一驚，正是這一驚中，人們發現了新的知識，新的事物，從而獲得了愉快〔註 28〕。」而這發現了新的知識、新的事物，即爲「再認」，弗洛依德（Sigmund Freud）在分析單純性詼諧的快樂機制，曾言：「對熟悉事物的再發現─再認（recongnition）─可以產生快樂的現象，是人們普遍承認的。……再認本身是愉快的（譬如，通過解除心理消耗），而且建立在這種快樂之上的遊戲（其特點是用在道路上設置障礙的方法來增加再認的樂趣。）利用解除心理積鬱機制也止在於增加快樂〔註 29〕。」

「再認」也就是擁有了理智感，讀者及角色們對詼諧者的機智笑話，那不合常理的違逆之處有了反應，進而笑了出來，是以「再認」能產生愉悅歡樂的現象，遊戲的阻礙，如同話語的迂曲、隱喻，皆是爲了提高感受者的快樂程度，因此話語的詼諧性充滿了理智感，使人不得不佩服那詼諧者的聰敏反應，進而瞭解大笑，如又〈釀具淫具〉：

> 蜀先主嘗因旱禁釀酒，吏于人家索得釀具，欲令與釀酒者同罪。時簡雍從先主遊，見一男子行道，謂先主曰：「彼人欲行淫，何以不縛？」先主曰：「卿何知？」雍曰：「彼有淫具，與釀具同。」先主笑，命原欲釀〔註 30〕。

後主劉備因爲旱災而禁止人民釀酒，官吏從百姓家搜出釀酒的器具，想要定百姓的罪，一日，簡雍跟劉備出遊，看見路上有名男子，立刻說那名男子將

〔註 28〕引路一帆著，《文藝心理學》（江蘇：江蘇人民出版社，1985 年），頁 225。
〔註 29〕引弗洛依德（Sigmund Freud）著，彭順、楊韶剛譯，《詼諧與潛意識的關係》（臺北：紅螞蟻圖書文化有限公司，2000 年），頁 179。
〔註 30〕引李贄，《開卷一笑》，卷十四，頁 14。

要作姦淫的惡事，快抓起來，劉備疑惑簡雍怎麼未卜先知，簡雍這才答道：「那名男子有淫具，正如同百姓家有釀具是一樣的。」劉備立即恍然大笑，赦免了百姓的罪。有工具未必會行事，正如同所有男子有淫具卻未必會做姦淫之事來一樣，簡雍靈巧聰穎，以男子的淫具爲阻礙的遊戲，製造出相似之處，將劉備的思緒導引至要抓男子之處，順著劉備疑惑，道出定罪之事非明君應有的舉動，而劉備也因「再認」，產生理智感與笑聲，從而赦免了百姓的罪責。

又如〈老嫗捷口〉：

> 劉道眞于河側自牽船，見一老嫗採招，劉調之曰：「女子何不調機利杼而採招？」嫗答曰：「丈夫何不跨馬揮鞭而牽船乎？〔註31〕」

劉道眞在河邊牽船，看見一個老婦操櫓，嘲弄其爲何不採機杼織布，反倒操起櫓來，老婦馬上反唇相稽劉道眞爲何不在馬上逞英雄，反倒牽起船來。婦女紡紗織布爲尋常之事，然而此老婦卻操櫓工作，可見是爲改善家計，然面對此嘲弄，老嫗理智機巧的反答劉道眞爲何不騎馬打仗報效國家，而是在此悠閒渡船呢？老婦的反答重建讀者理智感，剎時充滿詼諧且機智，其背後更透露因打仗以致老婦生活困頓、劉道眞逃避戰亂的殘酷現狀，兩人皆是有不得已之苦處。

（三）嘲諷中，玩世不恭笑人世

諷刺性的笑，正如同喜劇的功能之一，鞭撻與揭露一樣，閻廣林在《喜劇創造論》中揭示：

> 鞭撻與揭露即社會批判，它是所有喜劇創造動機中最爲重要的一種。這是因爲，同其它藝術體裁的創造一樣，喜劇創造也不僅僅是一項審美活動，而且是一項社會活動……對可笑、不合理的社會現象進行批判以求糾正〔註32〕。

嘲諷即譏嘲諷刺，它表示對事物進行嘲笑譴責、非議、和全面否定〔註33〕。嘲諷揭露了總總事物本質的醜陋與不堪，進而突出誇大，使人覺得荒唐大笑，

〔註31〕引李贄，《開卷一笑》，卷十二，頁2。

〔註32〕閻廣林，《喜劇創作論》（上海：上海社會科學院出版社，1992年），頁123。

〔註33〕嘲諷是對冷嘲、譏嘲、譏諷、嘲笑、譏笑等許多敵對式的喜劇性名詞的一個總括，它們的涵義是相似的。見段寶林，《笑話：人間的喜劇藝術》（北京：北京大學出版社，1991年），頁184。

因此嘲諷者對世間的自私、虛僞、吝嗇、荒淫、無恥、庸俗等人的各種醜陋的本質，抑或人與人之間爾虞我詐的現象，化憤怒爲嬉笑怒罵，誇張這些阿諛趨奉的現象，在謔聲笑浪中，兩種現象〔註34〕的共同陳列，使讀者容易感知其所處現實世界與諷刺者所展現的歪曲世界，兩者間，相似的眞實之處與不相似的誇大荒誕，乖訛、違逆的不協調感，而這其中的差距，使人一笑，另一方面，讀者可以從其誇大荒誕的一面感受到眞實世界的悲哀與諷刺，諷刺在藝術上希望達到一種喜劇性的效果〔註35〕，讓讀者以笑的方式參與到作者的批評中，採取與作者同樣的立場〔註36〕。由於諷刺的題材多爲社會生活中所不認同的現象，如貪官污吏、嚴刑峻法等易引起百姓的共鳴，當嘲諷笑話引起歡聲滿座、讓人心有戚戚焉時，其流傳面便廣大迅速，笑話的喜劇諷刺力量則更爲尖銳。如〈副急淚〉：

> 宋世祖謂劉德願曰：「卿哭貴妃若悲者，當厚賞。」德願應聲慟哭，撫膺擗踊，涕泗交流，上甚悅，故用豫州刺史以賞之。又令醫術人羊志哭貴妃，志亦嗚咽極悲。他日有問志者曰：「卿那得此副急淚？」志曰：「我爾日自哭亡妾耳〔註37〕。」

宋世祖懷念愛妃，命令劉德願痛哭，劉德願爲了榮華富貴，當下撫胸痛哭起來，眼淚和鼻涕流下，宋世祖開心的賞賜刺史之位給劉德願。又令人羊志哭，人羊志馬上哭了出來，之後有人問其爲何能流下淚，沒想到人羊志卻是因小妾剛過世而哀泣，人羊志誤打誤撞的逢凶化吉、封官晉爵全賴那副又急又多的淚液，以荒謬倒錯的方法，引發讀者的笑意，這就是喜劇性的批判之一，

〔註34〕諷刺（嘲諷）在某種意義上可以說是語言文字的漫畫，它是諷刺者對一個人、機構、或社會所故意表現、刻畫的現象……他所選擇用來誇張的社會面貌，當然是他所不贊成的那些現象……一個是他在其中生活的那個現實世界的習以爲常的印象，另一個是諷刺家有意造成的彎曲的鏡子中的荒唐可笑的反映形象。兩者並列對照，而使讀者不得不看出歪曲中的相似形象和相似中的歪曲形象。缺少這種雙重景象，諷刺便不具幽默感。見蕭颯、王文欽、徐智策，《幽默心理學》（台北：吳氏圖書有限公司，1995年），頁160～161。

〔註35〕喜劇中有兩個社會群體進行著鬥爭，一方面是正常的，另一方是荒唐的；這種鬥爭反映在作品的雙重焦點上，即既有道德是非又有離奇的幻想。諾思羅普・弗萊（Northrop Frye，1912-1991）著，陳慧、袁憲君、吳偉仁譯，《批評的剖析》（天津：百花文藝出版社，1998年），頁326。

〔註36〕引陳文心、魯小俊、王同舟，《明清章回小說流派研究》（武漢：武漢大學出版社，2003年），頁296。

〔註37〕引李贄，《開卷一笑》，卷九，頁23。

對醜行的鞭撻，閻廣林說道：

> 醜陋不是醜惡，醜惡的東西既可恨又可怕，而醜陋則只會令人鄙夷，因此，通過對醜陋行爲的嘲笑而喚起觀眾與聽眾的鄙夷之情，而通過觀眾與聽眾的鄙夷之情，來使社會上的醜陋現象以及人類自身的弊端得到改正、糾正，便成爲喜劇創造的一個重要動機了〔註 38〕。

兩種現象都是哭貴妃，一是現實的醜陋，因哭貴妃而能晉身官爵的昏庸無能現象，一是陰錯陽差的急掉淚，使讀者頓覺荒唐絕倫而笑，從中更可顯揚出官場文化的無恥無能之現況，而李贄藉由此則荒謬的笑話，譏諷上位者的昏庸與無能。

又如〈太古碑〉：

> 紹興九年，虜歸我河南地。商賈往來，攜長安秦漢間碑刻，求售於士大夫，多得善價。故人王錫老，東平人，貧甚，節口腹之奉而事此。一日，語共遊：「近得一碑甚奇。」及出示，顧無一字可辨，王獨稱賞不已。客曰：「此何代碑？」王不能荅。客曰：「某知之，是名沒字碑，宜乎公好尚之篤也！」一笑而散〔註 39〕。

士大夫間以求得長安秦漢間的碑刻爲榮，而貧困的王錫老也奉此道，一日與大家同遊，告知大家近日得一碑，拿出來竟沒有一個字是大家認得的，王也回答不出來是哪一朝代的碑刻，客人馬上抓住其荒謬處回諷道：「我知道，是「沒字碑」，公喜愛之甚。」諷刺其只是跟隨風潮流行，對於碑刻根本是一竅不通，藉以諷刺人與人相互盲從、跟隨時代流行，不能醒悟。

暴露被嘲諷者的缺點、特性之餘，更能彰顯作者的用心及對時代、政治時局的悲鳴，用迂曲的方式嘲諷譏刺，強化出不協調、不合理的一面，從而哄堂大笑，嘲諷者可以藉由荒謬的大笑，宣洩其不滿，被嘲諷者可以受到警惕，而普羅大眾感受到笑裡的辛酸與苦澀，與現實的一面做結合，嘲諷是中國傳統文學中最常使用的技巧之一，其不若幽默溫和，而以寓莊於諧、虛中見實、正言對反的機巧方式，突出其不和諧的違逆之處〔註 40〕，諷刺笑謔，

〔註 38〕引閻廣林，《喜劇創作論》（上海：上海社會科學院出版社，1992 年），頁 124。

〔註 39〕引李贄，《開卷一笑》，卷十一，頁 6。

〔註 40〕薛寶琨《中國的軟幽默》揭示：硬性泛指民間的諷刺藝術，色調鮮明、風格粗獷、情感酣暢……硬性幽默實是化憤怒爲嬉戲的藝術，民間自有豐富的經驗。其一謂寓莊於諧的抒情方式，其二爲以正對反的表現方法，其三爲虛中見實地對生活進行概括。寓莊於諧就是把嚴肅的思想感情，通過詼諧輕鬆的

道盡世間悲苦。如〈太平宰相〉：

> 康定中西戎寇邊，王師失律，當國一相，以老得謝，親知就第爲賀，飲酣，自矜曰：「某一山民耳，遭時得君，告老于家，當天下無一事之辰，可謂太平幸民也。」石中立曰：「只有陜西一夥竊盜未獲〔註41〕。」

官場人物善於逢迎上位，爲自己的失職粉飾太平，而當長官視察地方時，也往往只是上下交相賊，明明還有竊盜未破獲，兩者卻相互敷衍，說是太平之世，睜眼說瞎話，送別時更是不忘要歌功頌德、自吹自擂一番，在習於奉承的官場文化中，卻有如石中立一般的敢言之輩，直刺那些虛僞卑鄙、妄想隻手遮天的官員。

二、包羅萬象的諧讔文選

《開卷一笑》上集非精悍短小的笑話，而是內含各式各樣的諧讔文選和筆記小說，文賦、祝獻文、詞誦等，各種文體兼而有之，敘述內容也五花八門、包羅萬象，描述身體不適或嘲弄天生的缺陷，以擬人法敘述動物與文房四寶、巾、帽等，更有日常生活中的鼠患害蟲等，也以文人的角色述其世態炎涼而苦讀不得志，看淡紅塵是非等，諸多戲謔的文選，貼近人民生活現狀，文句易懂，加上描述的領域廣泛，使讀者閱之，好似看盡多面向的社會生態，如〈夜兒傳〉扮虎行竊，〈妓家祝獻文〉妓女祈禱生意興隆之詞、送窮的〈送窮祭文〉等，更有許多文人反應個人遭遇的社會現實與心境轉折，如〈村學先生自序〉、〈學呆歌〉、〈田家樂賦〉等，〈懼內經〉、〈丫鬟嘆〉、〈開男風曉諭〉等諸多文選描繪人性的貪嗔痴慾，道盡生活中的喜怒哀樂，由於《開卷一笑》文學形式種類繁多，其幽默滑稽的笑意，便是來自文學形式與內容的天差地北，不協調的詼諧效果，使讀者閱之，笑讔之餘，亦隨喜隨悲，並於其中得到勸誡教化的心得。

《開卷一笑》上集文章中亦有貫口妙用的插科打諢，深深逗人發笑，如〈山人詞〉:「……呸！我只道是同僚下降，原來到是你個光斯欣咦？弗知是文職武職咦？弗知是監生舉人咦？弗知是糧長斗級咦？弗知是總書老人，咦

形式表現出來，做到悲劇與喜劇的結合。以正對反，在於用鮮明的對比，揭示醜物的思想與邏輯。虛中見實，乃是通過誇張和變形突出，強調形象的特徵，虛，指大膽的想像，實，使事物的本質。見薛寶琨著，《中國的軟幽默》（北京：國際文化出版公司，1993年），頁38～41。

〔註41〕引李贄，《開卷一笑》，卷十三，頁7。

弗來裡做揖畫卯‧咦弗來裡放告投文，耍子闐闐哩介，挨肩了擦背，急逗逗介〔註 42〕……」通俗流暢、韻律十足，增添趣味性，吸引眾人的目光，笑謔此山人不是啥達官顯要，只是名老人罷了！其更仿擬佛教經典而寫〈神授化妒經〉，開頭「如是我聞」正如同所有經典一樣，其文中接說阿難、善哉等字句，內容卻是敘寫妒婦惡形惡狀，天差地北的反差性與戲謔性使人訕笑，而亦窺見市井百姓的娛樂消遣，「吐罵嘻笑盡是文章，街談市語可入詩料。〔註 43〕」，可見其晚明社會經濟繁榮，休閒娛樂也隨之增多，各項俗文學作品也隨之興盛。

《明代文化志》說道：「文化作品的民俗化在某種成度上也是為了適應這座市場的需要。受教育的人數增多，民間文化需求的增加，士大夫階層對民俗文化的興趣等等，都促進了文化的民俗化的發展。〔註 44〕」因此《開卷一笑》上集的諧謔文選不僅符合俗文學的旨趣，由於貼近人們生活的層面，更容易引起共鳴，而李贄也可藉此達到勸誡教化的功能，如〈醒迷論〉奉勸誡掉女色、〈開惑篇〉禍福相依全在己身的勸喻等，深具通俗文學價值，頗具時代意義和社會現況研究的價值。

三、處處可見的趣詩敏對

詩詞歌賦是中國傳統文學的表徵，文人雅士們也喜在日常生活的對談中，加入趣味的詩詞雅對，使得話語更加有趣且深具含意，其不若正規的律詩絕句，須押韻對仗、平仄嚴謹，因此士人可隨口成對，不受拘束，將幽默詼諧或戲誚嘲弄化為趣詩、敏對〔註 45〕，使讀者聞知，莫不為趣詩雅對的幽默、韻律十足而絕倒，於其中展現屬於文人獨特的幽默文學氣質。

李贄《開卷一笑》中寓含許多的趣味詩句和敏對，描繪說笑的主題意蘊更是包羅萬象，舉凡姓氏、食物、特徵、職業等，抑或日常生活中所發生的

〔註 42〕引李贄，《開卷一笑》，卷一，頁 1～2。

〔註 43〕引李贄，《開卷一笑》，頁 3。

〔註 44〕引商傳，《明代文化志》（上海：人民出版社版，1998 年），頁 188～189。

〔註 45〕趣詩當是唐宋以降詩詞盛行，律詩、絕句深入群眾，名篇、名家成為口碑，人們對其進行調侃的一種變體。敏對是文人之間即景生情、你唱我和、脫口而出、隨即成趣的一種「語戲」或「字戲」。它有時采取「趣聯」，那工整又詼諧的對仗形式，但又不拘一格，並不執意追求趣聯的形式趣味，而旨在機敏迅速，隨意而答卻又切合當時情景的現場性效果。見薛寶琨著，《中國的軟幽默》（北京：國際文化出版公司，1993 年），頁 68～78。

大小事件，皆可入諧趣詩句中，如卷八一系列有關於蘇東坡的軼事笑話中，其與佛印、章子厚、蘇小妹的諧趣對話成爲致笑的因素，使讀者閱之能深刻體會蘇東坡那機智幽默的反應與其對生活的哲學態度，如〈小詩寓謔〉：

> 東坡在黃州時，嘗赴何秀才會，食油果甚酥，因問主人，此名爲何？主人對以無名。東坡又問：「爲甚酥？」坐客皆曰：「是可以爲名矣！」又潘長官以東坡不能飲，每爲設醴。坡笑曰：「此必錯著水也。」它日忽思油果，作小詩求之，云：「野飲花前百事無，腰間唯繫一葫蘆。已傾潘子錯著水，更覓君家爲甚酥。」李端叔嘗爲余言：「東坡云：「街談市語，皆可入詩，但要人鎔化耳。」此詩雖一時戲言，觀此，亦可以知其鎔化之功也〔註46〕。

又〈忙令〉：

> 東坡、佛印黃魯直三人飲酒。至數盃，佛印去小遺。坡曰：「那去？」印曰：「忙片詩即至。」及來坐行一忙令，坡曰：「我有百畝田，全無一葉秧。夏已相將半，問君忙不忙？」黃魯直曰：「我有百筐蠶，全無一葉桑。春已相將半，問君忙不忙？」佛印曰：「和尚養婆娘，相率正上床。夫主門外立，問君忙不忙？〔註47〕」

〈小詩寓謔〉中蘇東坡將喜愛的油果入詩，尋常的食物、飲酒入詩句，蘇東坡卻能描繪得鮮明生動，可知蘇東坡才學之高，落筆行雲流水，又〈忙令〉中與好友飲酒作對，即景生情，以忙入詩，笑意在其後那佛印以虛入實的巧妙對仗，「和尙養婆娘，相率正上床。夫主門外立，問君忙不忙？」笑那佇立在門外還問忙不忙的愚夫，幽默滑稽，惹人可笑。東坡的趣詩雅對可見其豪邁爽朗的個性，與人往來，秉持著自己的個性，不虛僞以對，在趨炎附勢的官場中，即便受到打壓污衊，仍不改其眞性情，其生活旨趣，在《開卷一笑》那眞乎假乎的世道中，仿若眞切的重生一番。

趣詩敏對除了在卷八呈現之外，其餘篇章也處處可見蹤影，第三章「《開卷一笑》諧趣性敘寫技巧」中，那有樣學樣的邏輯結構技巧及仿擬的用語特色，展現出趣詩敏對妙語解頤的意旨，無論是自嘲的幽默或嘲諷性的調笑，皆讓讀者領略到文字遊戲的魅力，如〈賓主捷對〉：

> 虞集未遇時，爲許衡門客，虞有所私，午後輒出館。每往不遇，自

〔註46〕李贄，《開卷一笑》，卷八，頁25。

〔註47〕李贄，《開卷一笑》，卷八，頁10。

書於簡曰：「夜夜出遊，知虞公之不可諫。」虞回，即對云：「時時來擾，何許子之不憚煩〔註48〕。」

許衡每次拜訪門客虞集不果，便寫了個對子告知虞集愛出門，可知其不能勸諫，虞集有樣學樣的仿擬許衡的對子，更引用了《孟子》的篇章，說許衡時時來打擾，爲何不覺麻煩呢？虞集的妙語回應使得整篇笑話，頓覺機智可笑，更佩服虞集的反應機敏。

第二節　《開卷一笑》之教化意義

文學作品反應人類文化的寫照，從詼諧文選中觀照人們在現實生活中的際遇與感觸，晚明社會的經濟、教育等多元化發展，使得通俗文學繁榮昌盛，笑話大量呈現〔註49〕，李贄編纂《開卷一笑》謔浪詼諧，使聽者笑聲滿座，其詼諧文選、幽默笑話反應明代社會生活的現況，以輕鬆幽默的娛樂旨趣，寓人生體悟、道德勸誡於其中，呈現其勸君悟正的用心。

一、明末市井意識的反響

李贄一生歷經官場生涯浮沉與社會現實的困頓歷練，其情感豐沛而富有個人理念，男女平權、抨擊假道學，爲文重自然之心性等創新觀念。面對輿論譴責之時，不改其志，堅持自己的主張，其對於世道人心的險惡、現實的自私與人情淡薄，皆歷歷在目，例如：盲目跟隨流行、沉溺於名利權勢的追逐、惑於美色的蠱惑、臣服於酒氣才色的慾望等，其蒐羅的《開卷一笑》不僅多面向的反映社會現實，更提供了豐富的史學材料，侯淑娟說道：「就文學價值而言，其在文學史上扮演了繼承傳統的角色，在學術研究上，它提供了一些關於民俗學、社會學、心理學、思想史、文化學、文人傳記的研究素材。〔註50〕」

《開卷一笑》的社會生活描述，分個人與群體，內容以個人特質、生活

〔註48〕引李贄，《開卷一笑》，卷十三，頁8。

〔註49〕劉元卿有《賢奕篇》、江盈科《雪濤小說》、《雪濤諧史》、李贄《山中一夕話》、陸灼《艾子後語》、趙南星《笑贊》、鍾惺《諧叢》、潘游龍《笑禪錄》、馮夢龍《笑府》、《廣笑府》、《古今笑》等。見顧清、劉東葵，《冷眼笑看人間世：古代寓言笑話》（台北：萬卷樓出版事業公司，1999年），頁132。

〔註50〕侯淑娟，〈《山中一夕話》初探〉《東吳中文研究集刊第三期》（台北：東吳大學中國文學研究所學會，1986年5月），頁79。

困苦、官場生涯、道德行爲等爲主軸，描述落魄士子、妓女賣笑、鬼神懲妒婦、天才稚子、官場巧妙應對、名士往來軼事等，多層次的生活面向描繪，顯現晚明社會生活文化的習俗，如〈開男風曉諭〉對於嫖男妓、養男寵的敘寫，正映照晚明社會同性戀風氣興盛，士人皆喜豢養男寵等情色之風潮；〈諸鼠文〉寫出對老鼠偷吃糧食、破壞物品的痛恨，形容橫行霸道的無恥小人，現實社會中處處皆有利欲薰心的投機者；又〈巾帽相詈文〉比喻士人對於服飾流行追逐的盲從，正如同晚明社會士人崇奢的民情風俗〔註 51〕，李贄以豐富的寫作形式與手法，顯現晚明社會文化的多元層次，由個人的身體特質、道德行爲乃至家庭生活、官場百態的敘寫，諷刺嘲弄晚明社會的現實殘酷。

《開卷一笑》文章形式種類繁複，經由各種文體的穿插，增添閱讀的趣味性之餘，更貼近社會寫實，表達出嘲諷世態人情之情狀，看穿了虛僞的人際關係、如履薄冰的官場險惡，以及貪嗔痴的情慾寫照，藉由形式、主題、意蘊等，展演出階層文化中的眾生百態。

二、輕鬆幽默的娛樂旨趣

段寶林說道：「笑本質上是一種感悟，一種對事物認識的昇華，是一種理性的通達的表現。當人們發現了事物的可笑之處時，往往會大笑不止……笑是一種對矛盾的解脫，它給人以極大的快感，使人身心舒暢。〔註 52〕」一笑解千愁，所以輕鬆詼諧的作品能逗人發笑，上至帝王將相，下至販夫走卒，笑的娛樂功能帶給在世道中求生存的人們最基本的抒解，詼諧的作品本身就受到讀者的歡迎與喜愛，晚明通俗文學興盛，笑話作品自然而然的日益增多，而《開卷一笑》涵蓋了許多諧謔有趣的文選，以及機智詼諧、嘲弄諷刺的笑話短語，使《開卷一笑》富有多面向的俚俗趣味，展現了通俗文學的娛樂旨趣。

幽默搞笑的自嘲、詼諧機智的反應、誇張荒謬的嘲諷皆是爲了能在第一時間以致笑，生活性的題材最是與人相關，因此笑話由生活中取材，生活中蘊藏著喜劇性，特殊習慣之荒謬滑稽、正經八百的出糗、聰明機巧的反應、

〔註 51〕晚明僭禮逾制、華侈相高的社會現象，不僅反映出追求物質享受的自我意識，也顯示道德約束法制力日趨薄弱，見林麗月，〈晚明崇奢思想隅論〉《國立台灣師範大學歷史學報》，第十九期，1991 年 6 月頁 218。

〔註 52〕引段寶林，《笑話：人間的喜劇藝術》（北京：北京大學出版社，1991 年），頁 8。

揶揄統治者無能、奇聞軼事等，最容易惹人大笑，因此《開卷一笑》富有許多生活情趣的消遣，個人至群體，包羅萬象的笑話能消解人們的愁悶，抒發百姓求生存的苦澀與不甘，捧腹大笑之餘，能重新面對人生境遇。

《開卷一笑》是通俗文學的展現，其貼近人民生活的旨趣與消遣娛樂的意味，使生活多了趣味與美感，所領略的言外之旨，結合自身的際遇，悲喜融合，在付之一笑中，回味其所營造的滑稽感動。

三、諧隱教化的用心

中國文字產生的幽默諧趣，藉由各式各樣的類型而展現出不一樣的美，運用幽默諧趣的笑料使人卸下心房，進而探索旨趣下的幽微深意，故而是純粹解頤的滑稽調笑抑或寓莊於諧的深切寓指，端賴個人的領悟。自古優伶、臣子在與君王應對時，皆利用文字所產生詼諧性，使君王在龍心大悅之餘更能察覺自身謬誤，進而改正缺點，《中國的軟幽默》揭示道：「順其所好，順勢而攻，曲婉的諷刺以個人的荒唐表現，犀利的鋒芒包含在諷刺者的滑稽情態之中，可稱爲中國式幽默的歷史傳統。〔註53〕」，將勸誡教化之寓意，隱藏在詼諧幽默的笑話中，歡笑聲沁入心脾之時，彰顯其諧隱教化的用心。

幽默詼諧的笑話和文選與社會緊密相連，關懷人心，使人們在捧腹大笑之餘，能收道德裨益的功能，藉由笑話的諷刺揶揄、機趣詼諧，揭露社會弊病、人心險惡，在縱聲大笑中，有所警戒。《開卷一笑》寓含豐富的市井文化，包羅萬象的諧趣文選和幽默笑話之外，更有勸君悟正、裨益教化的文章，如借寓言〈青蛙吟〉來諷刺當今社會的亂象，以青蛙爲喻，罵盡社會中搬弄是非的小人，讓人警惕，通過對不和諧的事物的誇張放大，從而暴露嘲諷社會上不正不義之事。

李贄以「凡宇宙間可以可笑之事，其諧遊戲之文〔註54〕。」蒐羅編纂《開卷一笑》，更是只用圈不用評，深怕自身的評論會影響到讀者的閱讀趣味性，下集作品蒐羅更多具人名的詼諧事蹟，使笑話更具寫實性，讓人更加信服，而其寓勸誡教化於戲笑之中，在嘲弄諷刺政治黑暗、社會混亂之時，進一步透析社會現狀，對命運無常的了悟與超然，從而覺察自然之善良本性，服膺於道德教化之中。

〔註53〕引薛寶琨著，《中國的軟幽默》，頁31。
〔註54〕引李贄，《山中一夕話》，序2。

本章小結

本章首節從喜劇文學觀、諧謔文選、趣詩敏對探討《開卷一笑》的文學價值，李贄自我解嘲的幽默與揭露世態炎涼、政治險惡的嘲諷，看出《開卷一笑》那戲浪笑聲下的幽微深意，正如同哀嘆時不我與的讀書人一樣，針針見血看出社會亂象，卻也無力回天，只能付諸笑話中，使更多人能體會領悟。而排比、對偶創造出語言的韻律性，使人更加容易注目其話語的意義，大量的趣詩敏對，利用語言特色營造出雅俗共賞的笑果，在說笑的過程中，漸有所感，感悟笑話中的言外之意，體會作者的編輯旨趣，從而彰顯其所寓含的社會意義與價值。

第二節揭示《開卷一笑》的教化意義，從輕鬆幽默的娛樂旨趣看明末市井意識的反響以及李贄諧隱教化的用心，其撰寫文人個人遭遇、職業甘苦、階級地位、鬼怪神佛、鳥類蛙鳴、虱蚤蚊蚋……等，甚至連文房四寶、巾帽等都爲主角，更甚者，描寫人的身體不適與天生缺陷，將生活與幽默做緊密的結合，主角面臨生活上的困頓、政治上詭譎險惡、人生課題等，藉由充滿戲謔性的文章、喜劇性的笑話展演開來，將當時社會生活與政治險惡，鮮明生動的描繪出來，使讀者更容易藉由文章的揶揄嘲弄而有所感嘆，更能體會《開卷一笑》那社會現實與文化思想的寓含。

第七章　結　論

李贄一生顛簸，歷經官場生涯的浮沉、戰亂、親人驟逝，其理念與當代不符而遭受朝廷的打壓，但他始終稟持著自己的信念與理想，在棄官之後，從心任性，提倡男女平權、爲文重自然之性、通俗文學……眾多的理念也反映在文章上，本文旨在探討李贄《開卷一笑》的結構方式、敘寫技巧、眾生群相、主題意蘊，進而企及其社會面向與價值意義，論述李贄如何以嘲諷諧謔之筆，塑造出滑稽趣味的笑話及諧隱教化的寓言篇章，來反應世態炎涼、人心狡詐的現象，其裨益教化、黼黻太平之用心，由此可知，歸結本文之論述：

第一章緒論，除了研究動機、目的與進程之外，並對李贄的生平際遇作了一番概述，希冀能瞭解晚明社會情狀、學術思潮與李贄思想之關係。家庭教育與生活環境培育出李贄自由奔放、不受拘束的性格，其後爲五斗米折腰，看盡政治險惡、官場逢迎諂媚、社會動盪、戰亂頻繁，直至掙脫名利的束縛，從此與友交往、闡揚理念，李贄作品內容豐富而多元，論五倫的《初潭集》、言歷史《史綱評要卷》、說通俗文學《李卓吾點評四書笑》……等，表現出對現實生活的觀照與沉澱，而《開卷一笑》看出李贄在超脫名利爭奪、睥睨世間醜惡之餘，挖掘人之本性，進而勸君悟正、提升道德價值。此外，《開卷一笑》卷秩刪改眾多，是以概述各家之言、全書內容，冀望能看出李贄編纂的用心。

第二章探論《開卷一笑》的形構方式，第一節探討組構方式，有勸誡文選、寓言、笑話、笑話型寓言等，掘發李贄蒐羅的笑話、以及諧謔文選中，那體悟寓意的「事」，及說明寓意的「理」，讓讀者細細品味其雋永深意。第二節探究寓意與笑話間的合攝關係，詼諧笑話中所蘊含的寓意道理，亦即事、理之間的關聯，使讀者更容易啓迪證同，寓意與笑話間的緊密度，關係著讀者能否受到啓發與教育。第三節由作者、文本、讀者三方面探討寓意闡明的方法，藉由作者賦意、文本傳意、讀者會意，彼此間的流動感知，使讀者心領神會其空白召喚之處，在笑聲與嘲弄中表達嚴肅的課題，寓含道德勸誡的主題蘊旨，更能感受李贄規勸世人的用心。

第三章討論《開卷一笑》的敘寫技巧，從語言策略、用語特色、邏輯結構直陳此書的寫作技巧特色，勾勒出《開卷一笑》的輪廓面貌，從第一節語言策略，李贄利用中國文字的結構規律製造出喜劇趣味，藉由離合、借合化形與字形訛誤等文字的方塊構造；字音的同音或諧音雙關；文字的字義、語義雙關以及曲解經典等，製造出屬於文字的幽默趣味，使謔聲笑浪滿座。第二節滑稽修辭特色，則藉由幽默詞格的透視，展現笑點所在，從匪夷所思的誇張、鮮明生動的譬喻、貌合神離的仿諷、反言若正的反語，種種語言的敘寫技巧使得《開卷一笑》笑料百出，娛樂心志，達到無暢不歡的幽默旨趣。第三節幽默性的邏輯結構，讀者因其思維規律的違逆與悖反而開懷解頤，荒唐歸謬使人滑稽可笑，邏輯推理製造滑稽笑料，顛覆倒錯使趣味性倍增，故意模仿的有樣學樣，機巧反應的以牙還牙，主角間的反差對比，讓諧謔文選充滿喜感與幽默。

第四章敘述眾生群相的豁顯，期許能理解眾生於書中扮演的功能與意義，男生有名士、官吏、讀書人、稚子、和尚、隱士、道士、皇帝……等，女生則有妒婦、悍妻、才女、妓女、紅顏禍水、丫鬟……等，眾多的人物使得《開卷一笑》面貌多元化，藉由人物的貪、嗔、癡等性情，道盡世間人性的巧詐，一窺晚明社會人物情狀。第二節描摹眾物的面向，有巾、帽、文房四寶等無生命的樣態；鳥、狸、青蛙等動物種類；身體缺陷或不適之貌、神祇鬼怪等，內容無奇不有，萬物群相經由鮮明生動的擬人化手法，凸顯眾群相特點，照映晚明現實生活中，功名利祿爲上、人心險惡之狀。

《開卷一笑》的社會意識在第五章呈現，由個人行爲至群體觀照，突顯出晚明社會意識，第一節中，敘述個人的怪誕癡嗜及不良行爲，描寫違背倫理的性慾及批判惡行與勸世之詩歌，規勸世人勿沉迷慾望的橫流，尋回良善之本性，影射晚明社會開放以致人性墮落之情狀。第二節則爲階層樣貌的反映，從家庭活動至官場生涯，李贄對於家庭生活的描繪，如老夫少妻、悍妻愚夫，父子間機靈的對話、兄弟間眞摯的情感等，顯現其對於家庭生活的重視，出了家門，便是官場生活中的步步爲營，又有顢頇無能的貪官、逢迎諂媚的小人等，於仕宦生涯中，同僚間官官相鬥，看盡人性的詭譎險惡之處。此外，落魄士子名落孫山，只能淪爲教書匠之委屈，李贄對於社會生活百態的描繪，反映著晚明社會現實之寫照，從中領悟人生之一瞬，爭名奪利、沉迷慾望也是一時，應稟持本心，勿貪婪嗜欲。

第六章探求《開卷一笑》價值與意義，寓於諧謔文選與趣詩敏對兩者的喜劇文學觀，展現出此書的文學價值與風格，笑話的意涵不僅僅爲嘲弄諷刺，在其笑鬧的背後帶有勸君悟正、發人深省，盡一步覺察自我的眞摯之情，主角們的生活面貌，更可以反映出晚明社會政治險惡、人性狡詐等層面，通過輕鬆幽默、揶揄嘲弄的滑稽文選，達到祛人煩憂之基本功能之外，讀者啓迪同證，提升道德意識，體會李贄諧隱教化的用心。綜而言之，《開卷一笑》反映著晚明社會生活情狀的寫照，李贄利用各種諷刺詼諧的文體來描繪貪嗔癡的萬物群相，體現社會生活情狀，使得讀者能在縱聲大笑之餘，品味李贄的言外旨意，進而達到《開卷一笑》的文學價值與教化意義。

生於晚明的李贄，正値社會經濟繁榮，市井文化盛行，卓越的思想與著作使其成爲當代奇葩，在晚年流域客子時期，李贄不再受到生活壓力的拘束，大量的創作詩、文章、書信等，藉由文章創作抒發理念，如自然之性的童心說、男女平權的夫婦觀、佛學、戲曲點評……等，也因此近代研究多著墨在政治、文學、思想、佛學等觀念，對於李贄通俗文學作品之探討，甚少著墨。

再者，本文的研究是以《開卷一笑》爲主題，呈現其組構形式、敘寫技巧、眾生特質、社會生活四大面向，企圖尋找《開卷一笑》的文化價值與意義，總體而言，此書經由文體描繪各階層荒謬滑稽的生活樣態，直指社會制度、官場文化、傳統禮教之不公，以及人心愚癡，沉迷於慾望橫流等，故希冀透過此書點醒世之汶汶者，以收木鐸之警。在探討過程中，發覺關於李贄通俗文學作品之研究較少，倘若能與李贄其他文學作品，如通俗文學《李卓吾點評四書笑》、抑或文學《初潭集》，兩者相互探討比較，呈現《開卷一笑》於李贄思想體系中之通俗文學價值。另一方面，亦可以與同時代之笑話書，如陸灼《艾子後語》、趙南星《笑贊》、鍾惺《諧叢》、馮夢龍《笑府》、《廣笑府》、《古今笑》等笑話專書，相互探析觀照，顯現出《開卷一笑》不同於前朝之別，照映出獨屬於晚明社會型態笑話之光輝。

主要參考暨徵引書目

一、圖書專著（依作者姓氏筆畫為序）

（一）中文

1. 文本

1. （明）李贄，《開卷一笑》《明清善本小說叢刊初編》（台北：天一出版社，1985 年）。
2. （明）李贄，《山中一夕話》《明清善本小說叢刊初編》（台北：天一出版社，1985 年）。
3. （明）李贄，《山中一夕話》《明清笑話十種》（西安：三秦出版社，1998 年）。
4. （明）李贄，《李贄文集》，〈北京：社會科學文獻出版社，2006 年〉。
5. （明）李贄，《李溫陵集》《續修四庫全書》一三五二冊，（上海：上海古籍出版社，1995 年）
6. （明）李贄，《卓吾二書》（臺北：河洛出版社，1976 年）。

2. 古籍書目

1. （南朝）劉勰著、王更生注譯，《文心雕龍》（台北：文史哲出版社，1991 年）
2. （唐）李延壽，《南史》（台北：鼎文書局，1966 年）。
3. （明）張廷玉，《明史》（台北：台灣商務印書館，1986 年）。
4. （明）張問達，《明神宗實錄》〈劾李贄疏〉（台北：中央研究院歷史語言研究所，1984 年）
5. （明）咄咄夫，《一夕話》（台北：廣文書局，1976 年）。
6. （明）趙南星、馮夢龍、（清）陳皋謨、石成金編著，《明清笑話四種》（台

北：華正書局，1987 年）
7. （明）張居正，《張文忠公全集》（京都：中文出版社，1980）
8. （明）朱國禎，《涌幢小品》（北京：文化藝術出版社，1998 年）。
9. （清）顧炎武，《日知錄》（台北：台灣商務出版社，1956 年）。
10. （清）王夫之，《讀通鑑論》（北京：中華書局，2002 年）。
11. （清）錢謙益，《列朝詩集小傳》（台北：明文書局，1991 年）。

3. 專書著作

1. 于成鯤，《中國喜劇研究：喜劇性與笑》（上海：學林出版社，1992 年）。
2. 于凌波，《古今笑料誌諧》（臺北：渤海堂文化事業有限公司，1995 年）。
3. 日本內閣文庫編，《內閣文庫漢籍分類目錄》（台北：近學出版社，1970 年）。
4. 方志遠，《明代城市與市民文學》（北京：中華書局，2004 年）。
5. 李新達，《千年仕進路：古代科舉制度》（臺北：萬卷樓圖書公司，2004 年）。
6. 林語堂，《幽默與東西方文學》（台中：光啓出版社，1984 年）。
7. 林其賢，《李卓吾事蹟繫年》（台北：文津出版社，1988 年）。
8. 林海權，《李贄年譜考略》（福州：福建人民出版社，1992 年）。
9. 林淑貞，《寓莊於諧：明清笑話型寓言論詮》（台北：里仁書局，2006 年）。
10. 佴榮本，《笑與喜劇美學》（北京：新華書店北京發行所，1988 年）。
11. 周作人，《苦茶庵笑話選》（台北：里仁書局，1982 年）。
12. 季素彩、朱金興、張念慈、張峻亭、陳惠玲，《幽默美學》（河北：河北教育出版社，1997 年）。
13. 東京大學東洋文化研究所，《東京大學東洋文化研究所漢籍分類目錄》（東京：汲古書院，1981 年）。
14. 胡山源，《幽默詩話》（上海：上海古籍出版社，2003 年）
15. 胡亞敏，《敘事學》（湖北：華中師範大學出版社，2004 年）。
16. 胡范鑄，《幽默語言學》（上海：上海社會科學院出版社，1987 年）。
17. 袁行霈，《中國文學概論》（台北：五南圖書出版有限公司，2003 年）。
18. 段寶林，《笑話：人間的喜劇藝術》（北京：北京大學出版社，1991 年）。
19. 容肇祖，《李卓吾評傳》（台北：台灣商務出版社，1970 年）。
20. 敏澤，《李贄》（上海：上海古籍出版社，1993 年）。
21. 郭慶藩撰、王孝魚點校，《莊子集釋》（北京：中華書局，1989 年）。
22. 郭泰，《幽默 100 詼諧/機智/嘲諷/風趣/豁達》（臺北：遠流出版事業股份有限公司，1991 年）。
23. 曹希紳、吳學琴、陳閩紅，《說勸心裡與說勸技巧》（台北：國家圖書出版社，2001 年）
24. 陳克守，《幽默與邏輯》（北京：中國人民出版社，1993 年）。
25. 陳蒲清，《寓言文學理論・歷史與應用》（台北：駱駝出版社，2001 年）。
26. 陳文心、魯小俊、王同舟，《明清章回小說流派研究》（武漢：武漢大學出版社，2003 年）
27. 張凡，《李贄散文選注》（北京：北京師範學院出版社，1992 年）。
28. 張智光，《邏輯的第一本書—生活一切智慧的根源》（台北：先覺出版社股份有限公司，2003 年）。
29. 商傳，《明代文化志》（上海：人民出版社版，1998 年）。
30. 黃慶萱，《修辭學》（台北：三民書局股份有限公司，1990 年）。
31. 馮夢龍等著、李曉、愛萍主編，《明清笑話十種》（西安：三秦出版社，1998 年）
32. 湯哲聲，《中國現代滑稽文學史略》（台北：文津書局，1992 年）。
33. 楊家駱，《中國笑話書》（台北：世界書局，1992 年）。
34. 路一帆著，《文藝心理學》（江蘇：江蘇人民出版社，1985 年）
35. 趙南星、馮夢龍、陳皋謨、石成金，《明清笑話四種》（北京：東方文化供應社，1970 年）。
36. 潘智彪，《喜劇心理學》（廣東：三環出版社，1989 年）。
37. 劉達臨，《中國古代性文化》（寧夏：寧夏人民出版社，1993 年）。
38. 劉大杰，《中國文學發展史》（台北：聯經出版事業公司，2001 年）。
39. 蕭颯、王文欽、徐智策，《幽默心理學》（台北：吳氏圖書有限公司，1995 年）。
40. 薛鳳昌，《文體論》（台北：台灣商務印書館，1968 年）
41. 薛寶琨著，《中國的軟幽默》（北京：國際文化出版公司，1993 年）。
42. 譚達人，《幽默與言語幽默》（北京：三聯書店，1997 年）。
43. 閻廣林，《笑：衿持與淡泊》（北京：新華書店，1989 年）。
44. 閻廣林，《喜劇創造論》（上海：上海社會科學院出版社，1992 年）。
45. 顧清、劉東葵，《冷眼笑看人間世：古代寓言笑話》（台北：萬卷樓出版事業公司，1999 年）。

（二）譯書

1. （法）A. J. 格雷馬斯（Algirdas Julien Gremas）著、蔣梓驊譯，《結構語義學》（天津：百花文藝社，2001 年）

2. （美）彼得博士（Dr.J.Peter）著、劉君業譯，《幽默定律》（台北：遠流出版事業股份有限公司，1990年）。
3. （美）伊麗莎白・佛洛恩德（Elizabeth Freund）著、陳燕谷譯《讀者反應理論批評》（台北縣：駱駝出版社，1994年）。
4. （法）昂利・伯格森（Henri Bergsonl）著、徐繼曾譯，《笑：論滑稽的意義》（台北：商鼎文化，1992年）。
5. （法）朱普（John D. Jump）著、顏元叔譯，《戲劇與戲劇性》（台北：黎明文化事業股份有限公司，1978年）。
6. （法）讓・諾安（Jean Nohain）著、果永毅、許崇山譯，《笑的歷史》（北京：三聯書店，1987年）
7. （荷）米克・巴爾（Mieke Bal）著、譚君強譯，《敘述學　敘述學理論導讀》（北京：中國社會科學出版社，2003年）
8. （美）瑪哈德 L・阿伯特著、金鑫榮譯，《幽默與笑——一種人類學的探討》（南京：南京大學出版社，1992年。）
9. （加）諾思羅普・弗來（Northrop Frye，1912～1991）著，陳慧、袁憲君、吳偉仁譯，《批評的剖析》（天津：百花文藝出版社，1998年）
10. （美）羅勃C・赫魯伯（Robert C. Holub）著、董之林譯，《接受美學理論》（台北：駱駝出版社，1994年）。
11. （德）弗洛依德（Sigmund Freud）著，彭順、楊韶剛譯，《詼諧與潛意識的關係》（臺北：紅螞蟻圖書文化有限公司，2000年）。
12. （俄）巴赫金（M.M.Baxtnh）著，李輝凡、張捷、張杰、華昶等譯，《巴赫金全集》，（河北：河北教育出版社，1998年）

二、期刊與學位論文

（一）期刊論文

1. 余英時，〈明清變遷時期社會與文化的轉變〉《中國歷史轉型時期的知識份子》（台北：華正書局有限公司，2001年）。
2. 吳俐雯，〈《李卓吾先生評點四書笑》中的「塾師」〉《耕莘學報》，第7期，2009年6月。
3. 林文寶，〈笑話研究〉《台東師專學報》，第13期，1985年4月。
4. 林麗月，〈晚明崇奢思想隅論〉《國立台灣師範大學歷史學報》，第19期，1991年6月。
5. 侯淑娟，〈《山中一夕話》初探〉《東吳中文研究集刊》東吳大學中國文學研究所學會，1986年5月。
6. 陳曼平、張客，〈李贄政治思想異議〉《李贄傳記資料》黑龍江大學學報，第6期，1983年。

7. 梁仁智，〈明代捐納與官學教育的衰敗〉《華東師範大學學報》，第 23 卷第 4 期，2005 年 12 月。
8. 陳秋良，〈迂、酸、鄙、偽—明清詼諧寓言中的讀書人形象析論〉《國立臺北教育大學語文集刊》國立臺北教育大學語文教育學系，第 15 期，2009 年 1 月。
9. 陳葆文，〈中國古代笑話的妻子形象探析〉《中外文學》第 21 卷第 6 期，1992 年 11 月。
10. 陳清輝，〈李贄的女性觀〉《國立僑生大學先修班學報》，第 9 期，2001 年 7 月。
11. 許長謨、王季春，〈笑裡藏道——笑話中的語法應用〉《國文天地》，第 25 卷第 5 期，1990 年 3 月。
12. 陳鴻麒，〈諷諭？復仇？開玩笑？從《四書笑》看晚明笑話閱讀觀〉《中極學刊》，第 3 輯，2003 年 12 月。
13. 黃慶聲，〈論《李卓吾評點四書笑》之諧擬性質〉《中華學苑》，第 51 期，1998 年 1 月。
14. 黃克武，〈近代中國笑話研究之基本構想與書目〉《近代中國史研究通訊》，第 8 期，1989 年。
15. 劉兆佑，〈古代笑話知多少?〉《國文天地》專題「天地一笑場．奇文共欣賞」，第 5 卷第 10 期，1990 年 3 月。

（二）學位論文

1. 余惠經，《李卓吾及其文學理論》〈臺北：台灣師範大學國文所碩士論文，1988 年〉。
2. 林其賢，《李卓吾研究初編》〈臺北：東吳大學中文研究所碩士論文，1982 年〉。
3. 陳清俊，《中國古代笑話研究》〈臺北：台灣師範大學中國文學研究所碩士論文，1984 年〉。
4. 鄭淑娟，《李卓吾儒學思想之研究》〈臺北：逢甲大學中國文學研究所碩士論文，2003 年〉。

三、網路資源

1. 台灣博碩士論文知識加值系統 2010.3.26
〈http://www.ncl.edu.tw/mp.asp?mp=2〉

附　錄

附錄一：李贄年表〔註1〕

歲數	年份	個人經歷	著述
一歲	1527（明世宗嘉靖六年）	十月三十日，卓吾生。承父姓爲林，取名載贄。	
二歲	1528（嘉靖七年）		
三歲	1529（嘉靖八年）	父白齋公續弦	
四歲	1530（嘉靖九年）		
五歲	1531（嘉靖十年）		
六歲	1532（嘉靖十一年）	繼母謝世。	
七歲	1533（嘉靖十二年）		
八歲	1534（嘉靖十三年）		
九歲	1535（嘉靖十四年）		
十歲	1536（嘉靖十五年）		
十一歲	1537（嘉靖十六年）		
十二歲	1538（嘉靖十七年）	撰作「老農老圃論」，迥出常見，爲同學所稱，而卓吾未以爲意。	
十三歲	1539（嘉靖十八年）		
十四歲	1540（嘉靖十九年）	今年起，攻讀尚書。	
十五歲	1541（嘉靖二十年）	改姓李或當於是年。	

〔註1〕本年表參閱林其賢，《李卓吾事蹟繫年》（台北：文津出版社，1988年）以及林海權，《李贄年譜考略》（福建：福建人民出版社，1992年）而製成。

十六歲	1542（嘉靖二十一年）		
十七歲	1543（嘉靖二十二年）		
十八歲	1544（嘉靖二十三年）		
十九歲	1545（嘉靖二十四年）		
二十歲	1546（嘉靖二十五年）	爲求生計，四處奔走。	
二十一歲	1547（嘉靖二十六年）		
二十二歲	1548（嘉靖二十七年）		
二十三歲	1549（嘉靖二十八年）		
二十四歲	1550（嘉靖二十九年）		
二十五歲	1551（嘉靖三十年）		
二十六歲	1552（嘉靖三十一年）	原讀朱注未愜，改誦時文而得鄉試及第。及第後，不再赴考。	
二十七歲	1553（嘉靖三十二年）		
二十八歲	1554（嘉靖三十三年）		
二十九歲	1555（嘉靖三十四年）	任職河南共城教諭。 及喪長子，嚮道之情彌篤。 寄情山水，字號百泉居士。	
三十歲	1556（嘉靖三十五年）	仍官共城任縣學。	
三十一歲	1557（嘉靖三十六年）	仍官共城任縣學。	
三十二歲	1558（嘉靖三十七年）	耿定向偕弟定理入都，始從羅汝芳，胡直遊。羅極贊賞定理。	
三十三歲	1559（嘉靖三十八年）	遷南京國子監教官。旋丁父憂歸閩。而適逢倭擾，境甚窘迫。	
三十四歲	1560（嘉靖三十九年）	在鄉居喪。	
三十五歲	1561（嘉靖四十年）	舉室入京，然久不得缺。	

三十六歲	1562（嘉靖四十一年）	補缺不得，開館授徒以維生計。	
三十七歲	1563（嘉靖四十二年）	是冬，補缺稱國子先生。	
三十八歲	1564（嘉靖四十三年）	大父竹軒公訃至。次男亦病卒於京城。卓吾返里安葬父、祖，留置妻女於河內。卓吾既歸，河內歲荒，二女三女相繼夭死。	
三十九歲	1565（嘉靖四十四年）	在鄉服喪，經營葬事。	
四十歲	1566（嘉靖四十五年）	復往共城會妻女，偕與赴京，補禮部司務，意欲訪友學道。 既官禮部，果如所願，遭逢賢朋益友，與聞聖學。 改號宏甫，冀恢闊胸襟；因思念父親，又號思齋。	
四十一歲	1567（隆慶元年）	避聖上諱，去載字，改名贄。	
四十二歲	1568（隆慶二年）		
四十三歲	1569（隆慶三年）	仍官禮部	
四十四歲	1570（隆慶四年）	仍官禮部，期間潛心道學、初識周安、一會大洲、屢觸長上	
四十五歲	1571（隆慶五年）	徙官南京，任刑部員外郎。與焦竑相與密從，推爲知己。	
四十六歲	1572（隆慶六年）	耿定理來遊金陵。	
四十七歲	1573（萬曆元年）	仍官南京刑部。	

四十八歲	1574（萬曆二年）	仍官南京刑部。 刻道德經、蘇轍解於金陵。	文：子由解老序（焚書三：十八，焦竑《老子翼》卷七）
四十九歲	1575（萬曆三年）	仍官南京刑部。	
五十歲	1576（萬曆四年）	仍官南京刑部。是年，王襞講學金陵，卓吾師事之。期間銳志修學、會友刻書、觸忤長上	
五十一歲	1577（萬曆五年）	出守雲南姚安府知府。	
五十二歲	1578（萬曆六年）	任姚安知府。與顧養兼交善。	
五十三歲	1579（萬曆七年）	任姚安知府。屬邑大姚令鄭某告歸，作送鄭大姚予。其間政風簡易、修學精勤、任守間與上官仍多不合。	卓吾論略（焚書三：一） 論政篇（焚書三：二） 心經提綱（焚書三：十） 高同知獎勵序（焚書三：十九） 送鄭大姚序（焚書三：二十） 關王告文（焚書三：二十六）。 詩： 雨後訪段嚴庵禪室兼懷焦弱侯舊友（續焚書五：五四）
五十四歲	1580（萬曆八年）	任將三年矣，封庫欲歸，辭不獲命，因走雞足山避事。 七月，得准致仕，因偏由滇山中群山。離仕將歸時，士民遮道相送，馬不能前	文： 李中谿先生告文（焚書三：二十七） 寄焦弱侯（續焚書一：十） 與焦弱侯（一：六九） 詩： 鉢孟庵聽誦華嚴並喜雨二首（續焚書五:五五又一首(雞山范志卷十） 顧沖菴登樓話別（續焚書五：七六）
五十五歲	1581（萬曆九年）	依耿氏兄弟居。並結識僧無念。	文： 與焦弱侯（續焚書一：六九）

五十六歲	1582（萬曆十年）	初夏，移走天臺山。耿定向為築天窩以居之。安居天窩，竟日讀書。惟時生疑悶，常與焦竑書函商問，且欲邀其來遊。	文： 壽焦太史尊翁後渠公八秩華誕序（續焚書二：三） 與焦弱侯之二、之八、之十（李卓吾遺書卷上） 與焦漪園（續焚書一：卅二） 復焦漪園（續焚書一：七三） 詩： 入山得焦弱侯書有感二首（續焚書五：五三）
五十七歲	1583（萬曆十一年）	入冬讀史、讀老子事，與焦竑書信往來，詢問〈老子解〉、〈莊子解〉兩書意見。	書：老子解、莊子解 文： 與焦弱侯之四、之六、之七（李卓吾遺書上卷） 王龍溪先生告文（焚書三：二十八） 與焦弱侯（續焚書一：十六） 與焦弱侯（續焚書一：六十） 讀南華（續焚書四：十一） 老子解序（李溫陵集時：六） 讀史四十八篇（焚書卷五全） 詩： 感事二絕寄焦弱侯（續焚書五：四五）
五十八歲	1584（萬曆十二年）	卓吾書告耿定向，並有詩哭定理甚哀。	文： 復耿中丞（李溫陵集二：七） 與焦弱侯太史（續焚書一：二九） 與焦弱侯之十五（李卓吾遺書卷上） 詩： 哭耿子庸四首（焚書六：九）
五十九歲	1585（萬曆十三年）	獨居天窩	
六十歲	1586（萬曆十四年）	開春又思遠遊。原擬直抵白下，因疾作而返。 時耿定向作二鳥賦，微諷卓君。卓	文： 與耿司寇告別（焚書一：廿二） 答鄧明府（焚書一：廿四） 與焦弱侯太史（續焚書一：

		君批繳之，二人隙生。 夏，徙麻城，依周柳醣兄弟居焉。	二十） 與焦弱侯太史（續焚書一：廿八） 答駱副使（續焚書一：卅四） 與焦弱侯（續焚書一：六五） 答耿司寇（李溫陵集三：一）
六十一歲	1587（萬曆十五年）	去歲迄今，疲病載餘。因偕弟出遊，恣意所適。平居多獨坐自修，偶亦出遊。論學生穿衣吃飯即人倫物理，且甚欲效鄧鶴之向道之誠。除欲效鄧氏之嚮道，心行亦頗以「狂者」、「豪傑」爲是。	答耿中丞（焚書一：十二）、又答耿中丞（焚書一：十三） 答耿中丞論淡（焚書一：十八） 寄答耿大中丞（焚書一：廿六） 復耿侗老（焚書二：十九） 復鄧鼎石（焚書二：四） 李生十交文（焚書三：卅二）
六十二歲	1588（萬曆十六年）	潘雪松刻卓吾心經提綱、老子解、莊子解。三經解於溫州。 卓吾妻卒。 夏秋之際，徙居龍潭。 旋即落髮。 是年，仿世說、類林，纂初潭集。	書：初潭集 文： 方竹圖卷文（焚書三：卅五） 寄答留都（李溫陵集四：八） 答周柳塘（李溫陵集四：七） 答焦漪園（焚書一：七） 答周友山（焚書一：二十） 與焦漪園太史（續焚書一：四一） 何心隱論（焚書三：三） 達鄧明府（焚書一：十一） 又與從吾孝廉（李溫陵集二：六） 又與從吾（李溫陵集二：五） 答周二魯（李溫陵集四：二） 答劉方伯書（焚書二：八） 與莊純夫（焚書二：一） 詩： 哭黃宜人（焚書六：十六） 憶黃宜人（續焚書五：十六） 初居湖上（續焚書五：十七） 薙髮（焚書六：十四） 讀書燈（續焚書五：卅四）

六十三歲	1589（萬曆十七年）	與焦竑、黃梅汪來往	書：坡仙集。說書 文： 羅近谿先生告文（焚書卅：廿九） 負焦秣稜（李溫陵集四：三） 書常順手卷呈顧沖菴（李溫陵集四：十一） 又與周友山書（焚書二：十 詩） 石潭即事四絕（續焚書五：四一）
六十四歲	1590（萬曆十八年）	夏，卓吾刻說書、焚書於麻城。 焚書刻成。因書中所輯多有與耿定向論辨事，於是激怒定向，定向作求儆書。 耿之門下蔡弘甫刊焚書辨。	書： 焚書。評點水滸、西廂、琵琶。（未刻） 文： 李溫陵自序（李溫陵集卷首） 自刻說書序（續焚書二：九） 答有人書（焚書二：十七） 復周柳塘（焚書一：廿五） 與曾中野（焚書二：六） 與楊定見（焚書一：十四） 與焦弱侯（續焚書一：五一）
六十五歲	1591（萬曆十九年）	卓吾遊武昌 蒙武昌鄉紳之驅逐，因思復返儒服，並與焦雄、劉東星往來共學。	書：批點孟子。 文： 與周友山（焚書二：十） 與楊定見（焚書二：廿五） 與焦弱侯（續焚書二：廿二） 與焦漪園（焚書二：十二） 與焦弱侯（續焚書一：卅六） 復楊定見（續焚書一：四三） 答劉晉川書（焚書二：十五）
六十六歲	1592（萬曆二十年）	命侍者常志抄膳所批點之水滸傳，亦正批點各家劇曲。職是，本集中述小說、敘劇曲各篇當皆此間之作。茲摘其要義於後云。	書：批點水滸傳 文： 復麻城人書（焚書二：廿九） 二十分識（焚書四：廿一） 因記往事（焚書四：廿二） 與友山（焚書二：卅三） 寄焦弱侯（續焚書一：五三）

			別劉肖川書（焚書二：十六） 與劉肖川（續焚書一：四四） 與河南吳中丞書（焚書二：三十） 答劉憲長（焚書一：十九） 答陸思山（焚書二：卌一） 與周友山（焚書二：卌二） 詩： 贈何心隱高第弟子胡時中（焚書六：廿五） 寓武昌郡寄眞定劉晉川先生（焚書六：廿二） 文： 忠義水滸傳序（焚書三：十七） 崑崙奴（焚書四：卅二） 玉合（焚書四：卅二） 紅弗（焚書四：卅五） 拜月（焚書四：卅四） 雜說（焚書三：八） 童心說（焚書三：九） 與楊鳳里（焚書二：廿六） 寄京友書（焚書二：卌四）
六十七歲	1593（萬曆二十一年）	是春，自武昌復返龍湖。時湖上正大興土木，構建塔殿，與三表兄弟來往，並移居至此。 袁宗道、袁宏道兄弟於龍湖時各有詩文誌此遊。	文： 又與鳳里（焚書二：廿七） 三蠢記（焚書三：十五） 窮途說（續焚書二：廿一） 三叛記（焚書三：十六） 移往上院邊廈告文（焚書四：十五） 三大士像議（焚書四：十一） 題孔子像於芝佛院（續焚書四：九） 題關公小像（焚書四：十） 告土地文（焚書四：十九） 列眾僧職事（續焚書四：六） 告佛約束（焚書四：二十） 帶深有告文（焚書四：十八） 又告（焚書四：十三）

			禮誦藥師告文（焚書四：十四） 安期告眾文（焚書四：十八） 詩： 達袁石公（續焚書五：廿二）
六十八歲	1594（萬曆二十二年）	喘病得痊 與論解脫輪迴事 重新建立芝佛道場，結期誦經外，亦多講會。 日居湖上，讀書、寫書、評點諸書，頗得書中味。 與耿定向復合於天台山中。	文： 禮誦藥師經畢告文（焚書四：十六） 代常通病僧告文（焚書四：十七） 與周友山（續焚書一：四八） 與周友山（續焚書一：十三） 六度解（焚書四：廿八） 戒眾僧（焚書四：廿七） 五宗說（續焚書二：廿四） 金剛經說（續焚書二：廿三） 法華方便說（續焚書二：廿二） 復梅客生（續焚書一：五八） 與梅衡湘（焚書二：廿八） 復京中友朋（焚書一：十五） 耿楚倥先生傳（焚書四：九） 詩： 夜半聞雁（焚書六：十七） 讀顧仲菴辭疏（焚書五：卅九） 偈二首答梅中丞（焚書六：廿八） 莊純夫還閩有憶（焚書六：十八） 重來山房贈馬伯時（焚書六：四四）
六十九歲	1595（萬曆二十三年）	著書講作 麻城有梅澹然等，出家爲尼。或有以其爲女子，不堪學道者；卓吾論答，以爲不可輕女子。	書： 孫子參同，讀升菴集，觀音問。 文： 孫子參同序（李溫陵集十：十一）

			楊升菴集（焚書五：十八） 蜻蛉謠（焚書五：十九） 唐桂梅傳（焚書五：二十） 伯夷傳（焚書五：廿三） 封使君（焚書五：廿七） 宋統似晉（焚書五：廿八） 逸少經濟（焚書五：廿九） 孔北海（焚書五：三十） 鍾旭即終葵（焚書五：廿二） 黨籍碑（焚書五：卌六） 荀卿李斯吳公（焚書五：卌八） 陳恒弒君（焚書五：四一） 文公著書（焚書五：四四） 四海（焚書四：廿三） 八物（焚書四：廿四） 書黃安上二人手冊（焚書三：卌六） 高潔說（焚書三：十四） 與潘雪松（續焚書一：卌八） 與方伯雨柬（焚書二：廿四） 答以女人學道爲見短書（焚書二：十八） 豫約（焚書四：三十） 與方訒菴（續焚書一：八） 爲黃安二上人三首（焚書二：四五） 文： 寒燈小語（焚書四：卌一） 與曾繼泉（焚書二：七） 復丘若泰（焚書一：八） 夫婦論（焚書三：四） 鬼神論（焚書三：五） 戰國論（焚書三：六） 兵食論（焚書三：七） 四勿說（焚書三：十一） 虛實說（焚書三：十二） 五死篇（焚書四：廿五）

			傷逝（焚書四：廿六） 與周貴卿（續焚書一：四六） 與夏道甫（焚書一：四九） 復夏道甫（續焚書二：十九） 詩： 富莫富於常知足（焚書六：二） 題繡佛精舍（焚書六：六）
七十歲	1596（萬曆二十四年）	巡道使氏臨麻城	文： 讀若無母寄書（焚書四：八） 答來書（續焚書一：廿二） 與周友山（焚書一：十九） 與馬伯時（焚書一：卅七） 答梅瓊字（焚書一：卅一） 與成老（續焚書一：廿五） 答周友山（續焚書一：卅五） 與耿克念（續焚書一：廿六） 與耿克念（續焚書一：與卅三） 答高平馬大尹（續焚書一：六一） 與汪鼎甫（續焚書一：七二） 答馬侍御（續焚書一：廿三） 達友人書（續焚書一：十一） 詩： 讀書樂（焚書六：一） 觀音問（續焚書五：十一） 郭有道與黃叔度會遇處（續焚書五：十二） 渡黃河（續焚書五：廿四） 中州第一程（焚書六：四六） 詠史（焚書六：四七） 觀漲（續焚書五：五一） 雨甚（續焚書五：六九） 贈兩禪客（焚書六：四二） 中秋對月寫懷（續焚書五：六二）

			八月雨雪似晉老和之（續焚書五：八十） 初雪（續焚書五：七十） 秋懷（焚書六：六五） 九日坪上（焚書六：卅三） 至日自訟謝主翁（焚書六：四） 閑步（焚書六：六六） 雪後（焚書五：五九） 除夕道場即事（焚書六：卅四）
七十一歲	1597（萬曆二十五年）	良朋益友群集，相得甚歡。	書：道古錄。孫子參同 文： 壽劉晉川六十（續焚書二：五） 復夏道甫（續焚書一：四七） 祭無祀文（焚書三：三十） 壽王母田淑人九十序（續焚書二：八） 答劉敬臺（焚書一：十八） 答友人（續焚書一：廿七） 答代州劉戶曹敬臺（續焚書一：六二） 與李惟清（續焚書一：卅九） 答李惟清（續焚書一：三十） 與耿子健（續焚書一：七十） 答劉晉川（續焚書二：二十） 與耿叔台（續焚書一：六六） 與潘雪松（續焚書一：五九） 復陶石簣（續焚書一：七） 與弱侯（焚書二：廿三） 與友人（續焚書一：五六） 詩： 閉關（焚書六：卅五） 元宵（焚書六：卅六） 贈段善甫（續焚書五：七） 得上書院（焚書六：四三）

			客吟四首（續焚書五：九） 古道通三晉（焚書六：四五） 晉陽懷古（焚書六：卅八） 渡桑間（焚書六：四十） 過雁門（焚書六：卅九） 初至雲中（焚書六：四一） 乾樓晚眺（焚書六：六八） 大同城（續焚書五：廿九） 雲中僧舍芍藥（焚書六：廿七） 哭懷林（焚書六：卅七） 塞上吟（焚書六：廿三） 曉行逢征東將士卻寄梅中丞（焚書六：七六） 晚過居庸（焚書六：七七） 望京懷雲中諸君子（續焚書五：七七） 觀兵城東門（續焚書五：三十） 九日至極樂業寺聞袁中郎且至因喜而賦（焚書六：七八） 捲蓬根（續焚書五：一） 至後大雪呼鄰人縫衣帶因感而賦之（續焚書五：七一） 薊北遊寄雲中歐江詞伯（續焚書五：七八）
七十二歲	1598（萬曆二十六年）	焦竑赴福寧州抵任，卓吾因相偕放舟南邁。而舟中閑適，復選錄郭伯象之睽車志，敘說弧集。 群聚友讀易，汪本鈳錄記之。（此即後日刊刻之易因）	書： 淨土訣 選錄睽車志 老人行 永慶答問（余永寧等編錄） 坡公年譜並後錄 龍溪先生文錄抄 文： 答潘王（續焚書一：六四） 選錄睽車志敘（續焚書二：十） 說弧集序（續焚書二：十一）

			老人行敘（續焚書二：六） 書使通州詩後（焚書二：四三） 定林庵記（焚書三：十三） 與焦弱侯書（焚書二：卌五） 與吳常得（續焚書一：廿一） 復顧仲菴翁書（焚書二：四一） 龍溪先生文錄抄序（焚書三：廿五） 詩： 元日極樂寺大雨雪（焚書六：七九） 朔風謠（焚書六：五） 清池白月詠似潘國王（續焚書五：六三） 直沽送馬誠所兼呈若翁山並高張二居士（續焚書五：七五） 過聊城（焚書六：七三） 過武城（焚書六：七四） 歌風臺（續焚書五：五） 使往通州問顧仲菴（續焚書五：八二） 和壁間詔（續焚書五：五七） 初往招隱堂堂在謝公墩下（續焚書五：七三） 士龍攜二孫同弱侯過余解粽（焚書六：廿八） 六月訪袁中夫攝山（焚書六：七十） 恨菊（焚書六：卌一） 哭陸仲鶴（焚書六：卌二） 洗楊鳳里到攝山（焚書六：四九）
七十三歲	1599（萬曆二十七）年）	藏書刊行於金陵 與義大利傳教士利瑪竇（西泰）結識於白下。	書：藏書。（初刊） 文： 復劉肖川（續焚書一：四二） 復顧仲菴（焚書二：四二）

		湯顯祖在金陵，亦常與卓吾講席。盛贊之。	書晉川翁壽卷後（焚書二：卅八） 復晉川翁書（焚書二：卅七） 復李士龍（續焚書一：十七） 棲霞寺重新佛殿勸化文（續焚書四：五） 書方伯雨冊葉（焚書四：七） 詩： 立春喜常融二僧至（焚書六：六七） 觀梅（焚書六：十二） 卻寄（焚書六：四八） 贈利西泰（焚書六：六九） 書： 批選大慧集（或名：大慧集抄評） 宗門武庫評 闇然類鈔 文： 書蘇文忠公外紀後（續焚書二：十六） 闇然堂類纂引（焚書五：四五） 朋友篇（焚書五：四六） 阿寄傳（焚書五：四七）
七十四歲	1600（萬曆二十八）年）	是春，易因完稿。有易因小序述讀易由來。 並往憑弔諸勝景古蹟。 居濟時，讀易不輟，亦著手纂輯續藏書。	書： 易因 陽明先生道學鈔 陽明先生年譜 焚書（再刻） 說書（再刻） 文： 說法因由（續焚書四：八） 與鳳里（續焚書一：五四） 與汪鼎甫（續焚書一：六八） 與汪鼎甫（續焚書一：七五） 與方伯雨（續焚書一：十四） 與友人書（續焚書一：五二） 釋迦佛後（續焚書四：二）

			復澹然大士（焚書二：四四） 與友人（續焚書一：五七） 與梅長工（續焚書一：四五） 與焦弱侯（續焚書一：五） 詩： 琴臺（續焚書五：十三） 聊城懷古（續焚書五：廿七） 掛劍臺（續焚書五：廿六） 南池（續焚書六：廿九） 太白樓（焚書六：三十） 望東平有感（焚書六：七二） 哭袁大春坊（續焚書五：五六）
七十五歲	1601（萬曆二十九）年）	纂作續藏書，完成史閣部分。	書： 三教妙述（即言善篇） 史閣（廿四篇） 文： 復丘長篇（續焚書一：十五） 道教鈔小引（續焚書二：十四） 聖教小引（續焚書二：十五） 釋子須知序（續焚書二：四） 史閣敘述（續藏書卷十） 書小修手卷後（續焚書二：十八） 姚恭靖（續藏書卷九） 詩： 送馬誠所仕御北還（續焚書五：七二） 溫泉酬唱一有序（續焚書五：五二） 汝陽道中（續焚書五：十） 書：續藏書 文： 追述潘見泉先生往會因由其兒參將（續焚書四：七） 答馬歷山（續焚書一：一） 復馬歷山（續焚書一：二） 與馬歷山（續焚書一：三）

七十六歲	1602（萬曆三十年）	有蜚語傳京師。禮科給事中張問答遂梳奏請解發卓吾回籍，並搜燬已刻、未刻書。 卓吾既繫獄，作繫中八絕。 及旨下，大略止遣回原籍耳。卓吾呼侍者薙髮，乘間以刀自割其喉。時三月十五。翌日（十六日）子時，長往矣。	文； 遺言（續焚書四：十三） 書遺言書後（續焚書四：四） 詩： 繫中八絕（續焚書五：四八） 繫中憶汪鼎甫南還（續焚書五：八四）

附錄二：李贄研究相關學位論文目錄

（依時間後先順序）

	作　者	論文名稱	畢業校系	畢業年度
1	劉亞平	《眞性情的體悟與窮究—李贄思想中私利觀點的探討》	臺北：東吳大學歷史學系碩士論文	2009年
2	張配君	《李卓吾先生批評西遊記》	嘉義：南華大學中國文學研究所碩士論文	2009年
3	陳韻妃	《李贄戲曲點評研究》	桃園：中央大學中國文學研究所碩士論文	2008年
4	王冠文	《李贄著作研究》	臺北：臺北大學古典文獻研究所碩士論文	2008年
5	張永堂	《李贄童心說與袁宏道性靈說文學觀之比較研究》	嘉義：玄奘大學中國語文學系碩士在職專班碩士論文	2007年
6	孫永龍	《李贄及其童心說研究》	屏東：屏東教育大學中國語文學系碩士論文	2007年
7	唐春生	《李卓吾及其淨土思想》	臺南：國立臺南大學國語文學系國語文教學碩士論文	2007年
8	王寶峰	《儒教社會中的獨行者：李贄儒學思想研究》	陝西：西北大學博士論文	2007年
9	陳韻如	《李贄人生抉擇研究》	臺北：臺北市立教育大學中國語文學系碩士論文	2006年
10	簡攸芳	《李贄心學思想之研究》	臺北：輔仁大學中國語文學系碩士論文	2006年
11	李濤	《論李贄對歷史人物的評價》	瀋陽：東北師範大學碩士論文	2006年
12	鄭菡	《李卓吾小說、戲曲評點研究》	上海：復旦大學中國古代文學研究所博士論文	2005年

13	游心怡	《李卓吾異端形象之探討—以其反假道學爲討論核心》	臺北：台灣師範大學國文學系在職進修碩士論文	2004 年
14	許建平	《李贄思想演變史》	上海：复旦大學博士論文	2004 年
15	陳一誠	《李贄童心說對國中國文教材編選的啓示》	彰化：彰化師範大學國文學系碩士論文	2003 年
16	楊秀華	《李卓吾散文研究》	嘉義：玄奘大學中國語文研究所碩士論文	2003 年
17	陳孟君	《李卓吾四書評語晚明新四書學》	南投：暨南國際大學中國語文學系碩士論文	2003 年
18	李英嬌	《李贄初潭集研究》	嘉義：南華大學中國文學研究所碩士論文	2002 年
19	鄭淑娟	《李卓吾儒學思想之研究》	台中：逢甲大學中國文學所碩士論文	2002 年
20	袁光儀	《晚明極端個人主義的聖人之學—異端李卓吾新論》	臺北：台灣師範大學國文學系博士論文	2002 年
21	高峰	《李贄人生簡論》	昆明：湖南大學碩士論文	2002 年
22	李旭	《李贄異端倫理思想研究》	雲南師範大學碩士論文	2002 年
23	李秋田	《李贄眞情體道思想及其美育意義》	花蓮：國立東華大學教育研究所	2000 年
24	陳清輝	《李贄思想探微》	高雄：高雄師範大學國文學系博士論文	1999 年
25	林怡君	《明代新思潮下文人的婦女觀—以歸有光、李贄、馮夢龍爲例》	臺南：國立成功大學歷史學系碩士論論文	1998 年
26	王憶萱	《李贄的政治哲學》	臺北：台灣大學政治學研究所碩士論文	1995 年
27	丁樹琴	《李卓吾眞我觀之研究》	桃園：中央大學中國文學研究所碩士論文	1995 年
28	左東嶺	《李贄與晚明文學思想》	天津：南開大學文學博士論文	1995 年
29	陳清輝	《李卓吾生平及其思想研究》	高雄：高雄師範大學國文學系碩士論文	1993 年
30	黃文樹	《李贄教育思想之研究》	高雄：高雄師範大學教育研究所	1992 年
31	彭錦華	《西遊記人物的文字與繡像造形—李卓吾批評西遊記爲主》	臺北：輔仁大學中國語文研究所碩士論文	1991 年

32	魏妙如	《李贄的思想和史學》	臺中：東海大學歷史研究所碩士論文	1990 年
33	劉季倫	《李卓吾的思想之研究》	臺北：台灣大學歷史研究所碩士論文	1988 年
34	金惠經	《李卓吾及其文學理論》	臺北：台灣師範大學中國文學研究所碩士論文	1988 年
35	羅美玉	《李卓吾的佛學思想與文學理論》	臺北：輔仁大學中國文學研究所碩士論文	1987 年
36	孫叡徹	《李卓吾成學過程之研究》	臺北：台灣大學中國文學研究所博士論文	1986 年
37	王頌梅	《李卓吾的文學理論及其實踐》	臺北：東吳大學中國文學研究所碩士論文	1982 年
38	林其賢	《李卓吾研究初編》	臺北：東吳大學中國文學研究所碩士論文	1980 年
39	陳錦釗	《李贄之文論》	臺北：政治大學中國文學研究所碩士論文	1971 年

附錄三：《開卷一笑》故事內容與主題意蘊一覽表

篇次	題目	內容簡述	主題意蘊
1 卷一	山人詞	插科打諢，道盡世態人情。	勸人悟正
2	眞若虛傳	若虛先生，少年變成了舉子，沒想到卻遭逢火災、家道中落，只得訓蒙糊口，年過半百偶遇美姬何韞玉，吟詩作對中道盡時不我與、教書受氣之感慨，然經由何韞玉開導，得知世上人人皆不平。	懷才不遇
3	屈屈賦	感嘆自己寒窗苦讀卻考不上科舉，蹉跎青春，出門恐逢親友、教書受人輕侮，雖本欲勤讀，求攀龍富貴，但對世道沮喪，還是歸園田居。	懷才不遇
4	長恨賦	闡述自己詩書勤讀，登天子堂，沒想到卻流落江湖中，子弟難教，像在無罪獄一樣，不如回家種田，又想蘇秦也有落魄不得志之時，自己空有滿腹文章，卻沒有大展宏圖之處，世事轉瞬，也只能長嘆一聲！	嘆生活難捱，希望有番作爲。
5	捲堂文	爲學以治事優先，然世風日下，只得餬口維生，即使爲人賓師仍需迎合諂媚，末了也只得了幾個錢，卻受盡輕眼冷淡，感覺跟輕賤之人無異，如此的生活不若當初設想之淑人爲貴，還是掙脫俗世一切。	懷才不遇 看淡紅塵
6	村學先生自敘	老儒先生回憶自己年少焚膏繼晷，勤學十多年，卻命運乖舛，只得淪爲塾師，娶妻教書庸庸碌碌的過了一生，然那年少的風流倜儻早已成雲煙往事，只剩一個村學先生，受人拘束受人虧。	懷才不遇

7	嗟嗟說	勢利之小人只會趨炎附勢，庸庸碌碌，然名與利終究是一場空。	看淡名利
8	幫閒賦	小人自誇自矜，無半點實學，到處招搖撞騙，賴人吃食，最後疾病纏身、窮困潦倒。	惡有惡報
9	賭博賦	描述賭博的迷人之處，市井巷弄隨處可賭，獲一勝如遊仙島，不賭便如坐針氈，散盡家產也難翻本，家中也沒錢吃飯，妻兒挨餓受凍，不是到處借錢賭，便是偷妻子的首飾去賭，喪盡天良，貧困一生，賭博害人不淺。	勸人戒賭
10	訟師賦	以利口爲生的頌師，卻仗勢欺人、虛僞貪婪，冤枉好人，以致禍遭全家，妻嘆於房幃貽恨，子放蕩於閭里，惡果自嚐。	惡有惡報
11	夜兒傳	扮虎行竊，露出馬腳。	勸人歸正
12 卷二	懼內經	以五言、四言說明了妻子的惡行惡狀，藉由諸佛神明來懲戒行爲兇惡至極的悍婦。	懲戒悍婦以勸 夫婦相敬
13	掮皁旗經	女子在傳統道德與行爲上的偏差而使家庭失和，甚至連諸佛動怒，下凡處置，更作掮皁旗經使男子讀之自覺膽氣粗壯，女子念之消去戾氣。	懲戒悍婦以勸 夫婦相敬
14	神授化妒經	藉由諸佛神明來懲戒行爲兇惡至極的悍婦。	懲戒悍婦以勸
15	丫鬟賦	和丫鬟偷情的官人，被妻子發現後進而跪地求饒。	悍妻懲偷腥夫
16	丫鬟嘆	丫環自嘆身爲丫環的苦處，美醜都要受嫌棄，委身官人卻遭夫人責罵，不如出家，暗地裡卻是仍想與道人偷腥。	沉迷情慾
17	閨怨歌	小姐怨嘆未能出嫁，想看看姻緣簿上自己的緣分，大嘆風流浪子，窈窕嬌娥，要是閃閃縮縮，青春年少枉自空。	少女懷春
18	娼妓述	描寫妓女的生活與拉客手段，與客人虛情假意，遇孤老就阿諛奉承，遇俠兒便握拳擊掌，直至老妓，門前蕭索，不如嫁作商人婦亦或做老鴇。	勸誡遠離美色
19	娼妓賦	妓女貪錢，濫交不顧尊卑，山盟海誓都是圈套，要引以爲戒。	勸誡遠離美色
20	金陵六院市語	描述妓院裡生活，老鴇應客之道以及技術用語，稱酒客爲列丈，頭髮少爲剪列，罵玉郎爲麻面等，又月經號爲紅官人等，以此告誡。	勸誡遠離美色

21	風月機關	妓女調情的方法，嗜酒者談劉伶、對貧者勿誇富人……等，困妓、時妓、俏姬、下妓等背景不同，恩客也不相同，與妓談情皆是須擲千金一場空	勸誡遠離美色
22	妓家祝獻文	妓女祈求生意興隆之祝禱文。	勿沉女色
23	火娼誦	妓女的婀娜多姿、風情萬種，暖帳中玉臂千人枕，哄騙書生、癡心漢拋妻棄子、傾家蕩產，然而年華老去空倚門，轉眼成空。	勸誡煙花女子看破紅塵
24	官妓入道募緣疏	官妓爲娼之心境，侍奉百種人，說盡哲理，卻頓悟唯錢是命。	勸誡遠離美色
25	圕童命書	算命的招搖撞騙，四處騙人。	勸人勿迷信
26	開男風曉諭	大做文章介紹與男妓相交的好處、交媾時的姿勢等等，鉅細靡遺、淫穢入骨的描繪，顯現其畜養男妓、狎玩孌童之風盛行。	人倫敗壞 勸人遠離男色
27	禁男風曉諭	欽差欲止男色之盛行，告示云男妓裝扮如女，方便行房，但太過粗暴，而成腹瀉，肛門也非受精體，因此若狎玩男色者杖一百，男妓除杖之外，還要加上鞭刑。	遠離男色
28 卷三	髯鬚賦	髯鬚之於人的重要性，即便疥子成羣入毛髮，仍是忍耐，寓指世間人對於相貌型態之重視。	只重表相
29	歪頭賦	笑話天生歪頭之不便，然若心思正義也可以傳芳世間	嘲笑人體特質 勸人力爭上游
30	麻子賦	描繪麻子臉的醜陋以及身長麻子臉的哀愁。	嘲笑人體特質
31	瞎子賦	訴說著眼睛失明者的苦處與不便，甚至不如半邊有眼的比目魚、青盲的馬兒，美醜、晝夜不分，實是可悲。	嘲笑人體特質
32	左丘明賦	以左丘明藉指右邊眼睛失明者，嘲笑失明者的苦處，左明眸右瞎鰍。	嘲笑人體特質
33	毛裡眼賦	嘲笑睫毛過長遮住眼睛之人。	嘲笑人體特質
34	大鼻賦	描述鼻子大之人的特徵、行事生活點滴。	嘲笑人體特質
35	歪嘴賦	嘲笑著歪嘴巴之人。	嘲笑人體特質

36	化鬚疏	兩人比鬍鬚，其中一人拔頭髮補不足，沈君啓作疏勸之，說到一毫不拔是因有餘，因此該廣披福澤。	心胸寬大
37	咎鬚文	以滿口鬍鬚作文章，因鬍鬚而受歧視，遇鬍鬚神辯解，說大家讓座，本是弟、叔，被叫伯、兄，皆是因爲他，故而了悟。	喻愛惜己身
38	鬍鬚賦	鬍鬚的美醜形狀等各部位稱號，舉例有關於鬍鬚之事跡。	人體特質
39	疙舌賦	受盡嘲諷的疙舌之疾，在巧言捷辯下，有了新意，因受疙舌之苦，更能謹言慎行，如同口吃的鄧艾以能憑藉自己的才能中興晉朝，是以非疙舌之罪，事在人爲，精益求精，亦能爲自己掙得一片天。	嘲笑人體特質 勸人力爭上游
40	矮子賦	嘲笑矮子之身體特質，如頭顱加帽，上客廁如上岑樓，鬍鬚常垂地，然需自強，如丁寧郭解一樣。	嘲笑人體特質 勸人力爭上游
41	禿指賦	諷刺咬指甲惡習，受人嘲弄。	嘲笑人體特質
42	跛腳賦	長短腳之苦處。	嘲笑人體特質
43 卷四	麴蘖生傳	麴蘖生在黃帝爲合歡伯，在桀爲光祿寺上卿，……等，只在亡國之君旁興風作浪，賢君當政只能苟且偷生，規勸在位者爲貪戀美色與逢迎諂媚之小人，實爲明君之舉。	勿沉女色 明理自重
44	傾國生傳	傾國生幻化爲每一朝代的紅顏禍水，然究其理，實因君王的昏庸無能使然，容易沉迷于淫樂之中，加上軟言柔語，使得皇帝荒廢朝政，自取滅亡了。	勿沉女色 明理自重
45	孔方生傳	孔方生幻化爲各個亂朝中的聚斂之臣，替貪心不足的國君收刮民脂民膏，以致叛亂四起，國家也因此滅亡，然孔方生非人也，是寓指人心中的貪念，對於錢財的渴望貪求，使人泯滅心中良知，也因此遭受到惡果。	勸誡勿貪
46	忿戾生傳	忿戾生於每個朝代之中扮演著撥弄是非的角色，作者以此傳列舉歷代因言語之離間而造成之禍害，寓指心存正念、言行爲正之重要性。	勸君悟正

47	遣麯生文	遣麯生實爲酒，每個朝代之中因酒誤事、亡國者不少，規勸飲酒於禮適量。	勸飲酒
48	荅戒酒文	擬造酒神與誓戒者激辯，誓戒者自身心性不定，行爲荒誕，是咎由自取，非酒之罪。	勸飲酒
49	梅嘉慶傳	小姐與書生相戀，爲父母阻，後考取功名，成就佳話。	才子佳人
50	遺精復度招情	看著嫂子與人相媾，小姑意亂情迷，遂向嫂子要求交合一場，沒想到兩女翻雲覆雨，陰戶交合，原留在嫂子陰戶內的精子竟流到了小姑了陰戶中，使小姑有孕，鬧到縣衙那，穩婆驗小姑身，果眞還是處子，懲以杖責之，小孩生下後歸錢氏，而小姑婚配如舊。以此勸誡婦女潔身自愛。	禁斷逆倫
51	醒迷論	敘說淫色使人失去理智而犯罪，盛名也容易受到淫色拖累，又言坐懷不亂的柳下惠、魯男子，不迷女色，愛惜自己與品德，那些使人迷亂的歌樓美妓皆是妖媚狐狸，沉迷淫色則易招致傾家蕩產。	勸誡遠離美色
52	辭美人賦	司馬相如說自己雖體貌閑麗，然滿身正氣，不受女子誘惑。	勸誡遠離美色
53	慕富聯姻詞	比喻門當戶對之聯姻，需才與名並至，沒有則婚姻之變。	財富難求
54	細腰歌	蘇州富商夢見一群細腰白質的男子向其告別，說要去找有福者，隔日竟發現失銀二十錠，料想這群男子應是財仙，沒想到又忽夢到這些男子歸回，因爲揚州沒有有福之人，銀子也失而復還。	財富難求
55	禮貧賦	選了黃道吉日告別貧窮，讚美貧窮只現於君子旁，沒想到貧窮回答道：「我與富貴皆來自於天，富敝小人，貧歸大賢，今日你如此懂我，願與你共度生生世世。」	貧困交迫 財富難求
56	送窮祭文	書生恭敬奉送貧窮上船，還送上美酒、肉脯希冀貧窮能一路好走，莫回頭，揭示書生窮困潦倒的眞實面，荒謬發笑，以此規勸士子力圖振作。	貧困交迫 勸誡世道
57 卷五	十二姬傳	書房有十二夫人以詩作對，沒想到竟是文房四寶化成。	文房四寶 妙喻
58	巾妖慨	冠巾有一定的禮節，然因郭泰遇下雨而折角是不得已，卻以爲創新而模仿，又多讀書人等戴紫薇巾裝模作樣，實際上卻是好色猖狂，如同巾妖一樣橫行於社會之中，諷刺晚明社會的醜陋與人性的虛僞。	私德不彰 勸誡世道

59	別頭巾文	感嘆讀書誤身，考不上科舉，只得淪爲塾師的悲哀。	嘆制度的破壞
60	破騌帽歌	帽子歷經朝代更替，如由尖頭改爲平頭等，又因民情風俗迥異，各地有關帽子的歇後語也不相同。	嘆制度的破壞
61	巾帽相詈文	以巾、帽相譴，巾的價値雖高於帽，然而因帽的利潤較高，是以惹來巾的嫉妒，因此嘲諷帽是附庸世俗，帽反唇相譏巾是僞學者等。	懷才不遇 嘆制度的破壞
62	破氈襪歌	做氈不如做襪，氈物盡其用，東補西補，最後淪爲當鋪的當品。	懷才不遇
63	勵世篇	神佛處置穿紅衣卻非婦人的女子、腳穿珠履卻非朝官的男子等，其還狡辯，故終有惡果。	嘆制度的破壞
64	募綿衣疏	儒冠誤身，考不上科舉，高不成低不就，爲人塾師的苦處。	懷才不遇
65	湯婆子竹夫人判	夏天洪取竹氏爲妻，之後納湯氏，兩女相爭，夫訟，遂安其室。	勸夫妻相敬
66 卷六	狁說	以狁之面目，嘲笑奴僕之趨炎附勢、爭取主人歡欣，也因利而叛主。	趨炎附勢
67	誅鼠文	老鼠的惡行，咬破衣物使人無法禦寒，吃盡糧食使人挨餓饑饉，是以諸滅之，比喻猖獗之小人，猶如鼠輩一般，搜刮百姓，最後老鼠被滅正如同小人終有惡果，規勸自私自利之人改過向善。	貪官污吏 勸人悟正
68	養狸述	小人比喻爲鼠患，君子爲狸，君王不用君子而讓小人橫行霸道，所以夏桀鼠患（小人）多而關龍被斬，商紂因鼠患而將忠臣比干剖心，商朝也因而滅亡，指統治階級的昏庸無能及腐敗。	君王昏庸
69	三友傳	黃鶯兒與那烏衣巷口的燕子、喜鵲結爲好友，感嘆世態炎涼，寓指勿汲於功名利祿的追求，反而以身心所向爲志，忘卻盲目的人心爭鬥。	看淡名利
70	美女月夜遊園記	鶯、燕與鵲化身爲三位美姬與吳中美人夜遊瑞鶴仙之居，在盛景園林中，談笑忘倦、吟詩作對，最後明月西斜，三位美姬旋即離去，隔日吳中美人再訪，已無蹤跡，藉由吟咏之句，才知是鳥兒的化身。	南柯一夢
71	秋蟬吟	急功好利、意氣風發不可一世，轉眼間，這些興亡成敗終究只是一土坵罷了！	看淡名利
72	青蛙吟	以青蛙爲喻，罵盡社會中搬弄是非的小人，以讓人警惕，使人們感受到意有所指的深刻意涵。	搬弄是非 人云亦云

73	鬪蜾嬴記	揭示庸庸碌碌過一生，爲名利、權勢所憂，轉眼間，這些興亡成敗終究成空。	看淡名利
74	憎蚊賦	孫子頤遇蚊群而不得安寢，做賦言蚊之習性與小人之狀，喻蚊之利口，刺人之身，人之利口，刺人之心，以蚊喻小人爲禍。	小人利口 搬弄是非
75	憎蚊說	蚊群盯人，如利口小人，雖微芒小醜而治之尤難，徒使人扼腕，君子愼防小人。	小人利口 搬弄是非
76	螢蚊判	螢蚊相爭，安排青蛙來作公道，來顯示君子與小人之不同處，爲惡必自斃，是以蚊子碎屍於市，以此來勸誡爲人需向善。	諸惡莫作
77	罵虱文	由型態、生活方式，罵虱吸血喙細而慾無厭，以此喻小人貪得無厭。	小人貪而無厭
78	虱蚤相詬解	同是吸食人血維生的蝨蚤，只因臣子緊急的以蝨代蚤處決，便相互叫罵了起來，兩者半斤八兩，皆是爲了吸允動物之血而生，如跳樑小丑叫囂著，比喻遇到利益爭執的小人，便醜態百出，絲毫不遮掩其貪婪的一面。	名利相爭
79	送疥文	程子病疥不癒，做送疥文，化作明日居士，驅疥鬼文。	疥蟲病害
80 卷七	田家樂賦	沈周，其一生淡泊名利、樂享田園生活，簡單的蔬食與生活，不求功成名就，只望能閒適無患的順遂一生。	看破名利物欲 超然俗世
81	偷閒論	造物化人，非是執於功名富貴，而是天地之悠遠，世間所患，是不知足，因此終日庸庸碌碌，是以不是閒人閒不得，閒人不是等閒人。	看破名利物欲 超然俗世
82	漁樵角勝	瞧夫隱匿山林之樂，在字裡行間呈現馳騁山林、不問世事的閒逸之情，一問之下竟是范蠡與張良兩名臣。	看破名利物欲 超然俗世
83	惠山景白	僧侶居於山水之中，廟宇所來皆爲善者，有一五嶽樓，拜者爲風花雪月之人，山下有賭徒聚集等，歌舞昇平與淡然處世相對，世事如浮雲。	看破名利物欲 超然俗世
84	祛倦鬼文	因困倦而廢書，是以做祛倦鬼文，然倦鬼反諷其不專心是咎由自取，非其之責。因此淬鍊志意與倦怠永遠絕交。	讀書需專注
85	讀睡魔文	讀書人或走或坐皆睏成眠，所以仿效韓愈做〈讀睡魔文〉，希冀趕走睡魔，更沒想到睡魔眞的入了他的夢，與之狡辯。	讀書需專注

86	開惑篇	仕宦之惑即爲貪，與其相命、勘輿、占星不如唯心成德，培育清白之學；而細民之惑即爲愚過於相信巫術與佛事，然而禍福是人所感受、感受佛法不在供養，而是人的慈悲心，仕宦與細民皆盲於自己的迷惑而不自知。	勸人悟正
87	扯淡歌	歷代江山交替、爭名奪利，到頭來，在時間無情的流逝下，都是一場空，諸子在汲汲權勢財富之迷惘，都是虛無，莫如閒雲野鶴，學道作結。	勸人悟正
88	呵呵令	道盡歷代名人爭權奪利中，說笑聲中體悟爭名奪利到頭來皆是一場空，學呆莫非要人心胸寬大，勿沉於物欲。	勸人悟正
89	學呆歌	要學呆，眾人一起呆，其實是正面的勸世歌，認爲世間皆因耍弄心機而道德敗壞，學著單純而眞摯、稟持不計較之心情面對世態人情。	勸人悟正
90 卷八	蘇守判和尚犯奸	和尙犯色戒、殺娼妓，令人訕笑的是其臂上更刺情話詩句，蘇東坡認在令行刑之餘，更作一番詞來嘲弄，將和尚的惡行描繪得淋漓盡致。	品德敗壞
91	東坡譏侍姬肉體	正面誇張的讚美反譏諷侍姬的體態豐碩，使侍姬會羞愧離席了。	嘲弄形體
92	大瓢行歌	蘇東坡巧遇春夢婆，知他昔日富貴，都是一場春夢，感嘆世事變化無常。	寄遇感慨
93	遊金山	蘇軾與客狂飲而舞。	享受人生
94	東坡捧腹	東坡問其肚中裝的是何物，奴婢回答都是文章或是如機械般的機智，東坡皆不以爲然，這才揭露是「不合時宜。」	率性灑脫
95	挾妓參禪	蘇軾嘲笑自恃甚高的大通禪師只是執著於表相，重視人的外向職業，而非性情，境界不夠高遠。	驕傲自矜
96	笑王祈竹詩	取笑王寫的詩句是「十條竹竿，一個葉兒。」	語詞新解
97	東坡嘲司馬之歛	嘲笑程正叔以臆說斂之，正如封角，是要送信給閻羅王嗎？	巧妙聯想
98	子瞻喜詼諧談謔	蘇軾遇到不能談者，便姑妄言之。	率性自爲
99	謝表寓諷	蘇軾於書信中感激皇恩，謠言說他死了，其實還沒，但飢寒交迫，臨死不遠。	上位愚昧 寄遇感慨
100	安常相對	蘇東坡和龐安常，一位「以手爲口」，一位「以眼爲耳」，以此隱喻兩人皆爲異人，感嘆著不容於時宜的悲哀。	不合時宜

101	佛印為僧	蘇東坡設計佛印為僧的趣事，其後兩者常以詩句自戲。	語詞新解
102	酒令相嘲	佛印出了令，認為吝嗇與富裕是同等之意，蘇東坡見機不可失，仿諷此令，以毒與禿頭同等的意思，嘲笑佛印是個毒禿驢。	語詞新解
103	戲澗中取蚌	蘇軾嘲笑佛印是要吃水邊的蚌，佛印反諷子瞻是帶家（蚌）來。	語詞新解
104	題僧詩軸	佛印曾令僧笑蘇東坡的詩，沒想到有天那僧企求蘇東坡做序，被東坡以詩笑其小杜（肚）。	語詞新解
105	題像	東坡為佛印題像，笑其「佛相佛像，把來倒掛，只好擂醬」。佛印反諷其「蘇髯蘇髯，比上不足，比下有餘。」	語詞相嘲
106	聯松詩	東坡佛印合作絕妙好詩。	巧妙賦詩
107	遊藏春塢	東坡與佛印遊玩，賦詩盡興。	巧妙賦詩
108	聯句嘲僧	東坡與佛印見一婦人涉水，相互嘲笑，東坡笑其：「再行三五步，進入老僧巢。」	語詞相嘲
109	辨虱	東坡與秦少游爭執虱是怎生成的，東坡說是垢膩，少游說是綿絮，相繼以冷淘、餺飥賄賂主持公道的佛印，沒想到佛印巧詰說，身體是垢膩，腳是綿絮，兩樣都吃得到。	機智反應
110	忙令	東坡與好友飲酒作對，即景生情，以忙入詩，佛印以「和尚養婆娘，相率正上床。夫主門外立，問君忙不忙？」笑那佇立在門外，問忙不忙的愚夫，幽默滑稽，惹人可笑。	巧妙賦詩
111	兩意對	蘇小妹將「鳳凰」喻為栗子，佛印以「藕段鷺鷥飛」來對，言蓮藕斷節而出「絲」飛也，子由也以「何、河」來應和，產生詼諧有趣的效果。	語詞新解
112	佳對	東坡子由相作絕妙好詩。	巧妙賦詩
113	千字文謎	佛印拿初二百五十錢要東坡出一個字迷，東坡說，一錢有四字，二百五十錢不就是千字文嗎？	巧妙聯想
114	月素擅席	被貶的東坡與佛印、名妓月素以青蠅、蚊虫為詩喻一晌貪歡。	賦詩聯想
115	取笑行者	行者送上茅紙給蘇東坡，便拿到度牒，莫怪乎當蘇東坡再次造訪之時，其他行者們便爭相送茅紙給蘇東坡了，蘇東坡知道了實情亦不改其爽朗本性，大大揶揄了一番。	僧逢迎諂媚、六根不敬
116	四物令	東坡佛印以四物或潔淨、齷齪相作趣味詩。	巧妙賦詩

117	鳩虱對	東坡佛印見斑鳩在啼，相作趣味詩，東坡說，班鳩無禮，老僧頭上喚姑姑。佛印反諷，白虱有情，小姐胸前叮奶奶。	巧妙賦詩語詞相嘲
118	夫人對	探訪東坡的佛印，巧遇蘇夫人，出了一句對子，形容蘇夫人的睡姿美態，沒想到蘇夫人機智敏慧的也仿擬文句以對。	機智巧答
119	數目令	東坡、山谷想要以肉三片，出數目令戲弄佛印，果不其然，東坡二八一十六，且吃一塊肉，山谷言二九一十八，兩片一起挾，將剩下兩片也吃了。佛印不荒不忙的說：「貧僧不識數，起吃一碟醋。」	巧妙賦詩機智巧答
120	東坡戲刺獄官	繫於囹圄的蘇東坡被獄官欺負，沒想到不久便以禮部員外郎重新入朝爲官，此時偶遇獄官，見其面有愧色，便以蛇黃、牛黃、人黃來諷刺面有慚色的獄官，說明得饒人處且饒人。	得饒人處且饒人
121	六眼龜號	以六隻眼睛的烏龜睡一覺抵別人三覺，揶揄微仲逕自晝寢，不尊重客人。	語詞新解
122	嘲郭祥正詩	「七分來是讀，三分來是詩。」七分是其朗誦能力佳，揶揄郭功甫的詩只有三分而已。	語詞新解
123	受屈鱉相公	東坡至海中皇宮一敘，賦詩寫作，沒想到一首好詩竟因鼇相公的讒言，直說蘇東坡犯了字諱，使得蘇東坡被斥回，藉由喻依的故事暗諷鼇相公王安石，以此爲笑。	官員橫行打壓
124	嘲呂微仲	東坡賦詩嘲笑呂微仲形體豐碩。	語詞新解
125	調司馬	東坡嘲司馬爲牛，喻其冥頑不通。	拘泥不通
126	隱刺荊公	東坡將犯罪的牛僧儒父子比喻爲畜生，先處決小牲畜再斬大牲畜，大牲畜暗指爲當朝的荊公父子，可見東坡與當政的王安石彼此嫌隙之深了。	巧妙聯想
127	嘲貢父惡疾	蘇東坡仿擬〈大風歌〉，嘲笑貢父惡疾。	賦詩嘲弄惡疾
128	子瞻荅元章	蘇東坡設客宴賓，米芾喝到一半，笑問東坡自己是不是如大家所說的瘋癲，東坡引據《倫語》中「吾從眾」的句子，隱嘲世人皆不知自己才是癡人，與眾人都認爲米芾是瘋癲，然自己不也是內化癡傻的愚人嗎？	寄喻感慨
129	子瞻還姜至之令	姜潛說蘇軾是藥名，蘇軾一時不解，言道：「紫蘇子。」蘇軾反諷姜潛也是藥名言道：「半夏厚樸，叫姜制之」，姜潛字至之，蘇軾巧妙用「至」、「制」諧音，故有此云。	語詞新解

130	謝復宗儒簡	黃魯直笑蘇軾一帖可換羊肉數斤，所以說是「公書」換「羊書」，後來蘇軾對著拿字換羊肉的韓宗儒，笑道：「今日斷屠。」	語詞新解
131	搽粉虞侯	東坡每設客宴賓，皆有歌舞妓及搽粉虞侯在列，顯現其不以職業貴賤而輕忽人格。	思想開明
132	贈李琪書	李琪企求東坡詩若渴，等到東坡要調職了又去求詩，東坡大筆一揮：「東坡七歲黃州住，何事無言及李琪。」等到要回家了，才又在李琪的要求下再書：「恰似西川杜工部，海棠雖好不留詩。」	任性賦詩
133	雪詩代謔	東坡與諸子以聲色氣味四字來賦詩，形容雪景。	巧妙賦詩
134	戲子厚腹	莫逆之交的章子厚與蘇東坡，彼此知之甚深，一日子瞻坦露肚子躺著，看見子瞻來了，便笑問自己腹中有些什麼？子瞻也不客氣的說：「都是謀反家底事。」	不囿於官腔俗套，瀟灑自若
135	贈魯生句	康公本求東坡爲魯生賦詩，沒想到東坡寫完後揶揄了一番。	巧妙賦詩
136	嘲陳季常懼內	陳季常其妻嫉妒心強，個性凶悍，所以蘇東坡才會寫了首詩取笑陳季常，「忽聞河東獅子吼，拄杖落手心茫然」，將獅吼比喻悍妻，笑點令人絕倒。	巧妙賦詩
137	二相公廟	韓氏兄弟官拜宰相，加上持國又拜門下侍郎，可望成爲三相，沒想到持國罷官，因此被東坡譏笑「既不成三相公堂，可只名二相公廟耳。」	巧妙賦詩
138	牛醫兒	聰明的王夫人告訴東坡如何治牛，嘆子厚	
139	謔荊公語	蘇東坡藉著拆字來取笑王安石，鳩字拆成了「九」、「鳥」，也就是九隻鳥，其子七兮，加上爹和娘共有九隻，鳩字之義在此，其原文之意應是布穀鳥養育七子，沒想到被蘇東坡曲解經義，拆字而成「鳩」，揶揄了王安石。	語詞新解
140	調章子厚	子厚與子瞻過潭書壁，潭下絕壁萬仞，子瞻不敢過，子厚大膽過潭並書壁，子瞻戲謔子厚這般拚命，必能殺人。	巧妙聯想
141	巧荅貢父	貢父宴客，東坡想要先起，貢父以「幸早裡」調侃，東坡妙解「當歸」，因其將「幸早裡」解爲「杏棗李」故以藥「當歸」來妙答。	語詞妙解
142	子瞻赴獄調妻	東坡作詩追赴詔獄，妻子哀泣著送他，東坡不改其幽默，要妻子同楊朴妻子在楊朴被捉臨行前送了首：「今日捉將官裏去，這回斷送老頭皮。」給他，蘇東坡也要妻子依樣化葫蘆送一首給他，這才惹得妻子破涕爲笑。	妙語解頤

143	坡字巧對	《字說》其中有一篇寫到東坡的坡字，以坡從土從皮，謂坡乃土之皮，東坡便譏諷著說，如此滑字就是水之骨了。	巧妙聯想
144	小詩寓謔	蘇東坡將喜愛的食物、飲酒入詩句，鮮明生動，可知蘇東坡才學之高。	巧妙賦詩
145	戲迎合宰相	蘇東坡戲謔阿諛奉承以獲得官職的人，諷刺其妄求富貴然本身無實才根據，便只能奸詐狡猾的耍手段，而「巴鼻」也就是「把柄」，取其相近音的低俗話「巴鼻」來揶揄那些小人。	巧妙聯想
146	杭州判投牒	營妓因東坡而投碟從良，故有一郡之魁也來投碟，沒想到東坡不允，更作詩惜才。	巧妙賦詩
147	儋耳醉書	蘇軾以螞蟻的遭遇比喻自身，地上水窪，小草浮在水面上，螞蟻又攀附在草上，如同被貶的蘇軾一樣，茫茫然不知所措，不久水乾了，螞蟻哭著和同類重逢，意味著蘇軾一瞬間轉念，不再傷感自身處境。	巧妙聯想
148	謔晁美叔	「性不忍事」說明了蘇軾性格，就像進食中有蒼蠅，一定會吐出來，而此性格也讓好友擔心，怕朝廷一怒之下殺了他。	東坡直率
149	嘲子厚詩	東坡以詩嘲笑子厚出生之事。	巧妙賦詩
150	刺荊公字說	東坡以犇、麤二字之解嘲笑王安石的《字說》	妙解嘲諷
151	謔參寥詩料	參寥子與東坡喜作妙詩。	巧妙賦詩
152	點悟琴操	東坡三點聰慧的琴操，琴操了晤，出家爲尼。	聯想點晤
153	子瞻從權食肉	黃魯直告訴東坡眾生形體皆同，只是名字不同，是以勿食肉，東坡嘆曰：「我還不免要吃肉，哪知不被閻羅王責罵呢？」	機智巧答
154	蘇小妹相嘲詩	東坡兩兄妹相嘲，小妹笑東坡額頭高、東坡笑妹長面女。東坡笑妹臉凸，小妹笑東坡多鬚髯。	賦詩聯想 機智巧答
155	劉蘇嘲語	東坡與劉貢父相嘲，貢父嘲東坡和詩爲累，東坡朝貢父風疾之劇。	機智相諷
156	楚娘衿姿色悔嫁	美麗自矜的楚娘嫁給了醜夫，因而對簿公堂以求去，尹判妻無退夫之理。	美婦醜夫
157 卷九	伴喜私犯張嬋娟	隨嫁的婢女伴喜，假意見鬼，而與張嬋娘同床，並誘哄對於性事一無所知的張嬋娘，與其交合，而情竇初開的張嬋娘亦不能自己。	禁斷逆倫

158	花仲胤寄妻情詞	花仲胤與其妻以「伊」「尹」相互訴衷情。	巧妙賦詩
159	徐軍校兩妻復舊	徐軍校與人皆因爲戰亂而與妻子離散，卻沒想到各自娶了對方的妻子。	因緣巧合
160	唐明皇嚥助情花	唐明皇嚥下安祿山所進貢之情花香粒，助閨房之樂。	帝王奢華
161	山陰主戲褚彥回	山陰公主想與褚彥回歡好，設局與其共處，沒想到褚彥回不爲所動。	淫佚無節
162	賈皇后喜洛南吏	賈皇后托體治病，寵幸洛南吏，而洛南吏以爲自己身在仙境，知情者皆知是賈皇后。	淫佚無節
163	梁武獲鶬鶊置膳	梁武獲鶬鶊置膳，治癒善妒的妃子，甚至讓臣子也吃下，割捨妒忌之心。	帝王迷信不智
164	郭順卿善調參政	郭順與王元鼎交好，王元鼎甚至殺馬取板腸治郭順，參政調笑其事，郭順巧答王元鼎不及參政。	機智解危
165	劉婆惜巧合監郡	文墨通順的劉婆惜因巧妙賦詩而與全子仁傳爲佳話。	巧妙賦詩
166	宋玉辨己不好色	面對登徒子的離間心機，宋玉巧妙的以登徒子的面貌相對照，自己體貌閑麗卻連國中最美鄰居女孩都不接受，而登徒子之妻面貌醜陋，卻仍生五子，誰才是好色呢？兩者對照，襯托出的宋玉品行高潔。	機智解危
167	崔女怨盧郎年幾	老夫盧郎，娶了聰明有才學的崔女，崔女對老夫頗有嫌棄，反說明自己不怨恨丈夫年老及官職低下，只恨自己不早一點出世，趕上年輕時的丈夫。	機智相諷
168	陳居士暫寄師权	老夫娶妻的陳居士，沾沾自喜，不久居士赴召，旁人問妻子該如何？處士言把妻子鎖了起來，那人又問：「萬一起火怎麼辦？」處士道：「鑰匙也給了他。」	貞操難守
169	史君實贈尼還俗	史君實以詩笑笑老尼還俗。	賦詩揶揄
170	陳沆嘲道士啗肉	道士愛喝酒吃肉，沒有修道人的自覺，見白鶴在庭院中休息，便逕自認爲是天庭派仙鶴下來迎接他上天，誰知他一坐上去，便把白鶴給壓死了，訓養白鶴的人更是一狀告上官府。一處士陳沆知道了便嘲弄其嗜酒啗肉，踏上雲朵恐會崩壞，龍腰鶴背更是無法負擔，唯大鵬可以試試看了。	無自知之明

171	蔣氏嘲和尚戒酒	蔣氏以詩嘲和尚知業受酒戒，知業慚作而退。	賦詩嘲弄
172	大壯作補闕燈架	畏懼老婆的大壯，爲了治老婆的病，天冷出去獵捕烏鴉，免於妻子責難，卻被戲笑鳳凰是吉祥的象徵，烏鴉正如同黑鳳凰一樣，增添諧謔性，也可見大壯畏妻之程度。	巧妙聯想 懼內之舉爲笑
173	扈戴被水香勸盞	懼內的扈戴，每每欲出，則需在滴水於地未乾之前或燃香未滅回家，因此友人作詩戲謔。	懼內之舉爲笑
174	全遊善詞調詼諧	一名妓陳全遊善作許多的俏皮話，如以鞋子、雌雄雞相交、沐浴爲題目，創作出幽默諧趣的詞，甚至以妓女小遺爲題，風趣俏皮的寫出妓女小遺的經過，最後全遊嫁給了士大夫，有了美滿的結局。	巧妙賦詩
175	陸宅之贈妓爲尼	本爲妓女後出家的連枝秀於東門化緣之時，造菴陸宅之爲造疏，之後還俗嫁與醫人。	巧妙際遇
176	陳無損顯姬再適	梁縣丞設計而得馬生的美姬，大宴賓客之時卻被陳無損以此譏諷一番。	賦詩嘲弄
177	李端端被譽得名	崔崖有詩名，只要賦詩提倡的，就車馬盈門，反之就杯盤失錯。其曾嘲弄妓女李端端是「黃昏不語不知行，鼻似烟囪耳似鐺」，惹得李端端憂鬱成疾，請其更之，憐香惜玉的崔崖又改爲「揚州近日渾成差，一朵能行白牡丹。」於是賓客競至。	賦詩嘲弄
178	謝師厚嘲胥宿妓	謝師厚以改元微之詩「寄語東風好擡舉，夜來曾有老鴉（鳳凰）棲。」本爲鳳凰，改爲老鴉，嘲弄二胥宿妓。	語詞新解
179	詹蘇諧語	本指姓氏的詹、蘇兩姓，而爲「瞻（詹）之在前，其後爲蘇（蘇）」爲笑	巧妙聯想
180	芝麻通鑑	吳人韋政好談詩書，卻語常不繼，江郎才盡時更說是出至「芝麻通鑑」，原來吳人有以芝麻點茶的習慣，包裹芝麻的紙累積成書，便成通鑑了。	妄自尊大
181	祝給舍	某邑欲爲難祝石林，「以齊天之人聖，極天下之無狀焉。」祝石林巧答道：「處無可奈何之地，遇大不相干之人。」	機智巧答
182	河洛人幻術	河洛賣藝人，上天取仙桃給眾人吃，沒想到被發現而從天摔下慘死，眾人皆懼而施捨銀兩，沒想到婦人將散落的四肢排成人形，說句「錢夠了！」，其夫竟死而復生。	奇人異事 怪誕無度

183	秦府伶戲術	秦府宴客，伶人作關雲長斬貂嬋，身首異處，沒想到竟然死而復生。又一日宴客有酒童偷喝酒，客為其解圍，盛一斗米由高臺連翻而下竟一粒不撒。	奇人異事 怪誕無度
184	張妓諧語	徐娘半老的張好兒，被人譏笑是個老妓了，沒想到張好兒仿擬回諷道，其官職雖小，但也是個老爺。	機智巧答
185	太倉庫偷兒	兩個想要偷取寶物的小偷，就這樣在水竇中互相抵首而死，一直到水流不通，治水時才發現兩人屍首，凸顯了貪婪的本質。	人為財死
186	李文達公試餘姚	自恃甚高的兩生面對李文達的題目卻是茫然而跪問，公曰：「千字文且不能記，百人名亦不省，何謂讀書？」	拘泥不通
187	王文成公謔語	有公嘲笑王文成耳朵冷，才有帛遮耳，王文成巧妙反諷，藉由眼熱暗諷某公眼紅其晉升爵位的小人心腸。	機智巧答
188	桐城女	桐城東門之女陽壽未盡而死，藉由西門女屍復活，其復活後，兩家爭執，由縣令裁奪共同收養、共女之情。	奇人異事 怪誕無度
189	胡泰母	好妒的胡泰母轉世為雞回到家後，飛啄後妻，等到胡泰外出，後妻宰殺了這隻好妒的母雞，人和雞相互嫉妒，怪誕謬論，實滑天下之大稽。	嫉妒成痴
190	韓清	會異術的韓清受趙公所迫，衣袖中忽然出現兩佳人歌舞，更探衣襟，又出現一龍一虎，趙公稱奇說道：「你的伎倆只有這樣嗎？」韓清又索水倒在地上成河，榕葉成舟，飄然遠去。	奇人異事 怪誕無度
191	感孕	妻子私慕大伯而命在旦夕，才讓大伯從帳外摸著肚子，沒想到眞懷了孕，甚至還產下一子。	奇人異事 怪誕無度
192	陳大司馬謔語	洗馬本是官名，陳汝言卻歧出語意，將洗馬解清洗馬匹之人，揶揄著劉公定，問他一天要洗幾匹馬？劉公定也非省油之人，立刻順著話語，機智的反駁道：「馬廄的馬都洗了，只有一匹大司馬（官名）洗不得！」	語詞新解
193	不解書意	陸澄想要寫宋史不成，讀易經三年不解其意，因此被笑為「書廚。」	拘泥不通
194	性好各別	石林老人愛吃雞頭、屈到嗜食菱角、曾晳愛吃羊棗、歐文忠愛吃鯽魚、崔鉉愛看水牛相鬭等諸子的性好各異，其愛喫的東西甚怪，益發惹人笑意。	奇人異事 癖嗜之俗

195	米芾謝硯	米芾也愛墨寶成痴，一日用了御案前的硯台，懇請皇上賜予硯台，蔡京知道了奏曰：「芾人品誠高，所謂不可無一，不可有二。」	癖嗜之俗
196	元章清賞	米芾有嚴重的潔癖，然愛墨寶之甚，某日與周仁熟賞玩其獲得的墨寶，周仁熟知道米芾的潔癖，因想得到硯台，便故意吐口水在硯台上，果不其然，有著嚴重潔癖的米芾臉色大變，喜歡的墨寶也不要了，直接送給周仁熟，其潔癖之甚可知矣！	奇人異事 癖嗜之俗
197	槐膠彈子	子女眾多的李少微，灑數百枚的槐膠彈子與子女們同樂，增進親子的情感。	親屬眞情
198	虱諷阿房賦	蘇隱晚上睡覺時，聽見被下有數人念阿房宮賦，翻開竟然只看見虱子而已。	奇人異事
199	翻綽入水	賢臣蘇綽卻被玄宗推入水中戲弄，其已在水中遇見屈原而論，屈原乃因遭逢昏君，懷才不遇而投水自盡，而今蘇綽亦被玄宗丟入水中，難道玄宗也非明君嗎？	機智反諷
200	副急淚	宋世祖懷念愛妃，令劉德願痛哭，劉爲了榮華富貴，當下撫胸痛哭起來，眼淚和鼻涕縱橫流下，宋世祖開心的賞賜刺史之位。又命令人羊志哭，人羊志馬上哀慟至極的哭了出來，之後有人問其爲何能流下淚，沒想到人羊志卻是因小妾剛過世而哀泣。	陰錯陽差 貪戀官職
201	之才聰辨	徐之才特別喜歡字體的笑話，舉了註、狂、馬、羊四個字來取笑王昕的姓氏，也回敬了一槍給順著戲弄他的盧元明，利用盧姓的部首做虐、虛、虜、驢四字來戲諷。	語詞新解
202	巧妓齊雅秀	名妓齊雅秀一開口便令三公哈哈大笑，三公以齊雅秀的諧音笑之爲臍下臭，齊雅秀非省油的燈，以文爲聞，取笑了三公，氣煞的三公大罵母狗，齊雅秀更稱三公爲公侯，公侯看似對於高官的尊稱，然代換猴字，卻成了低俗可笑的動物。	機智反諷
203	銀以鼓文趣	有人求文於桑思玄，沒想到其卻說：「你可暫將銀一錠四五兩置無前，發興後待作完仍還汝，可也？」又有人求文於祝枝山，其曰：「無不與他計較，清物也好。」清物則爲羊絨。	虛僞鄙儒
204	考功自調	夏考功以對聯「門前有栗，誰憐眼飽肚中饑」說出自己貧困之處，也因此獲得米六十石。	貧儒求憐
205	犯姦盜牛獲免罪	和尚犯奸的猥褻卻以成仙乘鶴的聖潔畫面爲題，偷竊牛隻的夫婦卻以織女、牽牛爲喻，也因此免罪。	顚倒是非

206	賣骨董對	賣古董的金克和求沈石田作春聯，其曰：「大斧頭專打萬石之家。」	巧妙賦詩
207	外任京職相謔	外任京職兩官以「我愛京官有牙牌」、「我又愛外任有排衙」互相戲謔。	機智相諷
208	郭戴二奇才	神童郭希顏以「油澆蠟燭一條心」完整對到考官所出的「紙糊屏風千個眼」難題，而另一位神童戴大賓更是以十二歲之姿考取科舉，同輩的取笑他還沒老便想做閣老，機警的戴大賓隨即反諷同輩是沒有才能來當秀才。	機智解頤
209	崔來鳳子	崔來鳳之子年僅五歲，便作對句，利用桃棗食用部位的不同，對出佳句來，其父也仿效了兒子的句子，來回答其所出的難題，沒想到卻還遭到兒子的指正，將眠烘二字改爲臥暖更爲恰當。	機智解頤
210	輕狂舉子	科舉時，王荊石得一奇卷，沒想到張居正卻說此人必輕狂淫蕩之士，沒想到果眞在赴會試時，此生不帶書，只帶了鬼面具作殭屍狀，輕狂可知。	敗壞禮教
211	嚏噴	寧王錯喉打嚏噴，噴到了王上，黃翻綽說道：「不是錯喉，是噴帝（嚏噴）」，以此爲笑。	語詞新解
212	釋稱父母	佛家說富樓那母爲彌多羅尼。	語詞新解
213	字謎	日字加兩點是「賀」，合了「兩點」與「加」字；貝字減兩點是「資」，其在上頭加了「二、欠」，果眞是欠二點；木了又一口，不作杏字猜，更不是困字，是「極」字，其把木、了、又、一、口五字都成了字體的一部份而成了「極」字。	字體爲笑
214	煮粥詩	描述喝粥的好處，飯只能吃一升，而粥能足足抵二升來用，兩日份量可以做爲六天的糧食，有客人來訪，只需要加水添火，沒有銀兩也不用作湯了，道盡窮苦人家以喝粥度日的悲哀。	世道疾苦
215	鐵舍大腹	嗜吃的孫鐵舍肚腹大到沒能見到自己的腳，甚至扣謝太祖賜茶飯時，仍不能起。鐵舍也因沒有襲蔭，因此後家不給，吃饅頭、成籮的茄子來充饑。	奇人軼事
216	老人十拗	郭功父巧言戲說老人不記近事記遠事等十項習慣。	巧語嘲弄
217	少延清歡	陶淵明得到太守送酒，雖多是春秫水雜，卻也清雅恬適，歡度數日。	安適之樂
218 卷十	杜鵑喚歸	尚未娶妻的石誼聽到杜鵑的啼叫而嘆自己尚未成家。	家室未成

219	孫山荅書	居榜末的孫山自自我解嘲說「解名盡處是孫山，餘人更在孫山外。」妙語惹得眾人大笑，也化解尷尬。	機智解頤
220	鄭光辭表	想封其妾爲夫人的鄭光鎮，文情並茂的上奏宣宗，埋怨達官朱門難容小妾，結果被宣宗笑其自作自受。	揶揄嘲諷 敗壞禮教
221	同生戌子	同是戌子生的程文惠戲笑龐公爲小官，然而沒想到龐公後來變成了大臣，程言：「今日大戌子都爲小戌子。」	自我解嘲
222	王宰相施設	王宰相沒有什麼施設，卻唯獨不准下屬將驢子牽入堂中，所已被戲稱爲驅驢宰相。	綽號爲笑
223	孫子甲第	丁謂與孫何並稱齊名，然而應考時孫居冠而丁只拿第四，丁謂恥居其下，太宗聞之，笑說「甲乙丙丁，合居第四。」以名字與甲乙丙丁次序結合爲笑。	巧妙聯想
224	吏部機警	吏部李安期性機警，一選人引銓，安期認爲其書稍弱，選人回答是因墜馬損足，安期回諷到傷足兼以內損。	機智反諷
225	偷狗賦	馮京烹煮了寺廟的狗來吃，被和尚告上縣官，縣官命其作賦而解圍免罪。	賦詩解圍
226	秦魏二使善嘲	李茂貞子生日，醜陋而鬍鬚多的秦鳳和美如少婦的魏博比鄰相坐，魏博譏笑秦鳳爲水草大王，秦鳳也不遑多讓的回道：「夫人無多」，反諷魏博宛若少婦不似男子。	機智相諷
227	好色自迷	司空圖有詩鞭戒好色者，善謔的楊誠回諷道：「閻羅王都沒還召喚，何必自己送上門前呢？」	機智反諷
228	省闈蠢問	歐文忠公省闈，士子有疑問問了一上午，休息時，又有士子來問，卻問堯舜兩字是一事或二事，歐文忠公笑說可以不必用。	迂腐儒生
229	訴事口給	尚書宗如周與官名如洲爲笑。	語意爲笑
230	祿山胡習	楊貴妃酒酣露乳，安祿山對曰：「滑膩凝如塞上酥。」皇上笑言胡兒只知道酥字。	語意爲笑
231	洛中新聞	巢居者暗指王拱辰，穴處者暗指司馬，起屋三層或穿地深丈的富裕權勢行爲，有若有巢氏般的上古遺民，惹人發笑。	官吏豪奢
232	王皓失馬得馬	王皓北伐，騎著赤馬遭逢霧氣，看不見路卻說馬兒不見了，直至霧氣散了，才又說馬兒還在。	愚笨無知

233	逆風張帆	獨孤守忠租船赴都，半夜急追集船人，急著說：「逆風不能張帆」。	無知的官吏
234	羲獻自任	王獻之隸書與羲之同名，但章草還不及父，人問羲之：「世論卿書不及獻之？」其道：「其眞不知阿。」其後又問獻之，獻之回答人哪裡眞能知道呢？	親屬眞情
235	方池詩	錢昭度吟詠方池是「夜深若被寒星映，恰似仙翁一局棋。」，被嘲笑道：「一局黑，全輸也。」	揶揄嘲諷
236	遙宗雅嘲	有人在姑蘇遊玩，在壁上題「大丞相再從姪孫某至此。」	妄自尊大
237	人參澡豆	王介甫病需人蔘醫治，卻不受，大夫見其面黃黑認爲是污垢，沒想到原是天生黑。	嘲弄人體
238	調慳主人	李章見主人的魚比較肥美，便拆「蘇」字爲題，詢問主人偏旁的「魚」放在那邊比較好，主人認爲不拘一體，這就順了李章的意，將偏旁的「魚」字化爲桌上的珍饈美饌，挾走了主人面前的大魚，也惹得在做哄堂大笑。	語詞新解
239	魏收嘲屈	徐之才調侃魏收，魏收說回其是小家方相，之才回諷到，如此是卿之葬具。	機智反諷
240	也不碍諺語	董公邁失去官誥，一日侍郎問小官此事是否無礙，其道：「朝公大夫董公邁，失一官誥印紙在，也不礙。」侍郎覺其侮辱長上而杖之。	自找苦吃
241	分司御吏	不拘小節的杜牧，不顧其御史身份逕自參與宴會，更賦詩吟唱。	不拘禮俗
242	衛玠丰姿	漂亮的衛玠就這麼被眾多世人給看死了，誇張至極，不符合常理，在衛玠死因上作文章，強調衛玠之美。	滑稽聯想
243	謝郎中女	謝郎中女賦詩表達對於丈夫王元甫調官之依依不捨之情。	才女賦詩
244	償博太守	宣帝與陳遵祖父常博奕數負，及帝後賜太守之職，笑言可以償還了吧！	君臣之情
245	石裕酒沐	嗜酒之石裕洗了酒澡，說是爲了讓自己的皮膚也能體會酒的美味。	嗜癖之俗
246	郭文洗花	嗜酒之郭文賣掉簪子，買酒澆石榴、楊梅等花卉，說是爲它們療傷止痛。	嗜癖之俗
247	鄭泉快飲	嗜酒之鄭泉希望有酒五百斛，放在船兩頭，反覆喝著。	嗜癖之俗

248	平康妓	平康妓嗜畫眉，康司立戲說可作百眉圖。	嗜癖之俗
249	季玄酒	季玄造酒術之強。	嗜癖之俗
250	何佟之潔癖	何佟之有潔癖，每日洗滌十餘遍仍不覺得乾淨。	嗜癖之俗
251	方棠陵翻天人案	方棠陵爲修補的佛像翻案。	詼諧滑稽
252	楊玠盜書	楊玠說府中藏書都被偷了，連忙追查，楊玠這才說書都在肚子裡了。	巧妙聯想
253	晦堂點悟	晦堂老子點晤黃山谷。	豁然超俗
254	張氏雀鼠	嗜酒的張士簡疏於家務，家童在運送米糧的過程中偷了大半，卻推是麻雀、老鼠所啄，張士簡回諷道：「眞是大麻雀、老鼠阿！才能啄去這麼多的米！」	人心不足貪得無厭
255	晉公術數不爲動	裴晉的對術數迷信不以爲然，認爲生老病死就像雞豬魚蒜般，餓著了自然想吃，如同生老病死是人生不可避免的歷程之一。	豁然超俗
256	王夷甫不言錢	王夷甫不說錢，其妻以錢繞床，夷甫起來後問是何物堵在床邊？	嗜癖之俗
257	岳柱巧詰	岳柱見畫師畫母親剪髮，問其手中金釧說換酒不是更好？	機智過人
258	蘇舜卿酒佐	嗜酒的蘇舜卿笑言有漢書這下酒物，酒一斗不足多。	嗜癖之俗
259	解學士題道士像	小道士乞求解學士題小像，其書「賊賊賊」，嚇到了道士，才續云：「有影無形拿不得，只因偷卻呂仙丹，而今反作蓬萊客。」	語詞新解
260	令掾確對	一掾以巧語機智回答胡遙的對子以解圍。	機智巧答
261	夏周二公謔語	看到上茅廁的周大有，夏公笑其衣衫不整是因尿急這急事急事，沒想到周大有立即回嘴夏公不需盔甲兵卒，是因爲常輸常輸。	機智巧答
262	宗室子乞食不廢禮	宗室子吃了民間的豆腐，鼓吹者在旁，人問其：「殿下進膳，聊侑食耳？」	不合禮教
263	解學士應口對	解學士九歲能急中生智作對。	機智巧答
264	嘲六十而娶	將殘花比喻爲六十老人，譏笑其臨老入花叢，六十圓房更是毫無性能力。	老夫少妻

265	嘲誤寫枇杷詩	袁道誤將枇杷寫作琵琶，被笑其若琵琶能結果，簫管便能開花了。	無才官吏
266	解大紳書影	七歲的解公巧答其畫中禽獸爲鳳麟，而非一般野禽。	機智巧答
267	李文正公隱謔	李文公宴客時，出一題：「東面而征西夷怨」眾不解其意，才答道：「待湯。」	語詞新解
268 卷十一	解縉嘲眾吟	解學士四歲在眾人面前跌倒，眾大笑，其反諷「鳳凰跌在地，笑殺一群牛。」	機智巧答
269	嚴高二相公善謔	嚴高兩相公以其特徵戲謔彼此。	嘲弄人體特質
270	解大紳對	解大紳八歲能與子祺作對。	機智巧答
271	李文正公神童	李文正公幼時入朝不能跨越門檻，皇帝嘲笑神童足短，其應道：「天子門高。」	機智巧答
272	伯虎荅訪	三月三日那天，拜訪唐寅的賓客看見唐寅在洗澡而生氣，六月六日換唐寅去拜訪時，賓客剛好也在沐浴，唐寅笑稱三月三日是浴佛的時辰，而六月六則爲洗狗的日子。	機智反諷
273	文正公對	神童李文正幸獲皇帝召見，並讓皇帝抱在膝上，皇帝見他的父親跪在地上，興起的問孩兒坐著而父親跪下，這成何體統呢？李文正靈敏的馬上以嫂子溺水而小叔跳水救兄嫂爲答。	機智巧答
274	葉又問不解軍事	不懂軍中操練的葉又問卻又是視察將兵的人物，接到捷報後，不懂新的生力軍爲生兵的意思，還問了部下，生兵到底是什麼東西？	無才官吏
275	王敦未諳貴家體	王敦到貴冑家不懂禮數，將廁所中塞鼻的乾棗吃了，又將澡豆和水飲盡，徒惹笑話。	不懂禮數
276	支元獻高堂	支元以「不思量」、「不酌量」諷其貴冑豪奢。	貴冑豪奢
277	陽明賦詩	十一歲的王陽明賦詩而作。	神童賦詩
278	崔夫人獠語	裴有敞生了病，主簿夏榮進言，如讓裴有敞娶兩妾，禍害就免除了，不從，甚至連夫人都有災禍，而夏夫人卻是堅決的說：「寧可死，這是也不行！」	嫉妒成性
279	土地錯配	杜十姨（杜拾遺）嫁五髭鬚（伍子胥），皆爲男性，如何成婚？	語詞新解
280	楊大年狎老	楊大年戲謔老者被斥。	不懂禮數
281	西字臉	面大橫闊的西字臉爲西川官，連皇上見了也笑。	嘲弄人體特質

282	太古碑	士大夫間以求得到長安秦漢間的碑刻爲榮，而貧困的王錫老也奉此道，一日與大家同遊，告知大家近日得一碑，但竟沒有一個字是大家認得的，王也回答不出來是哪一朝代的碑刻，客人馬上回諷道：「我知道，是「沒字碑」，公喜愛之甚。」	盲從無知
283	盛丁梅竇	盛文公大腹、丁晉公疎瘦、梅學士焚香、竇文賓不喜修飾，故有諺語形容。	嘲弄人體特質
284	即事詩	做動物之即事詩以爲笑。	賦詩爲笑
285	相公相婆	荊公給了路邊求藥的老姥藥，沒想到老姥取麻線一縷說道，相公可以歸與相婆。	聯想點晤
286	顏回賈誼	陳和叔想在口頭上輕薄詆毀孔文仲，故意扭曲了賈誼的背景，謂有「連梁園都夠不上」的輕詆氣味，然王平甫馬上以其號「熱熟顏回」回敬嘲弄，兩者是半斤八兩，誰也別笑誰。	官官相鬥
287	王翰林	壯碩的王平甫在炎熱的夏季中落馬，早已汗流浹背，莫怪乎劉貢父笑其是名副其實的「汗淋」學士。	語詞新解
288	海蛇何以嗜	海蛇如何嗜呢？只爲其一響而已。	驕傲自矜
289	錯認老子	官府捉不到人犯，詢問智老，智老說需要老子，官員不懂，以爲是犯人其父，且終不能領悟，更說：「一人有兩老子，何智術有？」	無才官吏
290	陳令判老大成婚	王允老而娶妻不成而興訟，因而被笑。	老而娶妻
291	檳榔酬報	愛吃檳榔的劉穆之不因家貧而減其趣，常到妻子家討食檳榔，被妻舅一句「檳榔消食，君乃常飢，何物須此？」譏笑劉穆之嗜檳榔如命，劉穆之發達後，找來妻舅，更用金盤盛檳榔來款待。	嗜癖如命
292	宋之問口過	崔融笑宋之問，不知其有才而有口過（口臭）。	嘲弄人體特質
293	崔杜相戲	杜延業笑崔思海口吃。	嘲弄人體特質
294	楊衡爲人盗文	隱居廬山的楊衡，聽到有人盜用他的文章，怒問對方連「一一鶴聲飛上天」也抄襲嗎？對方心虛地說：「我知道這一句您老兄最珍惜，我不敢偷用。」楊衡悻悻地說：「哼，還算情有可原！」	虛僞鄙儒
295	長髯無安頓處	蔡君謨因旁人的質疑其美髯是覆之衾下或衾上，而讓自己一時產生疑竇，夜不能眠。	人云亦云

296	梁趙調謔	梁寶與趙神德相互以面貌作詩爲戲。	機智巧答
297	幡綽善調文樹	行賄幡綽不讓他取笑自己像猢猻的劉文樹，沒想到卻被幡綽將了一君，「文樹面孔不似猢猻」符合了文樹對他的要求，「猢猻面孔強似文樹」也應了帝王的命令，取笑了文樹，卻也讓文樹無法可說。	機智巧答
298	歸皮相嘲	皮日休與歸仁紹作詩相嘲。	作詩相嘲
299	守忠滑稽	仁宗隔二十年與韓琦重會宴客，被守忠譏錫宴太頻。	君臣悅笑
300	令夫人疑弄己	伍姓、陸姓、戚姓婦人相聚，姓氏巧合卻惹惱了縣令夫人，氣得走入內堂，甚至認爲不必再問，剩下的官夫人一定是八姓、九姓。	無知官夫人
301	孫子荊誤語	孫子荊誤言「漱石枕流」，王武子反問：「河水可以枕，石頭可以漱口嗎？」孫子荊巧答道：「枕著河水可以洗滌耳朵，以石頭漱口可以磨利牙齒。」	機智巧答
302	宋子京雪幕揮毫	子京修唐書，一妾言子宗不如子京，只會飲酒作樂，子京竟閣筆飲酒。	矜持自喜
303	老婢巧擬宣武	老婢說桓宣武像劉司空，只可薄眼甚似恨小、鬚甚似恨赤……。	機智嘲諷
304	周翰精敏	周翰以「頭帶花枝學後生」嘲弄郡侯不服老。	機智嘲諷
305	盛度撰碑	盛度撰神道碑，石中立問：「是誰撰？」盛度說：「度撰（杜撰）。」	語詞新解
306	趙伯翁孫兒	趙伯翁的孫兒惡作劇，趁著其酒醉不省人事時，將八九枚的李子放進內臍中，趙伯翁以爲潰爛的李子是自己腐壞的腸子，泣訴即將死去，李子核流出後，才知道是自己孫兒的惡作劇。	酒醉無知
307	荊公嘲湖陰先生	陳輔見湖陰居士不在家，便仿擬唐朝詩人劉禹錫〈烏衣巷〉而題「此山松粉未飄花，白下風輕日角斜。身是舊時王謝燕，一年一度到君家。」暗諷調湖陰先生爲尋常百姓。	賦詩揶揄
308	胡昉浙漕	天子以爲胡昉是奇才而給予官誥，一天，胡昉告訴宴客的客人道，朝廷的官爵是買下我的頭顱，沒想到卻被閒人伯卿一語道破，說朝廷是也買脫空。	逢迎長上 諂媚鑽營 機智嘲諷
309	漢有三牲	本是牛、馬、羊三位姓名，卻被譏笑爲牛、馬、羊三牲。	字義爲笑
310	許嘲林隱	許嘲林和靖受人恩惠、伸頭好客，非眞隱逸山林。	假清高

311	天怕老婆	將天上的星宿與妻子聯繫在一起，讚揚妻子，沒有妻子的的星宿同「北宮好燠，南宮好暘，中央四季好寒」，是以天上星宿亦怕老婆乎？	懼內經典
312	楊伯子束像歸山	治聲顯赫的楊伯子不願其祠像受人供奉。	爲官豁達
313	裴贊侍女詩	裴贊以詩爲船舟師解圍。	機智解圍
314	苗振倒繃	苗振赴試不溫習，說豈有三十年作老娘而倒繃孩兒者乎？沒想到不中，被笑竟眞倒棚孩兒矣。	自矜自大 宜勤苦讀
315	侯白潛探使情	侯白秘密試探陳使，陳使認爲其爲卑賤之人，是以邊放屁邊說話，侯白心中有怒，巧答馬價，諷刺陳使，陳使這才大驚，卑賤之人竟是謀士侯白。	機智反諷 眞相大白
316	髑髏受虧	安氏家藏唐明皇的髑髏，使唐明皇被笑其生死都爲安人所惱。	死不得安寧
317	揚州司馬哭姊	性急的李文禮一聽姐亡便痛哭失聲，之後才想到「我無姐。」	無才官吏
318 卷十二	笑衿門第	有位方姓者，只要有跟他一樣是方姓的權貴，便佯稱是親屬，絲毫都不害臊，人笑著以那鬼魅方相問他，然方人以爲是某高官，直言是伯父執輩。	自矜自大
319	櫻桃詩不成韻	史思明作詩，人勸其換句以合聲律，史思明大怒，認爲其兒豈可居周之下。	無才官吏
320	郝隆富腹	郝隆要仰躺著呢？郝隆卻是巧答：「我曬書」	滿腹經綸
321	老嫗捷口	劉道眞在河邊牽船，看見一個老婦操櫓，嘲弄其爲何不採機杼織布，反到操起櫓來，老婦馬上反唇相稽劉道眞爲何不在馬上逞英雄，反到牽起船來。	機智反諷 世態炎涼
322	顯微異饌	貪墨卻吝嗇的林叔大，對待顯宦是豐味，而勝士只有素麵，因而名士的譏諷，求助潘子素，其作詩寓意譏諷地方官員苛刻士人、貪求富貴的可笑行徑。	沽名釣譽
323	王鐸事急	王鐸攜妾討伐，嫉妒的妻子自北來，其言哪裡可以安身呢？	懼內丈夫
324	馭者罵相	宰相入朝，卻聽見馭者罵牛癡宰相，笑曰是牛弱何必牽扯至宰相呢？	機智反諷
325	女奴刼要	女奴以機智巧避四位公子的調戲。	機智解圍
326	李女可愛	桓溫納妾，其妻拔刀欲殺之，見其李女，同情其遭遇而擲刀相抱。	其情可憫

327	不能作無麵餅	晏景初請一和尚掌理寺廟，和尚認爲寺廟簡陋，以「巧婦哪能作無麵湯餅乎？」推卻著，晏景初回諷道：「只要有麵粉，拙婦也能有辦法。」巧妙回諷僧侶的自私。	僧侶無德機智反諷
328	韓浦兄弟	韓浦兄弟以詩相贊。	親屬情深
329	崔以戲動李夫人	崔鉉命令數僮仿效妻子李氏平日善妒的模樣，李氏大怒，認爲自己平日並非如此，僮子指著發怒的模樣，說道便是如此。	好妒成性
330	范寺丞妻	范丞寺之妻好妒，因他人的惡作劇，將妓女的鞋子放入范寺丞的寢具中，其妻見了也不詰問丈夫，便自縊身亡，實是荒謬至極。	好妒成性
331	李嘲陳越席	李太伯與陳烈宴飲，歌者一拍板，陳烈嚇得越席而去，李因此作詩嘲弄。	賦詩揶揄
332	党進怒咄畫工	党進看見自己的畫作不如大虫有一對金箔似的大眼睛，便氣得大罵畫工，然眞正的自己哪有什麼金箔眼睛呢？	無知的昏官
333	江南驛吏	一驛吏酒庫外貼杜康、茶庫外貼陸鴻、菹庫更貼蔡伯喈。	過猶不及
334	鬻餅不聞歌	劉伯芻家旁總有賣餅高歌，一日劉給賣餅者萬錢，希望以餅償之，沒想到就再也沒聽到賣餅的聲音了，問其故，說是不暇唱了！	昧良心
335	北方相禮	善謔的白席嘲弄魏公，使其吃也不是、不吃也不是。	揶揄嘲弄
336	賈待詔侍太宗棊	賈玄與宋太宗對奕，太宗讓三子，賈玄每必輸一路，連太宗都知其沒有拿出眞本事，言道：「此局若輸，就要鞭打你了！」，卻是和局，太宗只好說道：「再一局，你勝則賞賜緋衣，若輸就則入水中。」又是和局，太宗以還讓三子爲由，命令士兵將賈玄投水，賈玄這才言明自己手中尚有一子。	君臣相悅
337	新郎阿婆	被貶職的薛逢看見新郎君風光上任，更見前導的官吏耀武揚威，才以老阿婆也曾是東抹西塗的大姑娘，比喻自己也曾風光一時。	官場詭譎
338	梁灝及第謝表	高齡八十二的梁灝苦讀幾十載，狀元即第，自嘲少伏生八歲，多太公兩年。	科舉考試之難
339	元章顛索右軍書	元章見蔡攸收集之右軍帖，竟索取，不從便投江死。	嗜癖之俗
340	延之慙偃	何偃在路上呼顏延之爲顏公，被斥非三公、更非君家阿公，何必如此稱呼！	揶揄其諂媚

341	捧硯監簿	石曼卿嗜酒之舉。	嗜癖之俗
342	女婿姨夫	歐陽修與王拱同是薛簡肅公女婿，然歐陽夫人故後又娶其小妹，因而被戲「舊女壻爲新女壻，大姨夫做小姨夫。」	身份轉換
343	張司錄夜殺豬	張端欲殺半夜突入堂中的豬，尹問其故，端以律法答之。	不知變通
344	觀畫減疾	�陽王妃好妒，王被誅殺，明帝爲了安撫瀋陽王妃而畫瀋陽王與寵妃照鏡子，沒想到鏡內寵妃引起其妒意。	好妒成性
345	阮簡圍棊	阮簡是開封府尹，官吏著急的大聲呼喊有搶賊了，沒想到正與客人下圍棋的阮簡卻回道：「這圍棋上的劫難，也很急阿！」	官員昏庸
346	姊弟雙寵	符堅專寵慕容沖姊弟，沒想到卻被恩將仇報。	自食惡果
347	伯益希孟題贊	希孟笑伯益面黑而狹、多髯。	嘲笑人體特質
348	死生無見	程師孟曾請王介甫成爲其先預先寫墓誌銘，因常侍左右，如死即可刻之。又王雱死，張安國哭著希望其能投胎轉世到張妻之妊娠而生。	伴君如伴虎
349	苔須古玩	喜愛古董成痴的王義，只要物品穿鑿附會在歷史人物身上，便深信不疑，何勛不耐，用狗枷、犢鼻說是李斯所用即成。	附庸風雅 昏庸無能
350	道民黥面	道民黥面，還在旁刻小字，被戲爲「夾註轎子。」	昏庸無能
351	宋人戲破	曲解三首經典古詩而製造出笑料。	語詞新解
352	年少戲責	一年少赴宴，有客服辭，因此取消伎樂，隔年卻責此客莫禍延過客。	自私好色
353	程尹識字未穩	程覃將「照執」二字寫成「昭執」，經人提醒需加四點，沒想到其在執字下加四點，成了「昭熱」。	官員無才
354	曹東畝慰足詞	曹東畝安慰自己的雙足爭氣點，待功成名就買好鞋相伴。	科舉之難
355	關漢卿得還王謔	滑稽的王和卿以小令聞名，同名漢卿的關漢卿也是才高八斗的名士，但總被王譏謔，終在王死後所流下的鼻涕，報了一箭之仇。	語詞新解
356	羅隱嘲妓詩	妓女雲英嘲弄羅隱未及第，被諷「我爲成名君未嫁，可能俱是不如人。」	機智相諷
357	處士生欲速死	月亮遮蔽少微星，有美名的戴逵死了，會稽人嘲弄道：「吳中高士便是求死不得。」	賢良不復

358	喜不識字	見老兵悠哉的睡在太陽底下，看起來是如此的愜意，反觀己身因詔書苦思不已，兩者間負責任反差之大使得梅詢大嘆不識字眞快活。	官場險惡
359	舉世皆濁	打算搶劫的強盜，一聽到是詩人李涉，便放了他一馬，只求題一首詩。	世態炎涼
360	張觸僧怒	張觸將帽子放在和尙頭上，和尙怒訴卻被反諷。	機智反諷
361	嘲附會姓氏	令狐綯爲相後，有胡姓冒充令姓，溫庭筠笑言：「天下諸胡攜帶令。」	趨炎附勢
362	鍾毓鍾會	鍾毓鍾會兄弟小時偷喝藥酒，其父假裝睡著觀看，鍾毓拜而後飲，鍾會飲而不拜，問兩兄弟原因，鍾毓說：「飲以成禮，不得不拜。」鍾會說：「偷本非禮，所以不拜。」	兄弟各異
363	相傳小號	梅子爲曹公、燖鵝爲右軍，人作云：「醋浸曹公一甕，湯燖右軍兩腳，聊備一饌。」	賦詩爲笑
364	畏饅頭臘茶	讀書人窮的連饅頭都沒得吃，看到街上有在賣饅頭的，假裝怕饅頭引起饅頭店主人的注意，甚至把他跟饅頭關在一起，看所言是否屬實，其反而把那些饅頭吃掉大半後，還對饅頭店主人說怕茶，要人家再拿茶來試探他，	虛僞鄙儒
365	劉將軍不識鳳毛	武帝稱讚謝超宗爲難得一見的將才，而劉將軍卻以爲是鳳毛等稀有珍貴的物品，直逼著謝超宗說要見識見識。	官員無才
366	微諷關雎	謝安夫人嘲弄〈關雎〉是周公所作，才叫女子不嫉妒，若是周公妻子所作，定不會如此書寫，諷刺丈夫不能體會妻子對於納妾所感到的痛心。	兩性平等
367 卷十三	公榮疎放	劉公榮與人喝酒，人譏笑勝公榮者，不可不與飲，不如公榮者，亦不可不與飲，是公榮這輩的，又不能不飲，所以終日飲酒而醉。	嗜癖之俗 狂放不羈
368	李責戲左司郎中臀	李責戲笑左司郎的臀大。	嘲笑人體特質
369	娥秀妓聰慧過人	名妓娥秀直呼名士伯機之名而惹怒伯機，其巧答：「我呼伯機不可，卻只許爾斗王羲之之也。」	機智解圍
370	鄭昌圖苦騎驢	肥偉的鄭昌圖登第，巧遇今年進士不許乘馬，只騎驢，人笑言：「清瘦兒郎猶自可，就中愁殺鄭昌圖。」	嘲笑人體特質
371	王周二丞相嘲語	丞相王導枕在周伯仁的膝上，問周伯仁腹中有什麼？沒想到機智善辯的周伯人馬上回答道：「這肚子沒什麼，空無一物，剛好可以容納你們這幾百人。」	機智相諷

372	楊夫人送行詩	對於丈夫被捉，以打趣詩「今日捉將官裏去，這回斷送老頭皮。」，笑謔遮掩自己擔憂受怕的心情，而聞此事的眞宗便大笑放還楊僕。	鶼鰈情深
373	尙書小字	張尙書小字鐵牛，被戲笑說：「每至海源，即思靈德。」	揶揄嘲笑
374	賈盧隱嘲	賈黃中、盧多遜以其姓「假蝗虫」、「蘆多損耳」爲笑。	語詞新解
375	方張確對	張更生順著方千里的對子，「五千里三千里一千里」對上「胎生卵生濕生化生」而來，兩句皆是以對方的名字作巧妙聯想。	機智相諷
376	滄浪捷口	滑稽的滄浪取笑客人陸伯陽爲「六百羊甚鳥！」	語詞新解
377	粟監爲判	粟監沒有才智學識，將石人寫成「仲翁」，滑稽者的揶揄「翁仲」都可以顚倒爲「仲翁」，讀書如此欠功夫磨練，如何躍升高位呢？	無才官吏
378	杜邠布袋	杜邠吃飽就睡，人勸非養生之道，其曰：「君不見布袋盛米，即放倒慢」。	機智巧答
379	索飲被嘲	鄙儒見李泰伯有好酒，便投其所好作詩罵孟子，李泰伯果眞開心，留他飲酒暢談，他日，泰伯又有好酒，此人再作詩罵佛，寄望能藉此喝到好酒，泰伯知悉其只是藉故喫酒，拐著彎說留酒自遣。	虛僞鄙儒
380	硬妓	美妓卻舉止生硬，乞詩於魏野被笑。	賦詩揶揄
381	豪逸進士	郭震、任介借字相互調侃，郭震請「皛」飯，爲「三白」，且是「白飯一盂、白蘿蔔一碟、白鹽一碟」三白，而任介也回請「毳」飯，「飯也毛、蘿蔔也毛、鹽也毛」三毛，毛爲沒有，是以桌上空空如也。	語詞新解
382	妻有三畏	裴談說妻有三畏，妙時如生菩薩、男女前如九子魔母，等到五六十上粉如同鳩盤茶，此三者皆令人生畏。	凶悍成性
383	卿卿始自安豐婦	王安豐之妻子，喜歡膩著安豐，安豐認爲在禮法上說是很不敬的，其妻說：「因爲我親近「卿」，疼愛「卿」，所以才喜歡和你膩在一起。我不和你膩在一起，還有誰該和你膩在一起呢？」	鶼鰈情深
384	孫放佳兒	庚爰試孫安國之孫，爲其機智絕倒。	機智巧答
385	邊孝先警門人	邊孝仙白天睡覺，被弟子私嘲，其以夢周公、孔子，並問嘲弄師傅是出何典故？	機智反諷
386	張憑祖孫善譴	張憑年祖父告其爹言：「我不如你。」其父不解，張憑年答道：「汝有佳兒。」	親屬情深

387	太平宰相	西戎寇邊，王師失律，宰相以老得謝，下屬就府第祝賀，自矜曰：「當天下無一事之辰，可謂太平宰民也。」石中立馬上回諷道：「只有陝西一夥竊盜未獲。」	逢迎上位 官場險惡
388	日者目力	有人稱貴賤可分，趙王將妻子與妓女同列於亭，使其分辨，此人巧以國君頭上有黃雲，眾妓不覺都抬頭看，人即知王后爲誰。	機智解圍 伴君如伴虎
389	賓主捷對	許衡每次拜訪門客虞集不果，便寫了個對子告知虞集愛出門，可知其不能勸諫，虞集引用了《孟子》的篇章，說許衡時時來打擾，爲何不覺麻煩呢？	仿擬反諷
390	陳蔡互謔	陳亞、蔡襄以「陳亞有心終是惡」、「蔡襄無口變成衰」相嘲。	字體相諷
391	褚歸以破見擯	友人以尿罐對油筒，戲褚歸以破見擯。	作對揶揄
392	村學傳誤	一村學先生教書不精，一日有一儒者過村正其訛誤，眾學童皆散，其言道：「都都平丈我，學生滿堂坐。郁郁乎文哉，學生都不來。」	虛僞鄙儒
393	石動筩機辨	高祖謎語與臣同樂，被石動筩猜著是煎餅後，又以同樣的謎語回敬高祖，說是承大家熱鐺子，再做一個煎餅。其後更自認作詩尤勝郭璞一倍，高祖大怒，結果詞句千余仞、一道士，被石動筩改爲二千仞、兩道士，是一倍。	機智解圍 伴君如伴虎
394	侯白令令宰狗吠	聰明的侯白與人打賭，能讓剛上任的令宰做狗吠，果不其然，其藉由和令宰討論狗聲能吠與否來防止盜賊迫害，成功的使令宰發出狗叫聲，也笑煞一干人。	機智巧慧
395	戲中榜末	王十朋、李三錫各爲正副奏第一，被戲說：「舉頭雖不窺，王十伸腳由能踏李三。」	賦詩揶揄 心胸狹窄
396	鴻漸懼內	丈人死了，老婆責罵爲何沒掉淚，安鴻驚恐的說已經用手帕擦乾，老婆撂下狠話，說明日要見其痛哭流涕，安鴻漸沒有辦法只得弄濕寬巾擦額頭，接著撫棺哀嚎，老婆覺得甚奇，爲何額頭也會流淚，鴻漸說道：「水出高原。」	悍妻弱夫
397	成郎中催粧詩	其貌不揚的成郎中被岳母批爲麻胡，認爲像菩薩的女兒卻委屈嫁給於成郎中，然成郎中卻利用菩薩與麻胡作詩來回應岳母，贏得美嬌娘。	機智巧慧 人不可貌相

398	丁稜箏聲	丁稜一時緊張所言的「稜等登，稜等登。」被友人巧用解釋爲彈箏的聲音，嘲諷具有口吃缺陷的進士。	嘲弄人體特質
399	買履不自信	有個想要買新鞋的人，先照著自己的腳量了一個尺碼準備去買鞋，到了市集，選得鞋子後，才發現漏了尺碼，急著趕回家拿，等他趕回時，市集已經散了，終究沒有買到鞋子。有人問他：「你爲什麼不用自己的腳試一試鞋子呢？」他說：「我寧可相信量好的尺碼，也不相信自己的腳啊！」	不知變通
400	狄盧相謔	狄仁傑笑盧獻說其足下若配馬，則是「驢獻」，盧獻說狄自是犬加火，乃是火熟狗。	語詞新解
401	盧延讓一生得力料詩	盧延讓賦詩名句有「狐衝官道過，狗觸店門開」、「賤貓臨鼠穴，饞犬舔魚鈷」自嘆不意得力於貓鼠狗子也。	賦詩爲笑
402	納粟監生	納栗的監生是靠金錢買得高帽子，但其實是滿腹的草包，如果突然考試，腹中定是半點文章也沒有。	買官鬻爵
403	懼內圖	某男子甚怕老婆，一日趁老婆不在，捶打著她的畫像大罵，老婆在其後面瞧見了，馬上斥喝，「你那是什麼姿勢？」沒想到男子馬上跪下，惶恐的狡辯：「我是指著這裡畫得好像，那兒更是畫得絕妙！」	懼內男子 兩性平等
404	壯健馬	歧山的王生交納粟米三千斛而得官。他重金買匹駿馬炫耀自己的地位，一次他騎駿馬過街，有個叫李生稱讚駿馬肥壯強健，並說價格實在太便宜了。王生很奇怪。李生說：「這牲口能馱得三千斛，難道不是肥壯強健嗎？」	買官鬻爵
405	死未足恨	病重的葉衡問賓客，死後的世界是否美好呢？這難題是生者無法知的，金姓士人順著葉衡的話，推論：「一定很美好。」眾人驚呼連連，怎麼金姓士人知道呢？其道：「假使死後不美好，死者不都逃回來了。」	看破生死
406	陳子朝妾	陳子朝患了風寒，卻被陳子朝妻暗諷其妾是肇病的根源。	兩性平等
407	李尚書故人子	善謔的周愿訪李尚書，奏巧李尚書故人之子來訪，李尚書得知其產業全敗光，後問：「手寫的尙書還在嗎？」故人之子言站將典錢，此時周愿說道：「尙書大量囤積」，問其故，答：「已遭堯典舜典又被此兒郎典之。」	諷子敗家

408	焯炫兄弟	焯炫兄弟同陷囹圄思家之笑語。	苦中作樂
409	方朔大笑	東方朔順著漢武帝的意思，依照著人中長一寸即爲百歲，八百歲是八寸，得到出彭祖臉長一丈多來。	君臣相處 曲言勸諫
410	李戴仁迂性	性迂緩的李戴仁娶了閻氏，說好有性致則見，某日閻氏假院君之名見戴仁，沒想到其拿燈一照，嚇道說今夜河魁在房，不宜行事。	迂性儒生
411	妖賊大口	妖賊王叛亂被平，怨天怨地，其妻怒：「君只坐此，口以至於死，如何猶自不葷？」言道：「皇后不達天命，自古迄今，豈有不亡之國哉？」	亂臣賊子
412	盛度胖體	盛度壯碩，退朝後見宰相在自己的後面，便趕緊躲避，石中立見其氣喘如牛，盛度告知原因，石中立將西漢丙吉問牛喘的典故巧妙套用該情境，戲弄了盛度，而盛度走了十餘步才恍然大悟，石中立又嘲弄了自己一次。	嘲弄人體 特質
413	張由古之博學	張由古無學術卻裝模作樣，嘆班固文章不入選，旁人問兩都賦、燕山銘皆有入，由古答道：「這些都是班孟監文章，何關班固事？」	無才官吏 不懂裝懂
414	陳東權州事	陳東通還不懂律法，便判了黥面之刑，沒想到特刺二字只有朝廷能用，畏罪的陳東通便劃掉「特刺」，再刺「準條」二字，使人承受了兩次黥面的痛苦，也難怪右參政嘲弄那推薦東通之人，東通在那人臉上刺起草稿了！	無知昏官 不懂裝懂
415	王祚問十	王祚給一盲者算命說其能延年益壽能至一百三四十歲，已超乎常理，但聽了盲者的話，王祚深信不已，甚至吩咐左右在其一百二十歲時要注意侍奉。	無知昏官
416	元發戲答廣淵	司馬溫奏請聖上斬王廣淵，湊巧滕元發在旁，退朝後，廣淵問元發聖上如何回答，元發戲謔說：「依卿所奏。」	臣子相戲
417 卷十四	僧哥	僧侶本想藉著笑其小兒取小名爲僧哥，嘲笑不重佛的歐陽公，歐陽公回諷著小名爲賤才容易長大，暗諷僧侶正如同狗羊牛馬般微賤。	不迷宗教
418	畏婦變羊	怕老婆的士人，腳常被老婆綁著，士人與巫嫗同謀，一日趁妻睡著時，以羊更換之，妻大驚，求巫嫗且悔改，士人趁施法與羊換回，其妻亦改之。	懼內男子 兩性平等
419	侯白雅謔	侯白見楊素、牛弘等大臣退朝，引《詩經》：「日之夕以，牛羊下來。」，不說看見「牛」、「羊」，而說：「太陽下山了。」拐著彎笑楊素、牛弘之姓氏。	語詞新解

420	義方妻僧詩消白晝	義方的妻子端莊高潔，義方外出多年，妻子獨自在家時，從未出門過，義方感動不已，認爲自己的妻子堅守婦道，其妻消遣是作詩，義方欣然觀之，沒想到開卷隨即漏了餡，「月夜招鄰僧閑話」，獨守空閨的劉妻眞的沒有踏出去一不，只是夜晚招鄰僧閒話罷了	不守婦道
421	張丞相草書	張丞相愛寫草書，寫完後，卻不知道自己寫了什麼字，還責罵他人爲何不早點問，害他忘記之前寫的是什麼字了	無才官吏
422	曼卿墮馬	石曼卿墮馬後，笑自己幸虧其是石學士，若是瓦學士，豈不碰碎了？	語詞新解
423	元帝笑洪喬之謝	元代皇帝中宗生了皇子，廣賜臣子們，殷洪喬謝恩說：「皇子誕生下來，普天之下都感到高興。臣沒有什麼功勞，不敢接受那麼厚重的獎勵阿？」中宗笑說：「這事怎麼可能讓愛卿有功勞呀？」	逢迎上位 阿諛諂媚
424	劉伶誑飲	劉伶的妻子擔心他酗酒，苦勸他戒酒。有次劉伶醉酒後身體不適，仍向妻子索酒喝，妻子氣得毀壞酒器，哭泣地勸誡。劉伶卻告訴妻子，唯有依靠神明的力量才能戒斷，但當妻子一切都準備妥當後，劉伶就跪稟老天爺說：「天生劉伶，以酒爲名，婦人之言，不可以聽。」拎起酒瓶，繼續痛飲。	痴嗜之俗
425	袁正辭志在益錢	唯錢是命的袁正辭拼命攢錢盈滿屋內，放錢的庫房因此發出如牛般的牟牟聲，眾人嚇極，希望袁正辭趕緊散財求平安，沒想到袁正辭卻似是而非的認爲有聲音是在尋求同類，所以應攢更多的金銀財寶來止住聲音才是。	痴嗜之俗 嗜錢如命
426	張思光誤謁尚書	張思光本想拜訪何戢，卻誤訪劉澄融，下車入門說不是，到了戶外見劉澄融又說不是，坐下後又看了看劉澄融，說道：「都不是。」才去。	無才官吏
427	婁師德叱庖人	天朝禁止宰殺，婁師德遇庖人進獻羊肉，佯稱是豺狼咬殺，師德相信了，沒想到第二次進獻鱸鱠，仍佯稱是豺狼咬殺，當下也露了馬腳，莫怪乎被師德大聲斥責了。	阿諛諂媚 知法犯法
428	虞嘯父獻替	中帝問虞嘯父獻替之事，而虞家近海，虞嘯父誤以爲是漁產，對曰：「天氣還很暖，漁產還沒有。」答非所問惹得皇帝大笑。	語詞新解
429	正德認水厄爲水難	面對侍中元義詢問飲茶多少，蕭正德不懂水厄之意，卻又不好意思詢問，逕自解釋水厄爲水難之意，回答自己從未遭遇過水患，哄堂大笑。	語詞新解

430	思光兄弟	張思光兄弟晉見太祖，思光在天子面前放屁，弟寶積馬上嘲諷其污辱了天子之居，其後用膳之時，思光不與寶積同餐，諷其爲謝氣之口。	兄弟相戲
431	劭李的對	邵康節與李君錫投壺，君錫未投中，說道：「偶爾中」，康傑回：「幾乎敗壺！」	臣子相親
432	閔氏遠姓	想要求得一官半職的閔姓求官者，竟搬出以德性修養著稱的孔子門人閔子騫是自己的先祖，然年代已是太過久遠。	沽名釣譽
433	男子魘	寡婦庾氏性子烈，不願再嫁，其父將她許配給江思玄，更將家搬到了江家附近，家人獨留庾氏一人，日暮江郎歸來，躺在床上，假裝做惡夢不醒，庾氏嚇得說：「叫醒江郎。」江郎起來說：「我做惡夢，關卿啥事？」女子慚愧，感情便加深了。	夫妻逗趣
434	艾子四臟	愛喝酒的艾子，門人收集艾子吐的穢物，告訴艾子人有五臟，其因喝酒而吐出一臟了！艾子回道：「唐三臟都能活，更何況我有四臟呢？」	痴嗜之俗 機智巧答
435	製餛飩法	喬仲山家很會作餛飩，苦於賓客索食，一日在客人吃完後，將製餛飩方法公開，以解其憂。	機智解圍
436	巢田進士	郭昱詭僻，不與大臣同流，大臣們也厭惡其倨傲，其後伺丞項趙普，普笑言：「今日甚榮，巢由拜於馬首。」	負才倨傲 不改其性
437	宋郊兄弟荅語	宋郊兄弟位居官職後，宋郊在書院內讀周易，弟弟宋祈是夜夜笙歌，莫怪乎哥哥機誚諷其忘了同在洲學時，那喫齋煮飯、寒窗苦讀之時，沒想到宋祈卻回問，「那年在洲學喫齋煮飯是爲甚的？」	官吏顢頇 縱情享樂
438	丘浚打和尚	丘浚見釋珊和尚，和尚見丘浚甚傲，轉眼接見州將子弟卻是甚恭，丘浚問原由，和尚答：「接是不接，不接是接。」氣得丘浚杖打和尚說：「和尚莫怪，打是不打，不打是打。」	修行者勢利現實
439	李福畏妻腹痛	李福趁著妻子洗澡，托言腹痛私會女奴，沒想到妻子相信了，趕緊將藥摻入童尿中讓丈夫吃。	偷腥不成 自找苦吃
440	優人諧謔	優人唱戲，將三教論釋爲婦人，更歪解道德經、文宣王、倫語爲婦人。	曲解經典爲笑
441	房夫人	房夫人因不願丈夫納妾而飲毒酒，連皇帝都畏懼了。	兩性平等
442	令史數驢罪	有驢衝過諸官吏面前，御史怒而杖之，有一令說先罵再打，故罵道：「汝伎藝可知，精神極頓，何物驢畜，趕于御史裡行？」眾人大笑而止。	機智解圍

443	子瑜以面得驢	子瑜臉長像驢，一次宴會中牽驢入題目，其寫下「之驢」，在座哄堂大笑。	人體特質自嘲
444	劉嫗相嘲	劉道眞嘲笑老婦與兩兒就像是青羊帶著兩隻小羊，沒想到老婦回諷道，劉道眞與人在草叢吃食，正如同兩隻豬在同一槽一樣。	機智相諷
445	刁韓善謔	桓溫暗使司馬刁彝問韓博：「你是韓盧后嗎？」韓博答說：「您是韓盧后。」桓溫笑說：「刁司馬因爲你姓韓，才這樣問。刁司馬自是姓刁，哪是韓盧后呢？」韓博答說：「大人未好好地地思考啊，短尾則爲刁黃，因此是韓盧后！」	機智巧答
446	阮孚機辨	週文帝欲戲弄愛喝酒的阮孚，室內置酒十瓶，瓶上加絹，阮孚見了說道：「我兄弟眞是無理，入王家匡坐，應該早點撤下。」便持酒離去，笑殺文帝。	痴嗜之俗 機智巧答
447	門人還謔文公	楊文公曾告誡門生，作文章應避免用俗語，後來文公寫了篇文章，裡頭有句「伏惟陛下德邁九皇。」門生巧回文公：「不知道什麼時候賣生菜？」	機智反諷 師生情誼
448	大小鬍孫	吏不能分辨同性孫的孫莘、孫巨源，故以鬍子大小來分別之。	人體特質爲笑
449	貢父戲馬默	劉貢父嘲馬默彈奏，「馬默豈合驢鳴」。	語詞新解
450	李彥古諷刺	王僧彥其父常稱硯爲墨池、鼓爲皮棚，有李彥谷造訪他，題云永州司戶參軍李墨池皮棚謹祇候。	無才官吏 阿諛諂媚
451	禹玉贈介虱頌	王安石任由虱子在鬍鬚裡躦來鑽去，甚至讓皇帝看了大笑而不自知，一旁的王禹玉直到退朝後，才教小廝幫忙除去，且倒反著說虱子「曾經御覽」是何等的光榮，不要礪除，恥笑王安石儀容不整、污垢藏虱。	官員戲謔
452	王雱荅獐鹿	王雱小時候見獐鹿同在籠子中，客人問誰是獐、誰是鹿，王雱答道：「獐邊是鹿，鹿邊是獐。」	機智巧答
453	傅正無心絕慾	傅正問養生方法，術士說是絕色慾，傅正道：「這樣長生又有何用呢？」	重視私慾
454	貢父隱嘲諸帥	貢父見兩帥玩水晶茶盂，其中一帥不知其爲何物，貢父笑說：「這是多年老氷（老兵）。」	機智嘲笑
455	侍郎御史	侍郎御史飲酒，正巧有犬在旁叱喝，侍郎說：「不要叫，他在這裡。」御史回道：「你看他是狗也是狼。」	臣子相戲

456	許敬宗誕傲	倨傲的許敬宗多不識人，有人說其耳聾，敬宗卻道：「你的名字本來就難記，如果遇到的是何劉沈謝，暗中摸索也能知道是誰。」	不囿於官腔俗套，瀟灑自若
457	釀具淫具	劉備因旱災而禁止釀酒，官吏從百姓家搜出釀酒器具，想定百姓的罪，一日，簡雍跟劉備出遊，見路上有名男子，簡雍立即說那名男子將要姦淫，快抓起來，劉備疑惑，簡雍答道：「那名男子有淫具，如同百姓家有釀具。」	委婉勸諫
458	都憲通政寓嘲	侶鍾、都憲、強珍同飲，強珍說：「要你飲四鍾（侶鍾）。」	語詞新解
459	貢父戲嘲决湖	王介甫談水利，有人提議決梁山湖的水來爲農田，介甫問潰堤的水如何呢？貢父答：「在旁再鑿八百里湖，就能容納了。」	多此一舉機智勸諫
460	園外郎	石中立以「員外郎」字音雙關「園外狼」，暗喻著官場險惡詭譎、人心如獸貪瀆無恥，揭示人不及獸的寓意。	官場險惡
461	文舉巧捷	文舉小時見李元禮，李說：「小時了了，大未必佳。」其巧答道：「想君小時，必當了了。」	機智反諷
462	晉文戲鄧艾	晉文王嘲弄鄧艾口吃，其巧答道：「鳳兮鳳兮，故是一鳳。」	嘲笑身體特質
463	盧狀元催粧詩	盧儲投卷見李尚書，李尚書長女慕其文采而嫁，來年果爲狀元，盧儲故作催粧詩來敘寫這一樁美事。	才子佳人
464	玄祖齒缺	來想笑張玄祖齒缺的長輩們，卻被張玄祖反將一軍，得不償失。	機智反諷
465	瞿癡	嗜酒落魄的瞿痴與縣吏相熟，見縣吏提著海蛳，以海蛳食用方法入詩笑縣吏。	賦詩譏諷